SALLY Y LA SOMBRA DEL NORTE

Philip Pullman es un autor aclamado tanto por el público joven como por los lectores adultos. Nació en 1946 en Norwich, Gran Bretaña, y tuvo una niñez muy viajera, ya que su padre era miembro de las fuerzas armadas. Durante años fue profesor de inglés en Oxford, hasta que abandonó la enseñanza para dedicarse a la creación literaria.

Philip Pullman ha sido el primer autor de literatura infantil y juvenil que ha ganado el prestigioso Premio Withbread al Mejor Libro del Año por el último título de la trilogía *Luces del norte*. Es un autor inagotable y además de dicha trilogía ha escrito novelas para lectores de todas las edades, obras de teatro y libros ilustrados.

Umbriel publica ahora las aventuras protagonizadas por la joven Sally Lockhart y su grupo de amigos, publicadas ya en Inglaterra y Estados Unidos con enorme éxito y dirigidas a lectores de 12 años en adelante.

Sally es joven, valiente, inteligente, emprendedora y poco convencional pero vive en un mundo regido por unas normas muy estrictas que, continuamente, va a verse obligada a desafiar: el Londres de la época victoriana.

Otros dos libros de Philip Pullman, *Sally y el tigre en el pozo* y *Sally y la princesa de hojalata*, serán publicados por Umbriel durante el año 2003.

Philip Pullman

Sally y la sombra del norte

Traducción de
Isabel de Miguel

Umbriel Juvenil

Argentina - Chile - Colombia - España
Estados Unidos - México - Venezuela - Uruguay

Título original: *The Shadow in the North*
Editor original: Oxford University Press
Traducción: Isabel de Miguel

ISBN: 84-95618-46-X (rústica)
Depósito legal: B. 45.509 - 2002

Fotocomposición: Ediciones Urano, S. A.
Impreso por Romanyà-Valls, S. A. - Verdaguer, 1 - 08760 Capellades
   (Barcelona)

Impreso en España - *Printed in Spain*

A mis padres

Índice

na soleada maña-
na de la primavera de 1878, el buque de vapor *Ingrid Linde*,
orgullo de la compañía naviera Anglo-Baltic, desapareció
en aguas del Báltico.

El *Ingrid Linde* era un barco cuya botadura se remontaba
tan sólo a dos años atrás, bien construido y en perfectas
condiciones de navegación. Había zarpado de Riga con un
cargamento de piezas de maquinaria y unos pocos pasajeros, y se dirigía a Hamburgo. El trayecto había sido tranquilo, el tiempo sereno.

A un día de distancia de Hamburgo, el buque fue avista-
do por una goleta que hacía el mismo trayecto en dirección
contraria. Intercambiaron señales. De haber seguido su
curso, el *Ingrid Linde* se habría encontrado dos horas más
tarde con una goleta que navegaba en aquellas aguas. Pero
no fue así. Nadie lo volvió a ver.

El *Ingrid Linde* desapareció tan rápidamente, que los pe-
riodistas creyeron olfatear alguna historia fantástica, al estilo del continente perdido de la Atlántida, el *Mary Celeste* o la
leyenda del holandés errante. Explotando el hecho de que

el presidente de la compañía naviera, su mujer y su hija iban a bordo, llenaron páginas y páginas de los periódicos con informaciones variopintas; explicaron cómo había sido el primer viaje de la chiquilla; dijeron que no era una niña, sino una jovencita de dieciocho años aquejada de una misteriosa enfermedad; que sobre el vapor pesaba la maldición proferida por un ex miembro de la tripulación; que el cargamento consistía en una mortífera combinación de explosivos y alcohol; que el capitán guardaba en su cabina la estatuilla de un fetiche del Congo, robada a una tribu africana; que en aquellas aguas se producía de vez en cuando un gigantesco remolino capaz de tragarse naves enteras y llevarlas hasta una monstruosa caverna en el fondo del mar… Contaron historias y más historias.

El episodio alcanzó cierta popularidad, y de vez en cuando, lo resucitaba uno de esos autores que escriben libros con títulos como *Extraños horrores de las profundidades*.

A falta de datos, sin embargo, la imaginación del periodista más audaz acaba por agotarse. Y en este caso no se tenían datos. Sólo un barco que había desaparecido —un minuto estaba y al minuto siguiente ya no estaba—, el sol y el mar.

Meses después, una fría mañana, una señora de edad llamó a la puerta de una oficina en el corazón financiero de Londres. En la puerta había un nombre pintado en una placa: S. LOCKHART, ASESORA FINANCIERA. Al cabo de un instante, una voz femenina dijo:

—Pase.

La señora entró en la habitación. S. Lockhart —la «S» quería decir Sally— estaba de pie tras una abarrotada mesa de trabajo. Era una joven muy guapa, de unos veinte o veintidós años, con el pelo rubio y profundos ojos castaños. La señora mayor dio un paso y se detuvo, vacilante. Frente al fuego del hogar había un perro, el más grande que había visto nunca. Era negro como la noche y, por su aspecto, parecía una mezcla de gran danés, sabueso y hombre lobo.

—Siéntate, Chaka —dijo Sally Lockhart, y la enorme bestia se sentó tranquilamente. La cabeza llegaba a la cintura de Sally—. Usted es Miss Walsh, ¿no? ¿Cómo se encuentra?

La dama estrechó la mano que Sally le tendía.

—Pues no del todo bien —respondió.

—Oh, lo siento —dijo Sally—. Siéntese, por favor.

Apartó los papeles que había sobre la silla, y las dos se sentaron frente a la chimenea.

—Si no recuerdo mal —ahora mismo encontraré el archivo—, el año pasado le ayudé a hacer unas inversiones —dijo Sally—. Usted tenía tres mil libras, ¿verdad? Le aconsejé que las invirtiera en compañías navieras.

—Ojalá no lo hubiera hecho —dijo Miss Walsh—. Compré acciones de una compañía que usted me recomendó. Tal vez la recuerde; se llamaba Anglo-Baltic.

Sally la miró con ojos desmesuradamente abiertos. Miss Walsh, una mujer sagaz, comprendió lo que eso significaba. Ya estaba retirada, pero había enseñado geografía a cientos de estudiantes y sabía que esa era la expresión de una persona que se acaba de dar cuenta de que ha cometido un grave error y está dispuesta a asumir las consecuencias.

—El *Ingrid Linde* —dijo Sally—, por supuesto… ¿Y no había también otro barco de vapor que se hundió? Recuerdo que leí algo en *The Times*… Oh, Dios mío.

Se levantó y, de la estantería que había a su espalda, sacó un álbum grande repleto de recortes de periódico. Mientras Sally hojeaba el álbum, Miss Walsh entrelazó los dedos sobre el regazo y echó un vistazo a su alrededor. A pesar de la alfombra raída y los muebles gastados, la habitación se veía limpia y acogedora. En la chimenea ardía un alegre fuego, y junto al hogar silbaba una tetera con agua hirviendo. Las estanterías repletas de libros y archivos y el mapa de Europa clavado en la pared daban al lugar un aire práctico y formal.

En cuanto a Miss Lockhart, parecía muy preocupada. Se colocó un mechón de pelo rubio detrás de la oreja y se sentó con el libro abierto sobre las rodillas.

—La Anglo-Baltic se fue a pique —dijo—. ¿Y cómo no me he dado cuenta...? ¿Qué ocurrió?

—Usted ha mencionado el *Ingrid Linde*. Había otro barco, una goleta, no un barco de vapor, que también desapareció. Y otra embarcación fue confiscada por las autoridades rusas en San Petersburgo. Desconozco la razón, pero tuvieron que pagar una multa muy elevada para recuperarla... Oh, hubo un montón de cosas. Cuando usted me aconsejó comprar las acciones, la compañía iba viento en popa. Yo estaba encantada con su consejo. Y un año más tarde, todo había acabado.

—Cambió de propietarios, ya veo. Es la primera vez que leo esta información. Voy guardando estos recortes para tener una referencia, pero no siempre encuentro tiempo para leerlos. ¿No estaban asegurados los barcos que se hundieron?

—Al parecer hubo problemas. No conseguí entender los detalles, pero la compañía de seguros Lloyds se negó a pagar. Fue todo tan inesperado y hubo tantos golpes de mala suerte que casi empecé a creer en las maldiciones. Parecía el influjo de un hado maléfico.

Sentada en la vieja silla, con la espalda muy erguida, la anciana clavaba la mirada en las llamas. Luego se volvió y miró a Sally.

—Por supuesto, ya sé que es una tontería —dijo con énfasis—. Que hoy te alcance un rayo no significa que no te pueda alcanzar nunca más. Tengo nociones de estadística. Pero resulta difícil seguir siendo racional cuando todo tu dinero se está esfumando y no entiendes por qué ni sabes cómo evitarlo. Ahora sólo me queda una pequeña renta vitalicia. Aquellas tres mil libras eran una herencia de mi hermano y los ahorros de toda una vida.

Sally abrió la boca, pero antes de que pudiera decir una palabra, Miss Walsh levantó la mano y siguió hablando:

—Y créame, Miss Lockhart, no la estoy culpando a usted. Si uno decide especular con su dinero, debe asumir el riesgo de perderlo. Además, en aquel momento, la Anglo-Baltic era una excelente inversión. Yo acudí a usted por recomendación de Mr. Temple, el abogado del Lincoln's Inn. Siempre he estado a favor de la emancipación de la mujer, y nada me complace más que ver a una joven que se gana la vida con su propio negocio. Así que vengo de nuevo a verla para pedirle consejo. ¿Puedo hacer algo para recuperar mi dinero? Le diré que tengo fundadas sospechas de que este no es un caso de mala suerte, sino de fraude.

Sally depositó en el suelo el álbum de recortes de periódico y tomó papel y lápiz.

—Dígame todo lo que sepa de la compañía naviera —dijo.

Miss Walsh empezó a hablar. Tenía una mente clara y ordenada, y explicó los acontecimientos con detalle y precisión, aunque realmente no había mucho que decir. Miss Walsh vivía en Croydon, apartada del mundo de los negocios, así que debía fiarse de lo que había aparecido en la prensa.

Le recordó a Sally que la compañía naviera Anglo-Baltic se había fundado veinte años atrás para aprovechar el floreciente comercio de madera. Empezó como una empresa modesta y había ido prosperando cada vez más. Sus barcos traían hierro, pieles y madera de los puertos del Báltico y volvían hacia allá cargados de piezas de maquinaria y otros productos industriales fabricados en Gran Bretaña.

Dos años atrás, se produjo una disputa entre los socios y la empresa pasó a otras manos, o fue comprada en parte por uno de ellos. ¿Podía hacerse tal cosa? Miss Walsh no estaba segura. Entonces la compañía dio un salto adelante, como una locomotora sin frenos. Se compraron nuevos barcos, se consiguieron nuevos contratos, se estableció una ruta por el Atlántico Norte… En el primer año, los beneficios aumentaron de forma espectacular bajo la nueva dirección. Y esto fue lo que llevó a Miss Walsh, y a cientos de inversores, a comprar acciones de la Anglo-Baltic.

Entonces llegó el primero de una serie de golpes de mala suerte que, en poco tiempo, ocasionarían la ruina de la empresa. Miss Walsh estaba bien informada. De nuevo, Sally se sintió impresionada por la claridad mental de la señora y por el autocontrol que mostraba, porque era evidente que ahora se encontraba al borde de la miseria, cuando había confiado en disfrutar de un cierto desahogo económico durante el resto de su vida.

Hacia el final de su relato, Miss Walsh mencionó el nombre de Axel Bellmann, y Sally alzó la vista.

—¿Bellmann? —preguntó—. ¿El fabricante de cerillas?

—Ignoro a qué se dedica —respondió Miss Walsh—. Él no tenía mucha relación con la compañía, pero vi por casualidad su nombre en la prensa. Creo que era el propietario del cargamento que transportaba el *Ingrid Linde* cuando se fue a pique. Irse a pique. Es una curiosa expresión, ¿no le parece? Como si uno se fuera a algún lugar. ¿Por qué me lo pregunta? ¿Sabe algo de este Mr. Bellmann? ¿Quién es?

—Es el hombre más rico de Europa —respondió Sally.

Miss Walsh se quedó pensativa un instante.

—Lucifers —dijo—. Cerillas.

—Exactamente. Hizo su fortuna con las cerillas, me parece... Aunque, ahora que lo pienso, hubo algún escándalo. Hace un año, cuando apareció en Londres por primera vez, oí ciertos rumores. El gobierno sueco le obligó a cerrar sus fábricas de cerillas debido a las peligrosas condiciones laborales... Ya sabe, el fósforo.

—He leído que algunas chicas sufrían necrosis de la mandíbula —dijo Miss Walsh—. Pobrecillas. Hay formas malvadas de ganar dinero. ¿Entonces mi dinero contribuyó a esto?

—Por lo que yo sé, Mr. Bellmann hace ya tiempo que no está en el negocio de las cerillas. De todas formas, ignoramos cuál es su relación con Anglo-Baltic. Bueno, Miss Walsh, le estoy muy agradecida. Y no sabe cuánto lo siento. Le devolveré su dinero...

—Ni hablar —soltó Miss Walsh en el mismo tono que emplearía para regañar a las alumnas que pretendían aprobar los exámenes sin haber estudiado—. No quiero promesas. Lo que pretendo es saber qué ha ocurrido. Dudo mucho de que llegue a recuperar mi dinero, pero me gustaría saber adónde ha ido a parar, y quiero que usted lo descubra.

Su tono era tan severo, que cualquier otra joven se hubiera acobardado. Pero no Sally, y esta era precisamente la razón por la que Miss Walsh había acudido a ella.

—Cuando alguien me pide consejo financiero, me resulta inadmisible que pierda todos sus ahorros por mi culpa —respondió con vehemencia—. Y si esto ocurre, la responsabilidad es mía. No acepto órdenes. Esto supone para mí un golpe tan fuerte como para usted, Miss Walsh. Se trata de su dinero, pero también de mi reputación, mi nombre, mi profesión… Estoy decidida a investigar los asuntos de la Anglo-Baltic para averiguar lo ocurrido, y si es humanamente posible, recuperaré su dinero y se lo devolveré. Y en ese caso, dudo mucho de que se niegue usted a aceptarlo.

Se hizo un silencio glacial. La mirada de Miss Walsh presagiaba tormenta, pero Sally ni siquiera pestañeó. Al cabo de unos instantes, Miss Walsh aplaudió con las yemas de los dedos, y en sus ojos se encendió una chispa de simpatía.

—Tiene usted toda la razón —dijo.

Las dos sonrieron, y la tensión se desvaneció como por encanto. Sally se puso en pie para guardar las notas que había tomado.

—¿Le apetece una taza de café? —preguntó—. Es un poco primitivo hacerlo en la chimenea, pero está bueno.

—Me gustaría mucho. Cuando yo era estudiante, siempre hacíamos el café así, en la chimenea. Hace muchos, muchos años que no lo hago. ¿Puedo ayudarla?

Cinco minutos más tarde, estaban charlando como viejas amigas. Despertaron al perro, que dormía frente al hogar, para que se apartara, y en un momento el café estaba preparado y servido en las tazas. Sally y Miss Walsh se descubrieron unidas por un compañerismo que sólo se da entre las mujeres que han luchado por una educación. Miss Walsh había enseñado en el North London Collegiate College, aunque no tenía ningún título. Y tampoco lo tenía Sally, a pesar de que había estudiado en Cambridge, se había presentado a los exámenes y había obtenido buenas notas. Era lo que ocurría con las universidades: permitían asistir a las mujeres, pero no les concedían título alguno.

Sally y Miss Walsh estaban de acuerdo en que la situación cambiaría en el futuro…, pero nadie sabía cuándo.

Finalmente Miss Walsh se levantó para irse, y Sally observó que sus guantes estaban pulcramente zurcidos, su abrigo se veía deshilachado y sus viejas botas, aunque limpias y relucientes, necesitaban con urgencia unas nuevas suelas. Miss Walsh no había perdido sólo su dinero, sino la oportunidad de vivir tranquila, sin apuros económicos, después de toda una vida dedicada a los demás. A pesar de la edad y de la preocupación, sin embargo, la anciana se mantenía erguida y muy digna, y Sally sintió cómo su propia espalda se enderezaba un poco más.

Se despidieron con un apretón de manos. Miss Walsh se volvió hacia el perro, que se puso de pie en cuanto vio que su ama se levantaba.

—Qué animal más extraordinario —dijo—. Me ha parecido oír que lo llama usted Chaka.

—Chaka era un general zulú —le explicó Sally—, y me pareció un nombre apropiado. Fue un regalo, ¿verdad, chico? Tengo entendido que nació en un circo.

Le frotó cariñosamente las orejas, y el perrazo le correspondió con un lametón de su inmensa lengua y una mirada de total adoración.

Miss Walsh sonrió.

—Le enviaré todos los documentos que tengo. Le estoy muy agradecida, Miss Lockhart.

—De momento, no he hecho más que perder su dinero —dijo Sally—. Y es posible que en este caso no haya nada más que hacer. Muchas veces las investigaciones no llevan a ninguna parte. Pero veré lo que puedo hacer.

La historia de Sally era singular, incluso para alguien con una vida poco convencional. Nunca llegó a conocer a su madre, y su padre (que era militar) le enseñó mucho sobre armas de fuego y finanzas, pero muy poco sobre todo lo demás. Cuando Sally tenía dieciséis años, su padre fue asesinado, y ella se encontró inmersa en un intrincado laberinto de peligrosos secretos, y sólo su pericia con la pistola le permitió salir ilesa. Su pericia y algo más: el afortunado encuentro con un joven fotógrafo llamado Frederick Garland.

Junto con su hermana, Frederick había estado llevando el negocio fotográfico de un tío suyo. Sin embargo, pese a su habilidad con la cámara, era muy incompetente con las finanzas, y el negocio estaba al borde de la ruina cuando Sally apareció, sola y en peligro de muerte. A cambio de la ayuda de los Garland, Sally les echó una mano con el negocio. En poco tiempo, gracias a sus conocimientos de contabilidad y finanzas, los salvó de la bancarrota.

Así pues, el negocio prosperó, y ahora Frederick contaba con media docena de empleados y podía dedicarse a su auténtica pasión: la investigación privada. En esto le ayudaba otro viejo amigo de Sally, un chico llamado Jim Taylor que había sido botones en la empresa de su padre. Jim era dos o tres años más joven que Sally, le entusiasmaban los folletines que vendían en los kioscos y tenía la lengua más procaz y grosera de toda la ciudad. En su primera aventura juntos, Jim y Frederick se habían enfrentado al asesino más peligroso de Londres y habían acabado con él, pero estuvieron a punto de perder la vida en el empeño. Ahora sabían que podían confiar ciegamente el uno en el otro.

Era mucho lo que ellos tres —Sally, Fred y Jim— compartían, aunque Frederick hubiera querido compartir más. Era muy franco al respecto: estaba enamorado de Sally desde el primer momento, y quería casarse con ella. En cuanto a ella, sus sentimientos eran más complicados. Había momentos en que sentía adoración por Fred, y lo encontraba el hombre más fascinante, listo, valiente y divertido del mundo. Otras veces, se sentía furiosa con él por malgastar su talento manipulando artilugios o merodeando por Londres en compañía de Jim y comportándose, en resumidas cuentas, como un chiquillo que no sabe en qué emplear su tiempo. Querer, lo que se dice querer a alguien, Sally sólo estaba segura de querer a Webster Garland, el tío de Fred. Era el socio oficial de Sally en el negocio de la fotografía, un hombre amable, desordenado y genial, capaz de crear auténtica poesía con la luz, las sombras y la expresión humana. Sí, estaba segura de sentir amor por Webster Garland y por Chaka, y también por su trabajo.

Pero en cuanto a Fred, bueno, no se casaría con ningún otro hombre, pero tampoco con Fred, por lo menos mientras no se aprobara el decreto sobre el derecho de la mujer casada a la propiedad.

Sally le había repetido muchas veces que no se trataba de que no confiara en él, sino de una cuestión de principios. Se trataba de que ahora era una mujer independiente, socia en un negocio, con dinero y propiedades, y al momento siguiente, en cuanto el sacerdote los declarara marido y mujer, todo lo que ella tenía pasaría automáticamente (según la ley) a ser propiedad de su marido. Y esto resultaba intolerable. De nada sirvió que Fred protestara y se ofreciera a firmar todos los documentos necesarios comprometiéndose a no tocar nunca el dinero de su mujer, fue inútil que rogara y suplicara, que se enfadara, le arrojara objetos o se riera de ella… Sally no dio marcha atrás.

De hecho, la situación no estaba tan clara como Sally la pintaba. En 1870 se aprobó una ley sobre el derecho de la mujer casada a la propiedad que paliaba algunas injusticias, aunque no solucionaba la raíz del problema. Sin embargo, Fred desconocía la existencia de esa ley y no sabía que, bajo ciertas condiciones, Sally tendría derecho a su propiedad. Y puesto que ella no estaba segura de cuáles eran sus sentimientos, siguió esgrimiendo razones legales para oponerse al matrimonio, y hasta temía la aprobación de una nueva ley que la dejara sin argumentos y le obligara a tomar una decisión.

Esta situación había provocado agrias discusiones entre ellos y, tras su última disputa, llevaban semanas sin hablarse. Sally se quedó sorprendida al comprobar cuánto lo echaba de menos. Le hubiera gustado mucho poder comentar con Fred este asunto de la Anglo-Baltic…

Mientras recogía las tazas de café, pensó con irritación en Fred, su pelo rubio pajizo, su falta de seriedad, su afición a las bromas. Tendría que ser él quien se disculpara, decidió, porque ella tenía asuntos más serios de los que ocuparse.

Y con esta decisión, tomó asiento frente a la mesa con su álbum de recortes entre las manos y se dispuso a leer todo lo referente a Axel Belmann.

Jim Taylor, el amigo de Sally, dedicaba mucho tiempo a escribir melodramas (eso cuando no estaba cultivando sus amistades del hampa, apostando en las carreras de caballos o coqueteando con las chicas de los teatros de variedades). Era un apasionado del escenario. La hermana de Frederick, Rosa (ahora casada con un pastor protestante de lo más respetable), había sido actriz, y fue ella quien le contagió esa pasión, aunque desde luego Jim era terreno abonado, después de tantos años devorando folletines como *Cuentos de miedo para jóvenes* o *Jack pies-en-polvorosa, el terror de Londres*. Desde entonces, Jim había escrito varias escalofriantes obras de teatro, y como no estaba dispuesto a regalar su talento a compañías de segunda clase, las había enviado al teatro Lyceum, para someterlas a la consideración del gran Henry Irving. Hasta el momento, sin embargo, sólo había recibido unas notas de agradecimiento como respuesta.

Se pasaba las tardes en los teatros de variedades, y no precisamente entre el público, sino en un lugar mucho más interesante: entre bastidores, con los carpinteros, los técnicos de luces y los tramoyistas, aparte de los actores y las bailarinas. Deseoso de aprender, Jim había trabajado en varios teatros. El día en que Miss Walsh visitó a Sally, él se encontraba haciendo unos trabajillos en el Britannia, un teatro de variedades de Pentonville.

Y allí fue donde tropezó con un misterio.

Entre los artistas que participaban en el espectáculo había un mago que respondía al nombre de Alistair Mackinnon, un hombre joven que había alcanzado una extraordinaria fama en el poco tiempo que llevaba actuando en Londres. Una de las obligaciones de Jim consistía en avisar a los artistas que estaban en sus camerinos poco antes de que les tocara salir a escena. Cuando Jim llamó a la puerta del camerino de Mackinnon y le dijo: «Faltan cinco minutos, Mr. Mackinnon», le sorprendió no recibir respuesta.

Volvió a llamar, esta vez más fuerte. Nadie respondió. Jim sabía perfectamente que un artista nunca dejaría de responder a la llamada a escena sin una razón de peso, así que abrió la puerta del camerino para comprobar si Mackinnon estaba allí.

Y allí estaba, vestido de etiqueta y maquillado, agarrando los brazos de una silla de madera frente al espejo. En medio de la cara pintada de blanco, sus ojos negros parecían de azabache. De pie junto a él había dos hombres, también vestidos de etiqueta. Uno, pequeño y con lentes, parecía inofensivo; el otro era de complexión robusta, y al ver a Jim escondió una cachiporra —un palo corto con cabeza de plomo— a su espalda. Sin embargo, se olvidó del espejo, y Jim pudo ver el arma perfectamente.

—Faltan cinco minutos, Mr. Mackinnon —repitió Jim, mientras analizaba la situación a toda prisa—. Me pareció que no me había oído.

—Muy bien, Jim —dijo el mago—. Ya te puedes marchar.

Jim miró rápidamente a los otros dos hombres y asintió con la cabeza.

«¿Y ahora qué hago?», se preguntó.

Entre bastidores, unos cuantos tramoyistas esperaban en silencio que acabara la actuación para cambiar el decorado. Por encima de ellos, en los telares, los gasistas aguardaban su turno. Su trabajo consistía en cambiar la gelatina coloreada que se ponía frente a las llamas de los focos de gas, así como en aumentar y disminuir la llama según se deseara más o menos luz en escena. También se encontraban allí algunos de los artistas incluidos en el programa; sabían que Mackinnon era un magnífico mago y querían presenciar su actuación sobre el escenario.

Jim se abrió camino entre las sombras y la tenue iluminación mientras la soprano cantaba el último estribillo de su canción, y se situó junto a una gran rueda de hierro cerca del telón. Permaneció allí, alerta y en tensión. Se había retirado de la frente el rubio cabello, y en sus ojos verdes brillaba una mirada de preocupación. Estaba tamborileando con los dedos en la rueda cuando oyó un susurro a su lado.

—Jim —la voz de Mackinnon surgió de entre las sombras—. ¿Puedes ayudarme?

Jim se giró en redondo y vislumbró la figura de Mackinnon en medio de la oscuridad. Sólo los ojos resaltaban en su pálido rostro.

—Esos hombres... —dijo Mackinnon, señalando un palco junto al proscenio. Jim vio dos figuras que se acomodaban y observó un destello en los lentes del individuo más bajo— quieren matarme. Por el amor de Dios, ayúdame a salir de aquí en cuanto caiga el telón. No sé qué hacer...

—¡Shhhh! No se mueva —susurró Jim—. Están mirando hacia aquí.

La canción llegó a su fin, la flauta de la orquesta dejó oír sus últimas notas y el público prorrumpió en aplausos y silbidos. Jim se aferró con fuerza a la rueda.

—De acuerdo —dijo—. Le sacaré de aquí, pero hemos de tener cuidado.

Empezó a hacer girar la enorme rueda y el telón descendió sobre el escenario.

—Salga por este lado —le dijo, entre el estruendo de los aplausos y el ruido sordo de las poleas—, no por el otro. ¿Necesita algo de su camerino?

Mackinnon negó con la cabeza.

En cuanto el telón tocó el suelo, las gelatinas coloreadas desaparecieron y una luz blanca inundó el escenario. El telón de fondo que representaba el salón de una elegante vivienda quedó recogido, y los tramoyistas entraron en acción. Rápidamente, desplegaron una gran cortina de terciopelo y la colocaron al fondo, subieron al escenario una delgada mesa que parecía sorprendentemente pesada para su tamaño y desenrollaron una gran alfombra turca. Jim se lanzó como un rayo a estirar el borde de la alfombra y a sujetar la cortina mientras otra persona ajustaba el contrapeso. Todo se llevó a cabo en quince segundos.

A una señal del director de escena, los técnicos de iluminación colocaron nuevas gelatinas en las estructuras de metal al tiempo que reducían la presión del gas, con lo que la luz adquirió un misterioso color rosado. Cuando el presentador estaba a punto de terminar su discurso, Jim regresó de un salto a su rueda, Mackinnon ocupó su lugar entre bastidores y, en el foso, el director de orquesta levantó la batuta.

Sonó el primer acorde y se oyeron los primeros aplausos del público. Jim hizo girar la rueda para levantar el telón. Mackinnon, totalmente transformado, salió a escena y el público guardó silencio.

Jim se lo quedó mirando. Siempre le sorprendía que un hombre tan tímido y enfermizo en la vida real pudiera adquirir tal fuerza en el escenario. La voz, la mirada, los gestos... todo él parecía revestido de autoridad y misterio. Uno casi estaba por creer que era capaz de conjurar a los espíritus, y que sus trucos y sus juegos de magia eran obra de los demonios... Jim le había visto actuar una docena de veces, y el espectáculo siempre le dejaba sin habla.

A desgana, apartó la vista del espectáculo y se escabulló bajo el escenario, el camino más rápido para ir de un lado a otro del teatro. Se movió silenciosamente entre cuerdas, focos, escotillones y todo tipo de conductos y tuberías y salió al otro lado justo cuando el público estallaba en aplausos.

Se agachó, se introdujo por una puertecilla en el auditorio, y luego se coló por otra que llevaba a la escalera. Cuando llegó arriba, tuvo que retroceder rápidamente unos pasos. Frente a la puerta del palco que ocupaban los perseguidores de Mackinnon montaba guardia un tercer hombre, un tipo malcarado con aspecto de boxeador.

Jim reflexionó un instante y salió de entre las sombras al pasillo. A la luz de las lámparas de gas, los dorados y las felpas tenían un aspecto viejo y raído. Jim le hizo una señal al matón de la puerta, que se inclinó ceñudo hacia él.

—Nos hemos enterado de que Mackinnon tiene un par de amigos aquí —le dijo—. Van a intentar sacarlo del teatro. En unos instantes, hará un truco para desaparecer, se meterá debajo del escenario y aparecerá entre el público, cerca de la salida. Entonces sus amigos lo meterán en un coche de alquiler y se lo llevarán volando. Será mejor que vayas a la entrada mientras yo entro un momento y pongo al jefe al corriente.

El boxeador asintió y se alejó con su pesado cuerpo a cuestas. «Es fantástico lo que se consigue con un poco de descaro», pensó Jim, y se volvió a la puerta del palco. Su plan era arriesgado; podía aparecer alguien en cualquier momento. Pero era lo único que podía hacer. Extrajo del bolsillo un manojo de alambres, se puso en cuclillas, metió un alambre en el ojo de la cerradura y lo fue girando suavemente hasta notar que algo se movía. Entonces sacó el alambre, lo dobló en la posición adecuada y lo introdujo de nuevo. Aprovechando los aplausos, consiguió cerrar la puerta del palco.

Se irguió justo a tiempo para ver al encargado del teatro avanzando por el pasillo.

—¿Qué haces aquí, Taylor?

—Traigo un mensaje para los caballeros del palco —contestó Jim—. No hay problema, ahora mismo vuelvo a mi sitio.

—Tu trabajo no consiste en llevar mensajes.

—Pero debo hacerlo si Mr. Mackinnon me lo pide, ¿no?

Dio media vuelta y se marchó. Volvió a bajar las escaleras y echó un vistazo al escenario: ¿Cuánto tiempo faltaba para que Mackinnon acabara el espectáculo? Calculó que quedarían cinco minutos, lo suficiente para echar una ojeada fuera.

Haciendo caso omiso de las protestas e imprecaciones del tipo «mira por dónde vas, cretino», se abrió paso a través del apretado grupo de tramoyistas y artistas hasta la puerta de salida del escenario. Desde allí se desembocaba en un callejón que discurría entre la parte trasera del teatro y la pared de un almacén de muebles. No había otra salida.

Dos hombres que estaban apoyados en el muro dieron un paso hacia delante en cuanto vieron aparecer a Jim.

—¡Hola! —dijo Jim amablemente—. Hace un calor de mil demonios ahí dentro. ¿Ustedes esperan a Miss Hopkirk?

Miss Hopkirk era la soprano, y sus admiradores solían esperarla a la salida con flores e invitaciones a cenar.

—¿Y a ti qué te importa? —dijo uno de los hombres.

—Bueno, sólo quería ser amable —dijo Jim sin mostrarse ofendido.

—¿Cuándo acaba el espectáculo? —preguntó el otro individuo.

—Está a punto de acabar. Será mejor que vuelva a mi puesto —dijo Jim, y volvió a entrar en el teatro.

Meditabundo, se frotó la barbilla. Si la puerta trasera estaba bloqueada y la salida principal resultaba arriesgada..., sólo quedaba una posibilidad, y también era arriesgada. Por otra parte, tenía su emoción. Atravesó corriendo la zona de bastidores hasta que se topó con cuatro obreros que, sentados alrededor de un cajón puesto boca abajo, jugaban a las cartas bajo un débil foco de luz.

—Eh, Harold —dijo—. ¿Te importa prestarme la escalera de mano?

—¿Para qué? —preguntó el hombre de más edad sin levantar los ojos de sus cartas.

—Un nido de pájaros.

—¿Eh? —el hombre alzó la mirada—. Bueno, pero devuélvemela.

—Ah, vaya, ese es el problema. ¿Cuánto dinero ganaste con el soplo que te di la semana pasada?

El hombre murmuró unas palabras y, dejando las cartas sobre la mesa, se puso en pie.

—¿Adónde te la llevas? La necesitaré dentro de diez minutos, en cuanto acabe el espectáculo.

—Es arriba en el telar —dijo Jim.

Llevó a su amigo aparte y le explicó lo que necesitaba sin dejar de estar atento a lo que ocurría alrededor. La actuación de Mackinnon estaba a punto de acabar. El hombre se rascó la cabeza, se echó la escalera de mano al hombro y subió hacia la oscuridad de las alturas. Mientras tanto, Jim volvió corriendo a su puesto para bajar el telón. Llegó justo a tiempo.

Un acorde de la orquesta, el estallido de los aplausos, un saludo del artista y descendió el telón. Sin preocuparse por el batiburrillo de objetos que habían aparecido sobre el escenario —una esfinge, una pecera con un pez dorado, un montón de ramos de flores— Mackinnon saltó a la zona de bastidores. Jim lo agarró del brazo y lo arrastró hasta la escalera.

—¡Suba por aquí! —le ordenó—. Hay tipos que vigilan las dos salidas, pero aquí no nos encontrarán. ¡Suba!

Mackinnon había sufrido una nueva transformación. En la penumbra de los bastidores se le veía apocado y vacilante, y la cara maquillada de blanco le daba un aspecto enfermizo.

—No puedo —susurró.

—¿A qué se refiere?

—No puedo subir por aquí. Las alturas… —miró tembloroso a su alrededor.

Jim lo empujó con impaciencia hacia la escalera.

—Suba, por el amor de Dios. Por esta escalera suben y bajan un montón de tipos cada día. ¿O prefiere salir y enfrentarse a esa pareja de destripadores que he visto en el callejón?

Mackinnon movió la cabeza con desmayo y empezó a trepar por la escalera. Jim levantó una esquina de la cortina para tapar lo que ocurría, porque no quería que ninguno de los tramoyistas presenciara la escapada, y acto seguido subió detrás de Mackinnon.

Llegaron a una estrecha plataforma con barandilla que atravesaba el escenario de un lado a otro. Era donde trabajaban los iluminadores, donde enfriaban las lámparas de gas y recuperaban las gelatinas coloreadas. Al intenso calor se sumaba un ambiente irrespirable —mezcla de olor a metal caliente, sudor de los obreros y el apresto de los grandes telones de lona— que hacía llorar los ojos y producía picor en la nariz.

No se quedaron mucho rato. Otra escalera más corta les condujo a una pasarela de hierro que colgaba de cuerdas y poleas. El suelo era una rejilla metálica a través de la cual se divisaba el escenario, allá abajo, donde los carpinteros estaban instalando las piezas y los paneles para el decorado de la obra que se estrenaría al día siguiente.

Como los focos estaban dirigidos hacia abajo, también allí estaba oscuro y hacía calor. El panorama que se divisaba le recordó a Jim un cuadro del infierno que había visto en el escaparate de una tienda de arte: las cuerdas —algunas tirantes y otras que colgaban sueltas—, las grandes vigas de madera que soportaban el peso del decorado, y la bóveda, el foso y la plataforma que se adentraban en la oscuridad a distintos niveles, componían una infinita sucesión de planos hasta el abismo que se abría abajo, donde unas figuras negras como el carbón manipulaban el fuego.

Mackinnon se balanceaba en la pasarela y se agarraba con las manos a la barandilla.

—No puedo —gemía—. ¡Dios santo, bájame de aquí!

Su voz sonó con un acento escocés que normalmente no se percibía en su habla cultivada.

—No sea blandengue —le dijo Jim—. No se caerá. Sólo un poco más, vamos…

Mackinnon avanzó a trompicones hacia donde Jim le indicaba. Al final de la pasarela les esperaba Harold, el obrero, con su escalera de mano. Le tendió la mano a Mackinnon, que se aferró a ella con todas sus fuerzas.

—Ya está, caballero —dijo Harold—. Ya lo tengo. Agárrese aquí —y guió las manos de Mackinnon hasta la escalera de mano.

—¡No! No quiero subir más. No puedo… No puedo hacerlo.

—¡Silencio! —dijo Jim. Le había parecido oír un ruido que venía de abajo. Se asomó sobre la barandilla, pero sólo vio cuerdas y telones colgando—. Escuchad… —Se oía el sonido de unas voces, pero era imposible entender lo que decían.

—Tenemos dos minutos antes de que encuentren el camino hasta aquí. Agárralo bien, Harold.

Jim trepó por la escalera de mano y abrió el pestillo de un ventanuco que había en lo alto de la polvorienta pared de ladrillos. Cuando hubo abierto la ventana, bajó rápidamente y empujó a Mackinnon hacia la escalera. A decir verdad, esta operación tenía su riesgo. La escalera de mano salvaba el hueco que había entre el final de la pasarela y la pared, y para pasar por la ventana uno tenía que atreverse a soltar las manos y lanzarse con los brazos extendidos hacia la oscuridad. Y una caída desde allí… Entonces se oyó un ruido de pisadas. Alguien subía por la primera escalera.

—Venga, muévase —dijo Jim—. No se quede ahí sudando como un bendito. Suba y salga por la ventana. ¡Vamos!

Mackinnon, que también había oído las pisadas, puso un pie en la escalera de mano.

—Gracias, Harold —dijo Jim—. ¿Quieres otro consejo? Belle Carnival para la carrera del Príncipe de Gales.

—Belle Carnival, ¿eh? Espero tener más suerte que la última vez —gruñó Harold mientras sujetaba la escalera de mano para que subieran.

Mackinnon temblaba de miedo, y Jim colocó los brazos a su altura, a modo de protección lateral.

—Vamos, maldita sea. ¡Suba! ¡Rápido!

Mackinnon se movía despacio, escalón a escalón, y Jim le pisaba los talones, azuzándole. Cuando llegaban arriba, sintiendo que el hombre estaba a punto de desfallecer y parecía incapaz de seguir adelante, le soltó entre dientes:

—¡Ya están aquí! ¡Ya llegan! Son cuatro tipos fornidos, armados de cuchillos y cachiporras. Ahora échese hacia delante hasta encontrar una ventana y salga por allí. Al otro lado hay una distancia de poco menos de un metro hasta el tejado del edificio de al lado. Así, con las dos manos, muy bien, ahora elévese...

Mackinnon sacó los pies de la escalera y pataleó furiosamente en el aire, y estuvo a punto de hacer caer a Jim al vacío. Tras unos segundos de frenético movimiento, sin embargo, las piernas de Mackinnon desaparecieron, y Jim supo que ya había pasado por la ventana.

—¿Todo bien, Harold? —preguntó en voz baja—. Ahora es mi turno.

—Date prisa —susurró el obrero con voz ronca.

Jim afianzó la escalera en la pared y buscó a tientas la ventana. Cuando encontró el alféizar, se agarró a él y se elevó para hacer pasar su cuerpo por el hueco. En un par de segundos tenía medio cuerpo fuera, y luego cayó sobre una fría y húmeda plancha de plomo.

Se encontraban al aire libre, y Mackinnon estaba vomitando.

Jim se levantó con sigilo y dio un par de pasos para inspeccionar. Estaban en un alféizar entre la pared del teatro, que se alzaba todavía un par de metros hasta el tejado, y el inclinado tejado de la fábrica de encurtidos que había al lado, formado por una serie de secciones triangulares, relucientes de humedad a la luz del atardecer y dispuestas en hilera, como las olas que suelen dibujar los niños, hasta unos veinte metros más allá.

—¿Se encuentra mejor? —preguntó Jim.

—Sí. Son las alturas, ya sabes…

—¿Por qué le persiguen? ¿Quiénes son esos tipos?

—El pequeñajo se llama Windlesham. Es un asunto complicado… Hay un asesinato de por medio.

Tenía un aspecto muy extraño: cara pintada de blanco, ojos y labios negros, chaqueta negra y pechera blanca; un ser descolorido que no parecía de este mundo. Jim le observó atentamente.

—¿Un asesinato? —preguntó—. ¿A quién han asesinado?

—¿Podemos bajar de aquí? —preguntó Mackinnon mirando alrededor.

Jim se frotó la barbilla pensativo.

—Hay una escalera de emergencia al otro lado del tejado. Pero no haga demasiado ruido. Dentro hay un tipo que vigila los encurtidos.

Se encaramó a la primera sección del tejado de la fábrica y se deslizó silenciosamente por el otro lado. Las secciones tenían unos dos metros de altura y estaban húmedas y resbaladizas. Antes de llegar a la escalera de incendios, Mackinnon resbaló y se cayó un par de veces.

«¿Por qué estoy haciendo esto?», se preguntó Jim mientras le ayudaba a levantarse. Le sorprendió lo poco que pesaba Mackinnon. Era liviano como un crío.

Pero lo del asesinato lo había dicho en serio. Estaba aterrorizado, y no solamente a causa de las alturas.

La salida de incendios era una estrecha escalera de hie-

rro sujeta con tornillos a la pared de la fábrica. Afortunadamente, conducía a un patio oscuro y tranquilo. Tembloroso
y empapado en sudor, Mackinnon fue sacando las piernas
fuera del tejado hasta encontrar el primer peldaño, y luego,
con cara de terror y los ojos cerrados, bajó sentándose en
cada escalón.

Jim llegó abajo antes que él. Le tomó del brazo.

—Necesito una copa —musitaba Mackinnon.

—No sea bobo —le dijo Jim—. No puede entrar en un
pub vestido de esta manera. No duraría ni cinco minutos.
¿Dónde vive?

—En Chelsea. En Oakley Street.

—¿Lleva dinero encima?

—Ni un penique. Oh, Dios mío.

—Está bien. Venga conmigo. Le llevaré a un sitio donde
podrá cambiarse de ropa y tomar un trago. Y entonces ha-
blaremos de este asunto del asesinato, que me parece apa-
sionante.

Mackinnon se encontraba atontado, en un estado de estupefacción. No pareció sorprenderle la autoridad y el
aplomo con que aquel joven tramoyista de ojos verdes po-
bremente vestido lo condujo hasta la calle, paró un coche
de alquiler y le dio al cochero una dirección de Bloomsbury.

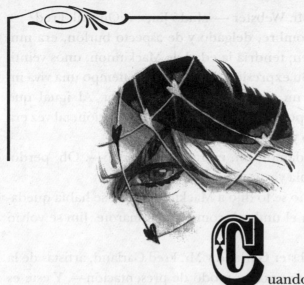

uando llegaron a Burton Street, una tranquila callecita de casas adosadas cerca del Museo Británico, Jim pagó el coche de alquiler y abrió la puerta de una tienda de aspecto cuidado que ocupaba la esquina. Encima de la ventana, un letrero rezaba: GARLAND & LOCKHART, FOTÓGRAFOS. Mackinnon miraba nervioso a su alrededor. Jim le hizo entrar en la oscuridad de la tienda y le condujo hasta una cálida y bien iluminada habitación.

Era una curiosa combinación de laboratorio, cocina y destartalada, aunque acogedora, sala de estar. Había un tablero abarrotado de productos químicos junto a la pared, un fregadero en el rincón y una cocina económica de color negro, flanqueada por una vieja butaca y un sofá. El aire estaba impregnado de un olor penetrante y desagradable.

El mal olor provenía en gran parte de la corta pipa de cerámica que fumaba uno de los dos hombres que se encontraban en la habitación. Tenía unos sesenta años, era alto y fornido, con hirsuto cabello gris y una barba del mismo color. Cuando Jim entró, el hombre alzó la cabeza.

—Hola, Mr. Webster —saludó Jim—. ¿Qué tal, Fred?

El otro hombre, delgado y de aspecto burlón, era mucho más joven; tendría la edad de Mackinnon, unos veinticinco años. Su expresión denotaba a un tiempo una viva inteligencia y un agudo sentido del humor. Al igual que Mackinnon, poseía algo que llamaba la atención, tal vez era el pelo rubio y alborotado, o la nariz rota.

—Te saludamos, oh, extranjero —recitó—. Oh, perdone, no le había visto.

Esto último se lo dijo a Mackinnon, que se había quedado de pie en el umbral, como un pasmarote. Jim se volvió hacia él.

—Mr. Webster Garland y Mr. Fred Garland, artistas de la fotografía —anunció a modo de presentación—. Y este es Mr. Mackinnon, el Mago del Norte.

Los hombres se levantaron para estrechar la mano del recién llegado. Webster dijo entusiasmado:

—Le vi actuar la pasada semana… ¡Maravilloso! En el teatro Alhambra. ¿Le apetece un whisky?

Mackinnon se acomodó en la butaca, en tanto Jim se sentaba en un taburete junto al banco. Mientras Webster servía las bebidas, Jim contó lo sucedido.

—Hemos tenido que salir por el tejado. El caso es que Mr. Mackinnon tenía que marcharse a toda prisa y se dejó la ropa de calle en el camerino, así como el dinero y todo lo demás. Seguramente yo podré recoger sus cosas mañana por la mañana, pero por lo que parece se ha metido en un buen lío. Pensé que tal vez podríamos ayudarle.

Al observar la expresión indecisa de Mackinnon, Fred aclaró la situación:

—Esta es la Agencia de Detectives Garland, Mr. Mackinnon, y nos hemos enfrentado a todo tipo de casos. ¿Qué le ocurre?

—No estoy seguro de que... —empezó a decir Mackinnon—. Yo no sé si este es un caso adecuado para una agencia de detectives. Se trata de algo muy... vago, muy confuso. No sé, de verdad...

—No le hará ningún daño contarlo —observó Jim—. Si no lo aceptamos, no le cobraremos, así que no tiene usted nada que perder.

Jim habló con cierta frialdad, y Webster enarcó ligeramente las cejas. A Jim empezaba a irritarle Mackinnon. Le molestaba su actitud furtiva y sigilosa, su desagradable combinación de indefensión y astucia.

—Jim tiene razón, Mr. Mackinnon —terció Fred—. Si no hay acuerdo, no hay pago. Y puede confiar plenamente en nuestra discreción. Nada de lo que nos cuente saldrá de aquí.

Mackinnon dirigió la mirada de Frederick a Webster, y de Webster a Frederick, y finalmente se decidió.

—De acuerdo —repuso—. Se lo contaré, pero todavía no sé si quiero una investigación. Tal vez sea preferible dejar que todo esto se calme. Ya veremos.

Apuró su whisky y Webster le sirvió otro.

—Usted me habló de un asesinato —le recordó Jim.

—Ya llegaremos a eso. ¿Qué saben ustedes de espiritismo, señores?

Frederick enarcó las cejas.

—¿Espiritismo? Qué curioso que me lo pregunte. Hoy un caballero me ha pedido que investigue un asunto de espiritismo. Un caso de fraude, me imagino.

—Hay muchos fraudes, es cierto —aceptó Mackinnon—, pero algunas personas poseen auténticas capacidades paranormales. Yo soy una de ellas. Y contrariamente a lo que puedan pensar, en mi profesión esto es un inconveniente. Intento no mezclar las cosas. Lo que hago en el escenario puede parecer magia, pero es pura técnica. Cualquiera podría hacerlo si practicara lo suficiente. Los poderes paranormales, en cambio... son un don. Yo practico la psicometría. ¿Conocen el término?

—Lo he oído, sí —dijo Frederick—. Consiste en tomar un objeto y adivinar toda suerte de cosas sobre él. ¿Es eso?

—Les haré una demostración —propuso Mackinnon—. ¿Tienen algo con lo que pueda probar?

Fred se estiró para alcanzar un objeto redondo de latón que había sobre el tablero de la cocina, una especie de reloj de bolsillo sin esfera. Mackinnon tomó el objeto entre las manos y se inclinó hacia delante con los ojos cerrados y el entrecejo fruncido.

—Veo... dragones. Dragones rojos, tallados. Y una mujer... Es china. Está quieta, muy solemne, y observa, simplemente observa. Hay un hombre echado en una cama o en una especie de diván. Está dormido. No, se mueve, está soñando. Grita... Alguien llega. Es un criado, un chino. Trae una... pipa. Se pone en cuclillas... Lleva una vela encendida. Está encendiendo la pipa. Hay un olor dulzón, empalagoso... opio. Bueno, ya está. —Abrió los ojos y les miró—. Tiene algo que ver con el opio, ¿no es así?

Demasiado asombrado para responder, Frederick se pasaba la mano por el cabello. Su tío se reclinó en el asiento y soltó una carcajada, y hasta Jim se sintió impresionado, tanto por la atmósfera de misterio que había creado Mackinnon con su silenciosa concentración como por lo que había explicado.

—Ha dado en el blanco —admitió Frederick. Se inclinó y tomó el objeto de las manos de Mackinnon—. ¿Sabe qué es esto?

—No tengo la menor idea —confesó Mackinnon.

Frederick hizo girar una pequeña llave que había en un lado del objeto y pulsó un botón. Del mecanismo salió una larga cinta de metal blanquecino que quedó apilada en un montoncito sobre el tablero.

—Es un quemador de magnesio —le explicó Frederick—. Enciendes un extremo y, a medida que se va quemando, un resorte lo va sacando a la misma velocidad, de manera que siempre tienes una luz constante para tomar fotografías. Y la última vez que usé este chisme fue en un fumadero de opio en Limehouse. Estuve fotografiando a los pobres diablos que fuman allí. Así que… esto es la psicometría, ¿eh? Estoy impresionado. ¿Y cómo se produce? ¿Le llega a uno una imagen, como una fotografía?

—Algo parecido —contestó Mackinnon—. Es como soñar despierto. No puedo controlarlo… Me viene a la mente en los momentos más inesperados. Y este es el problema: he visto un asesinato y el asesino sabe que lo he visto. Pero no sé cómo se llama.

—Para empezar, no está mal —dijo Frederick—. La historia promete. Será mejor que nos la cuente. ¿Otro whisky?

Volvió a llenar el vaso de Mackinnon y se sentó a escuchar.

—Fue hace seis meses —empezó Mackinnon—. Estaba actuando en la mansión de un aristócrata. Es algo que hago de vez en cuando… más como un invitado que como un artista contratado, ya me entienden.

—¿Quiere decir que no cobra? —preguntó Jim.

Mackinnon le resultaba cada vez más insoportable: su actitud condescendiente, su tono de voz, demasiado alto y un poco áspero, su refinado acento escocés…

—Hay unos honorarios, por supuesto —repuso secamente Mackinnon.

—¿Quién era el aristócrata? —preguntó Frederick.

—Preferiría no decirlo. Es un personaje importante en la esfera política. No hay razón para mezclarlo en este asunto. Por ningún motivo.

—Como quiera —manifestó amablemente Frederick—. Por favor, continúe.

—El día de la actuación, yo estaba invitado a la cena. Es mi sistema habitual. Todo el mundo da por supuesto que soy un invitado más. Después de la cena, cuando las señoras se retiraron y los caballeros se quedaron en el comedor, yo me dirigí al saloncito de música a fin de preparar los objetos que necesito para mi actuación. Sobre la tapa del piano vi una cigarrera que alguien se había dejado olvidada, y la tomé en mis manos para colocarla en otro lugar. Al momento tuve una de las experiencias psicométricas más intensas de toda mi vida.

»Me encontraba a la orilla de un río, en un bosque. Era un bosque del norte, poblado de abetos negros; había nevado y el cielo era oscuro y gris. Dos hombres caminaban junto al río, y mantenían una fuerte discusión. Yo no podía oírlos, pero los veía con toda claridad, igual que ahora les veo a ustedes. De repente, uno de ellos extrajo una espada de una especie de bastón que llevaba, y sin previo aviso, atravesó con ella el pecho del otro, tres, cuatro, cinco, seis veces. Vi que un oscuro charco de sangre teñía la nieve.

»Cuando el hombre quedó totalmente inmóvil, el asesino buscó un poco de musgo y limpió con él la hoja de su espada. Después se inclinó, cogió el cadáver por los pies y lo arrastró hacia el agua. Volvía a empezar a nevar. Entonces oí el ruido del cuerpo al caer al agua.

Cuando acabó de hablar, Mackinnon bebió un trago de su whisky. «O esta historia es cierta —pensó Jim—, o es mucho mejor actor de lo que yo creía.» Porque Mackinnnon tenía escalofríos, y en sus ojos se leía una expresión de terror. Pero, bueno, en realidad era un maldito actor, un profesional del espectáculo...

Mackinnon continuó su relato:

—En unos instantes volví en mí, y me di cuenta de que todavía tenía la cigarrera entre las manos. Entonces se abrió la puerta de la habitación y entró el hombre al que acababa de ver. Era uno de los invitados, un individuo grande y robusto con el pelo liso y rubio. Al darse cuenta de que yo tenía la caja entre las manos, se acercó a recogerla; nos miramos a los ojos, y él supo lo que yo había visto... No me dijo nada, porque en ese momento entró un criado en la habitación. Se volvió al criado y le dijo: «Gracias, ya la he encontrado». Me miró por última vez y se marchó. Pero estaba claro que lo sabía.

»Aquella noche, mientras hacía mi número, dondequiera que mirara me parecía ver aquella espada atravesando furiosamente a un hombre, y la oscura sangre cayendo sobre la nieve. La mirada de aquel tipo fornido, de expresión impasible, me seguía a todas partes. Bueno, por supuesto, no le fallé a mi anfitrión. La actuación fue un éxito, me aplaudieron mucho y algunos caballeros llegaron incluso a decir que ni el gran Maskelyne me hubiera superado. Acabada la función, recogí mis bártulos y me marché de inmediato, en lugar de departir con los invitados, como acostumbro a hacer. Ya ven, empezaba a estar asustado.

»Desde aquel día vivo aterrado por la posibilidad de encontrarme con aquel hombre. Hace poco, ese hombrecillo con gafas, Windlesham, vino a verme y me dijo que su jefe quería hablar conmigo. No me dijo el nombre, pero yo supe a quién se refería. Y esta tarde el hombrecillo regresó con unos matones... Bueno, Jim, ya los viste. Me dijo que tenía que llevarme ante su jefe para arreglar unos asuntillos. Eso fue lo que me dijo. Pero yo sé que quieren matarme.

Van a por mí y quieren matarme, estoy seguro. ¿Qué puedo hacer, Mr. Garland? ¿Qué puedo hacer?

Frederick se rascó la cabeza.

—¿No sabe cómo se llama este hombre?

—Aquella noche había muchos invitados. Puede que me lo presentaran, pero no lo recuerdo. Y Windlesham no me lo ha querido decir.

—¿Por qué piensa que quieren matarle?

—Esta noche me han advertido que, si no les acompañaba después del espectáculo, las consecuencias serían muy graves. Si tuviera un trabajo normal, me escondería, tal vez cambiaría de nombre. ¡Pero soy un artista! Para ganarme la vida tengo que estar visible. ¿Cómo voy a esconderme? Medio Londres me conoce.

—Entonces, eso le pone a salvo, ¿no? —dijo Webster Garland—. Quienquiera que sea, difícilmente se atreverá a hacerle daño a usted, que es el centro de atención de todas las miradas, ¿no?

—Este hombre es distinto. No he visto a nadie con una expresión más despiadada. Además, tiene amistades en las altas esferas, es un hombre rico y bien situado, mientras que yo no soy más que un pobre mago. Oh, ¿qué puedo hacer?

Reprimiendo la sugerencia que se le ocurrió, Jim se puso de pie y salió de la habitación para respirar una bocanada de aire fresco. Cada vez le resultaba más difícil ocultar la irritación que le producía ese hombre. No sabía exactamente por qué, pero el caso es que nunca había conocido a nadie que le resultara más antipático.

Se sentó en el patio trasero y estuvo arrojando piedrecitas a la ventana sin vidrio del nuevo estudio que Webster se estaba construyendo hasta que oyó que paraba un coche de alquiler en la puerta delantera. Cuando calculó que Mackinnon ya se había marchado, entró de nuevo en la casa.

Webster encendía su pipa con la brasa de una ramita que había sacado del fuego y Frederick estaba ocupado enrollando la cinta de magnesio en el quemador de bolsillo.

—Un bonito misterio, Jim —comentó Frederick, alzando la vista—. ¿Por qué has desaparecido?

Jim se dejó caer en la butaca.

—Me estaba atacando los nervios —manifestó con repulsa—, y no me preguntéis por qué; no lo sé. Debía haber dejado que se las arreglara solo, en lugar de arriesgar el pellejo ayudándole a salir por el tejado. «Oh, no puedo soportar las alturas. ¡Bájame de aquí, bájame de aquí!» Y esa maldita actitud de superioridad: «Por supuesto, me tratan como a un invitado más». Un tonto muerto de miedo, eso es lo que es. No irás a tomártelo en serio, ¿no, Fred? Quiero decir que no querrás aceptarlo como cliente, ¿verdad?

—En realidad, no quería exactamente encargarnos el caso. Lo que desea es protección, más que detección, y ya le he dicho que no nos dedicamos a eso. Pero me ha dado sus señas, y le he prometido que mantendremos los ojos abiertos. No se me ocurre qué más podemos hacer ahora mismo.

—Para empezar, podemos decirle que nos deje en paz —insistió Jim—. Que se las arregle él solito.

—¿Para qué? Si dice la verdad, la historia es interesante, y si miente, resulta más interesante todavía. Deduzco que tú piensas que miente.

—¡Claro que miente! —explotó Jim—. Nunca había oído semejante sarta de embustes.

—¿Te refieres a la psicometría? —preguntó Webster, arrellanándose en el sofá—. ¿Y qué me dices de su pequeña demostración? Si a ti no te ha impresionado, reconozco que a mí sí.

—Sois unos pardillos, vaya que sí —sentenció Jim—. No quiero ni pensar lo que os pasaría si os las vierais con un fullero. Es un mago, ¿vale? Sabe más de aparatos y de mecanismos que el propio Fred. Sabía para qué servía el aparato y vio la fotografía que tienes ahí colocada, de la que estás tan orgulloso. Sumó dos y dos y os dejó con la boca abierta, como un par de besugos.

Webster dirigió la mirada a la repisa de la chimenea, donde Fred había enganchado una de las fotografías del fumadero de opio. Con una carcajada, le arrojó un almohadón a Jim, que lo agarró al vuelo y se lo colocó bajo la nuca.

—De acuerdo —admitió Fred—, puede que tengas razón. Pero la otra historia, sobre el bosque y el asesinato en la nieve…, ¿cómo te la explicas?

—Eres un bendito —repuso Jim—. No te habrás tragado ese cuento, ¿no? Me deprimes, Fred. Imaginaba que tenías algo de seso en la mollera. Pero como parece que te has caído del nido, tendré que explicártelo. El tipo tiene algo contra ese tío, el invitado a la fiesta. Puede que le esté haciendo chantaje, por ejemplo, y el tipo quiera sacárselo de encima, como es normal. Y si no os gusta esta explicación, probad esta otra: estaba liado con la mujer del otro y lo han descubierto.

—Esto es lo que me gusta de la mentalidad, o como quieras llamarlo, de Jim —comentó Fred dirigiéndose a Webster—, que prescinde de florituras y de elucubraciones y se queda con lo esencial…

Jim soltó un bufido burlón.

—¡Así que te lo habías tragado de verdad! Estás perdiendo facultades, amigo, va en serio. Sally no habría picado el anzuelo con una historia así. Pero, claro, a ella la cabeza le sirve para algo.

El rostro de Frederick se ensombreció.

—No me hables de esa ingrata vociferante.

—¿Ingrata vociferante? Muy bueno, sí señor. ¿Cómo la

llamaste la última vez? Una máquina fría y calculadora, de mente estrecha y obcecada. Y ella te llamó cabeza hueca y soñador casquivano, y entonces tú le contestaste que...

—¡Basta, maldita sea! No quiero saber nada más de ella. Háblame de...

—Apuesto a que vas a verla antes de que acabe la semana.

—Hecho. Apuesto media guinea a que no.

Cerraron el trato con un apretón de manos.

—Pero, ¿tú le crees, Fred? —le preguntó su tío.

—No es necesario que le crea para que el caso me intrigue. Como acabo de comentar, aunque Jim ya no se acuerde, si el hombre miente, el asunto resulta todavía más interesante, no menos. En cualquier caso, en este momento me interesa el espiritismo. Cuando se dan este tipo de coincidencias, siempre lo interpreto como una señal de que ocurre algo.

—Pobre Fred —rezongó Jim—. Es triste presenciar el deterioro de una mente brillante...

—¿Y qué pasa con el espiritismo? —preguntó Webster—. ¿Hay algo que investigar?

—Mucho —respondió Fred sirviéndose más whisky—. Hay fraude, hay credulidad, hay miedo —y no tanto miedo a la muerte como a que no exista un más allá—, hay soledad, hay esperanza y hay vanidad, y es posible que, en medio de todo esto, haya algo real.

—Déjate de discursos —le espetó Jim—. Son tonterías.

—Bueno, por si te interesa, mañana hay una reunión en la Asociación Espiritista del Distrito de Streatham...

—¡Pandilla de cretinos!

—... una reunión, decía, que puede ser de interés para una mente amplia y abierta de miras como la tuya. Sobre todo cuando se está cociendo algo. ¿Por qué no me acompañas y echamos un vistazo?

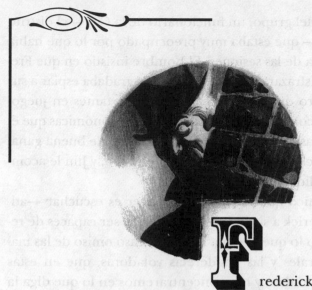

rederick no era ni por asomo la única persona interesada en el espiritismo, uno de los temas que más pasión despertaba en la época. Al parecer, los espíritus no tenían nada mejor que hacer que intentar comunicarse con los vivos; los golpeteos y repiqueteos resonaban por doquier, desde las humildes salitas hasta los lujosos salones y los laboratorios universitarios, y se contaban historias de las más extrañas manifestaciones: voces fantasmagóricas, trompetas espirituales, médiums capaces de exudar una sustancia llamada ectoplasma…

El asunto era muy serio. ¿Había vida después de la muerte? ¿Eran reales los fantasmas y las apariciones? ¿Se encontraba la humanidad a un paso de realizar el descubrimiento más importante de la historia? Mucha gente se entregó al tema en cuerpo y alma, y entre los que más en serio se lo tomaban estaban los miembros de la Asociación Espiritista del Distrito de Streatham, que ahora se encontraban reunidos en casa de Mrs. Jamieson Wilcox, viuda de un respetable tendero.

A Frederick la invitación le llegó de manos de uno de los

miembros del grupo, un funcionario de la City —el distrito financiero— que estaba muy preocupado por lo que había oído en una de las sesiones. El hombre insistió en que Frederick se disfrazara. Le dijo que no le agradaba espiar a sus amigos, pero que había cosas muy importantes en juego, cuestiones con tremendas implicaciones económicas que él no podía pasar por alto. Frederick accedió de buena gana. Aquella noche se convirtió en un científico, y Jim le acompañó en calidad de ayudante.

—Lo único que tenemos que hacer es escuchar —advirtió Frederick a su amigo—. Hemos de ser capaces de recordar todo lo que se diga. Haremos caso omiso de las manos espectrales y las panderetas voladoras, que en estas sesiones abundan, y nos concentraremos en lo que diga la vidente.

Frederick se había alisado el pelo y se lo había peinado hacia delante. Sobre su nariz rota cabalgaban unas gafas de montura redonda que le hacían parecer un búho estrafalario. Jim, interesado a su pesar, llevaba una batería y una pequeña caja forrada de latón. Estuvo protestando por el peso todo el camino hasta Streatham.

A las siete de la tarde, el salón de Mrs. Jamieson Wilcox se encontraba abarrotado: doce personas tan apretadas que apenas se podían mover. Aunque se había retirado parte del mobiliario, todavía quedaban una mesa de tamaño considerable, un piano, tres butacas, una suerte de cajón repleto de objetos y un aparador donde una solemne piña tropical hacía compañía al retrato orlado de negro del difunto Mr. Jamieson Wilcox.

La habitación estaba caldeada, o más bien hacía un calor insoportable. En el hogar ardían carbones encendidos, y sobre las repisas ornamentales, las lámparas de gas estaban a la máxima potencia. Los espiritistas allí reunidos también aportaban su parte de calor corporal, fortalecidos como estaban por un sustancioso refrigerio. En el aire flotaban todavía los aromas del salmón en lata, la lengua de ternera, las gambas en conserva, la remolacha y la crema de vainilla. Muchos de los presentes se secaban el sudor de la frente o se abanicaban, pero a ninguno se le habría ocurrido aflojarse la corbata o quitarse la chaqueta.

La reunión propiamente dicha empezaba a las siete y media. Cuando se acercaba la hora, un corpulento caballero abrió con ademán autoritario su reloj y carraspeó sonoramente en demanda de atención. Se trataba de Mr. Freeman Humphries, comerciante de paños retirado y presidente de la asociación.

—Señoras y señores —empezó—. ¡Amigos y compañeros en la búsqueda de la verdad! Antes de nada, quisiera dar las gracias en nombre de todos a Mrs. Jamieson Wilcox por el delicioso y abundante refrigerio del que acabamos de disfrutar —hubo murmullos de asentimiento—. Acto seguido, quiero dar la bienvenida a Mrs. Budd, la reputada médium y vidente cuyos mensajes tanto nos impresionaron y consolaron en su última visita. —Se volvió para hacer una ligera inclinación de cabeza en dirección a una mujer de mirada pícara, gordezuela y morena, que le correspondió con una coqueta sonrisa. El hombre carraspeó de nuevo y volvió la atención a sus papeles—. Por último, estoy seguro de que todos están deseando conocer al Dr. Herbert Semple, de la Royal Institution, y a su ayudante. Cedo la palabra al Dr. Semple para que nos explique el propósito de esta reunión y nos hable de sus investigaciones.

Era el turno de Frederick. Se levantó y paseó la mirada por aquella habitación repleta de gente; miró a los oficinistas, a los tenderos y a sus esposas, al joven pálido que no paraba de sorber por la nariz y a la pálida joven que lucía un collar de azabache. Miró a Mrs. Budd, la médium (quien contemplaba con franca admiración su figura ataviada con una levita), a Mrs. Jamieson Wilcox, y la piña tropical.

—Muchas gracias, Mr. Humphries —comenzó—. Unas viandas excelentes, Mrs. Wilcox. Un té de primera clase. Bien, señoras y caballeros, les estoy muy agradecido por su invitación. Mi ayudante y yo estamos desde hace un tiempo muy interesados en las investigaciones sobre el estado de trance, especialmente en lo que se refiere a la conductividad de la piel. Esta caja —Jim la colocó sobre la mesa y Frederick la abrió para descubrir un serpentín de cobre, una madeja de alambre enrollado, dos bornes de latón y una esfera de cristal— es una versión mejorada del electrodermógrafo inventado por el profesor Schneider, de Boston.

Le entregó a Jim un cabo de alambre para que lo conectara a las baterías y luego desenrolló cuatro alambres más, cada uno con un pequeño disco de latón en un extremo. Todos estaban conectados al serpentín de cobre.

—Estos alambres se conectan a las muñecas y los tobillos de la médium —explicó—, y la resistencia eléctrica aparece en la esfera de cristal. ¿Me permite que la conecte, Mrs. Budd?

—Conéctame a tu aparato siempre que quieras, corazón —respondió ella con viveza.

Frederick tosió.

—Ejem... Bueno. ¿Una de las señoras sería tan amable de conectar los alambres a los tobillos de Mrs. Budd? Comprendo que es un asunto delicado...

Pero Mrs. Budd no quería saber nada de delicadezas.

—Oh, de ninguna manera, cielo —dijo—. Hazlo tú y así no me electrocutaré. Además, tienes poderes, ¿no es así? Lo he sabido en cuanto te he visto, corazón. Rezumas espiritualidad por todas partes.

—Oh —dijo Frederick, consciente de la amplia sonrisa que se pintaba en la cara de Jim—. Bien, en ese caso...

Arrastrando los alambres, Frederick desapareció bajo el mantel. Las señoras y los caballeros de la Asociación Espiritista, atrapados entre lo impropio de que un joven manipulara unos tobillos femeninos y la evidente espiritualidad de los implicados en la tarea, optaron por carraspear y charlar educadamente mientras miraban hacia otro lado. Al cabo de un minuto, Frederick emergió de debajo de la mesa y anunció que los alambres estaban conectados.

—Y sí que lo has hecho con suavidad —comprobó Mrs. Budd—. No parecía ni que me estuvieras tocando. ¡Qué manos de artista!

—Bien —anunció Frederick, propinándole un puntapié a Jim en el tobillo—. ¿Qué les parece si probamos el aparato?

Todo el mundo acercó su silla, y pronto los espiritistas y sus invitados se apiñaron lo mejor que pudieron en torno a la mesa. Frederick estaba junto a Mrs. Budd, con el electrodermógrafo frente a él. Antes de poder escapar, Jim se vio atrapado entre una robusta mano llena de anillos por un lado y una firme manaza por el otro.

—Las luces, por favor, Mrs. Wilcox —suplicó Mr. Freeman Humphries—, y la dueña de la casa fue bajando la llama de cada una de las lámparas antes de volver a su sitio.

La iluminación ahora era muy tenue. Se hizo un completo silencio.

—¿Puede ver su aparato, Dr. Semple? —inquirió una voz sepulcral.

—Perfectamente, muchas gracias. La aguja está bañada en pintura luminosa. Empiece cuando quiera, Mrs. Budd.

—Muchas gracias, querido —repuso ella con placidez—. Dense las manos, señoras y caballeros.

Alrededor de la mesa, las manos se buscaron unas a

otras y las palmas se unieron. El círculo se cerró. Frederick, unido por la derecha a la mano cálida y húmeda de Mrs. Budd y por la izquierda a los huesudos dedos de la joven paliducha, observaba la caja con atención.

Todo estaba en silencio.

Transcurrido un minuto, Mrs. Budd exhaló un largo y tembloroso suspiro. Con la cabeza caída sobre el pecho, parecía dormir profundamente. De repente, se despertó y empezó a hablar… con voz masculina.

—¿Ella? —llamó la voz—. ¿Ella, querida?

Era una voz sonora y bien timbrada que provocó que a más de uno, entre los que estaban alrededor de la mesa, se le erizaran los pelos de la nuca. Mrs. Jamieson Wilcox se sobresaltó y dijo con voz débil:

—¡Oh, Charles, Charles! ¿Eres tú?

—Claro que soy yo, querida —respondió la voz. Era una voz de hombre, una voz que ninguna mujer podría imitar, una voz con más de sesenta años de oporto, queso y uvas pasas a cuestas—. Ella, querida, aunque los hados nos hayan separado, no permitamos que nuestro amor se enfríe…

—¡Nunca, Charles! ¡Oh, nunca!

—Estoy día y noche contigo, querida. Dile a Filkins, en la tienda, que preste más atención al queso…

—Que preste más atención al queso…, sí…

—Y vigila a nuestro chico, Victor. Me temo que va con malas compañías.

—Oh, Charles, querido. ¿Y qué puedo…?

—No temas, Ella. La luz bendita está brillando y la tierra dorada me llama. Debo partir. No olvides el queso, Ella… Filkins es poco cuidadoso al envolverlo. Debo partir, me voy…

—¡Oh, Charles! ¡Oh, Charles! Hasta siempre, amor mío.

Se oyó un suspiro, y el espíritu del tendero partió. Mrs.

Budd sacudió la cabeza como si despertara de una cabezadita. Mrs. Jamieson Wilcox vertió discretamente unas lágrimas en un pañuelo orlado de negro y luego la sesión se reanudó.

Frederick miró a su alrededor. En aquella penumbra, era imposible interpretar las expresiones de los demás, pero se percibía un cambio en el ambiente. Ahora la gente estaba emocionada, nerviosa y expectante, dispuesta a creérselo todo. No cabía duda de que se trataba de una buena profesional. Frederick estaba convencido de que todo era un montaje, pero no había llegado hasta allí para oír hablar a un tendero sobre quesos.

Y entonces ocurrió.

Mrs. Budd fue presa de un pequeño estremecimiento y empezó a hablar en voz baja… Esta vez era su propia voz, pero teñida de miedo y horror.

—El chispazo… —dijo—. Hay un alambre, y la aguja del contador da vueltas y más vueltas: ciento uno, ciento dos, ciento tres… No, no, no… Campana. Campanas. El hombre de las campanas. Era un barco tan bonito, y la niñita ha muerto… No es Hopkinson, pero ellos no deben saberlo. No. Manténgalo oculto. Una espada en el bosque; oh, sangre en la nieve, y el hielo… Él sigue ahí, en un ataúd de hielo… El regulador. Trescientas libras, cuatrocientas… ¡North Star! Hay una sombra en el norte…, una niebla llena de fuego, un vapor repleto de muertes, metido en cañerías, cañerías de vapor… bajo North Star. ¡Oh, qué horror…!

Su voz fue debilitándose, se convirtió en un gemido lleno de tristeza… hasta que se hizo el silencio.

Eso era lo que Frederick había venido a oír. Aunque no entendió el significado del discurso, el tono en el que fue pronunciado le puso la carne de gallina. Sonaba como una persona atrapada en una pesadilla.

Los demás espiritistas no se movían, sumidos en un respetuoso silencio. Finalmente, Mrs. Budd exhaló un hondo suspiro, se despertó y volvió a tomar las riendas.

Se oyó un sonoro acorde procedente del piano. Todos se sobresaltaron, y hasta las tres fotografías que reposaban sobre el piano en sus marcos de plata temblaron ligeramente.

En el centro de la mesa sonó un furioso repiqueteo. Todas las cabezas se volvieron bruscamente en esa dirección, para alzarse de inmediato hacia el techo, donde se estaba formando una pálida y temblorosa mancha de luz. Por más que sabía que Mrs. Budd lo manipulaba todo, Frederick no pudo evitar sentirse impresionado: las cortinas se agitaban, las cuerdas del piano chirriaban con furia, y hasta la pesada mesa, cubierta por un mantel damasquinado, empezó a oscilar y a balancearse como un barquito en medio de la tormenta. Una pandereta que había sobre la repisa de la chimenea tintineó una sola vez y cayó de golpe en el fuego.

—¡Una manifestación física! —gritó Mr. Humphries—. ¡Que nadie se mueva! Pongamos atención. Los espíritus no nos harán daño…

Pero, evidentemente, los espíritus abrigaban otras intenciones con respecto al electrodermógrafo, porque de repente, del aparato brotó una ráfaga de luz acompañada de un potente crujido y de olor a quemado. Mrs. Budd gritó alarmada y Frederick se apresuró a ponerse de pie.

—¡Luces! ¡Encienda las luces, por favor, Mrs. Wilcox!

En medio de la confusión, la anfitriona logró encender una lámpara de gas, y Frederick se inclinó inmediatamente sobre la médium para soltarle los alambres de las muñecas.

—¡Un magnífico resultado! —exclamó—. Mrs. Budd, ha superado usted todas mis expectativas. ¡Una lectura nunca vista! ¿Se ha hecho daño? No, claro que no. El aparato se ha roto, pero eso no tiene importancia. ¡No ha podido resistir un resultado tan potente! La aguja se ha pasado de la esfera. ¡Maravilloso!

Miraba con una sonrisa triunfante a los espiritistas que, deslumbrados por la luz, entornaban los ojos con estupefacción. Jim empezó a desconectar los alambres mientras Mrs. Budd se frotaba las muñecas.

—Le pido mil disculpas, Mrs. Wilcox —siguió diciendo Frederick—. No teníamos intención de interrumpir la sesión, pero dése cuenta de que esto es una prueba científica. Cuando publique mi informe, esta reunión de la Asociación Espiritista del Distrito de Streatham marcará un cambio decisivo en la historia de la investigación psíquica. ¡No me extrañaría que así fuera, no! Un resultado magnífico.

Complacidos con estas palabras, los asistentes se relajaron, y Mrs. Jamieson Wilcox, que en los momentos de crisis siempre tendía a recurrir a los alimentos, propuso una reconfortante taza de té. Pronto estuvieron todos servidos y charlando amistosamente; un grupo de admiradores rodeaba a Mrs. Budd, mientras Frederick y Mr. Humphries conversaban animadamente junto a la chimenea y Jim se ocupaba de recoger el electrodermógrafo ayudado por la joven más atractiva de la reunión.

A los pocos minutos, algunos de los invitados se levantaron para marcharse y Frederick se puso también de pie. Estrechó las manos de todos, separó a Jim de la chica y dedicó unas palabras especiales de admiración y reconocimiento a Mrs. Budd antes de irse.

Un hombre de mediana edad, delgado y nervioso, salió casualmente de la casa al mismo tiempo que ellos y caminó a su lado en dirección a la estación. En cuanto doblaron la esquina, Frederick se detuvo y se quitó las gafas.

—Así está mejor —dijo, frotándose los ojos—. Bien, Mr. Price, ¿era esto lo que esperaba? ¿Es esto lo que suele pasar?

Mr. Price asintió con la cabeza.

—Lamento que su máquina se haya roto —murmuró. Tenía el aspecto de lamentar muchas más cosas.

—No hay nada que lamentar. ¿Qué sabe usted de la electricidad?

—Me temo que absolutamente nada...

—Como la mayoría de la gente. Si yo conectara este aparato a un pepino y asegurara que allí se aloja el espíritu de tío Albert y la aguja se moviera, todos creerían la historia a pies juntillas. No, esto es una cámara.

—¡Oh! Pero yo creía que para fotografiar se necesitaban productos químicos y un montón de...

—Eso era antes, con las placas de colodión; había que irlas mojando en la solución de vez en cuando. Esta cámara tiene una placa de gelatina... un nuevo invento, mucho más práctico.

—Ah.

—Y el estallido de luz ha sido deliberado. No se puede tomar una fotografía a oscuras. Estoy deseando revelar la placa para ver a Nellie Budd en plena actuación con sus trucos... Sin embargo, esa historia de chispazos y sombras y North Star... eso era otra cosa.

—Sin duda, Mr. Garland. Esto fue lo que de verdad me alarmó. He visto actuar a Mrs. Budd en cuatro ocasiones, y cada vez entra en un trance de estos, muy distinto al resto de la sesión, y habla en detalle de asuntos que yo conozco por mi trabajo en la City. Son arreglos financieros, cosas así, algunos de ellos muy secretos. No me lo explico.

—¿Y ha reconocido a alguien en lo de esta noche? Por ejemplo, ¿quién es ese Hopkinson?

—El nombre no me dice nada, Mr. Garland. Esta noche sus palabras han sido oscuras y confusas. Únicamente lo de las campanas y North Star...

—Dígame.

—Ella ha hablado del hombre de las campanas, ¿recuerda? Bien, pues es el apellido de mi jefe: Mr. Bellmann,* Axel Bellmann, el financiero sueco. Y North Star es el nombre de la nueva empresa que ha creado. Lo que temo es que se corra la voz, y que se sospeche de mí... Para un administrativo es muy importante la reputación, es su única baza para encontrar trabajo. Mi mujer no goza de buena salud, y si me ocurriera algo, tiemblo al pensar lo que...

—Entiendo, por supuesto.

—Temo que la pobre señora, me refiero a Mrs. Budd, se encuentre bajo la influencia de un ser maligno —prosiguió Mr. Price, entornando los ojos a la luz de una farola, bajo la fina lluvia que había empezado a caer.

—Es perfectamente posible —admitió Frederick—. Bueno, Mr. Price, le aseguro que me ha revelado usted un asunto muy interesante. Déjelo en nuestras manos, y no se preocupe más.

—De acuerdo —anunció Jim cuando se encontraban en el tren, diez minutos más tarde—. He cambiado de opinión. Aquí hay gato encerrado.

Frederick llevaba la cámara sobre las rodillas y había estado leyendo las palabras pronunciadas por Nellie Budd en su extraño trance. Jim era muy bueno con las palabras; había sido capaz de recordarlas y escribirlas todas al dedillo. Y acababa de descubrir algo curioso.

—Esto liga con la historia de Mackinnon —dijo Jim mientras volvía a leer el papel.

* En inglés, «bell man» significa literalmente «hombre de las campanas». *(N. de la T.)*

—No seas bobo —dijo Frederick.

—Te aseguro que es cierto, compañero. Escucha: «Una espada en el bosque; oh, sangre en la nieve, y el hielo… Él sigue ahí, en un ataúd de hielo…». Frederick parecía indeciso.

—Es posible. Sin embargo, no entiendo lo del ataúd de hielo. ¿No era la Bella Durmiente la del ataúd de hielo? Sangre en la nieve… Esa era Blancanieves o la protagonista de otro cuento de hadas. Pero, vaya, pensé que no te creías nada.

—No hace falta creérselo para ver una conexión entre las dos historias, ¿no? Te apuesto diez chelines a que esto tiene que ver con el caso de Mackinnon.

—Oh, no. No pienso hacer apuestas sobre Mackinnon. Es capaz de aparecer aquí en cualquier momento. Venga, quiero que reveles esta placa cuanto antes. Llévate las baterías a Burton Street y yo iré hasta Piccadilly en un coche de alquiler y le haré una visita a Charlie.

ra tarde, y la City
estaba silenciosa y oscura, pero en el despacho de S. Lockhart, asesora financiera, aún había actividad. En el hogar
ardían todavía algunas brasas, y la alfombra estaba sembra-
da de papeles, algunos arrugados en forma de bola y des-
perdigados alrededor de la papelera, otros apilados en
montoncitos según un complicado sistema. Sally estaba sentada a la mesa, con tijeras y pegamento a un lado y una de-
sordenada mezcla de periódicos, cartas, certificados y archivos al otro. Sobre el secante reposaba un atlas abierto
por la página de los países bálticos.

Chaka estaba tendido en su sitio habitual frente a la chimenea, con la cabezota inclinada a un lado. Soñaba, y de
vez en cuando sacudía nervioso las patas delanteras.

A Sally le molestaba el cabello, que continuamente se le
venía sobre la cara, y le dolían los ojos de tanto forzar la vista. Por enésima vez, alzó la cabeza con impaciencia para cal-
cular la distancia entre la mesa y la lámpara de gas. Se preguntó de nuevo si merecía la pena empujar la mesa hacia la
lámpara, a costa de desorganizar los papeles apilados en el

suelo, y de nuevo decidió que no y volvió su atención al atlas. Lo estaba examinando con ayuda de una lente de aumento.

De repente, el perro se sentó sobre los cuartos traseros y gruñó.

—¿Qué ocurre, Chaka? —preguntó Sally con voz queda, y escuchó.

Al cabo de un momento, alguien llamó a la puerta de la calle, y Sally se levantó, prendió una vela en la lámpara de gas y la colocó en un farol para protegerla de las corrientes de aire.

—Vamos, muchacho —dijo, tomando las llaves que había sobre la mesa—. Veamos quién es.

El perrazo se levantó, dio un tremendo bostezo y se estiró. Luego trotó detrás de su ama por dos tramos de escaleras. La luz de la vela que sostenía Sally era la única en el edificio, y todo se veía oscuro y amenazador alrededor. Pero Sally no sentía ningún temor; estaba acostumbrada. Abrió la puerta de la calle y contempló con frialdad a la persona que estaba en el umbral.

—¿Y bien? —dijo.

—¿Quieres que te lo explique todo aquí en la puerta de entrada, o me invitas a pasar? —preguntó Frederick Garland.

Sally se apartó sin decir palabra. Cuando Frederick entró y empezó a subir las escaleras, Chaka gruñó, y Sally le puso la mano en el collar. Nadie rompió el silencio.

En el despacho, Frederick arrojó al suelo su abrigo y su sombrero y depositó con cuidado la cámara al lado de las prendas. Luego acercó una silla a la chimenea, y el perro volvió a gruñir.

—Dile a esta bestia que soy un amigo —dijo Frederick.

Sally no tomó asiento. Acarició la cabezota del perro, que se sentó vigilante junto a su ama.

—Estoy ocupada —dijo Sally—. ¿Qué te trae por aquí?

—¿Qué sabes de espiritismo?

—Por Dios, Fred —contestó ella con exasperación—. ¿A qué estás jugando? Tengo cosas que hacer.

—¿Conoces a un hombre llamado Mackinnon, un mago?

—Nunca he oído hablar de él.

—De acuerdo, a lo mejor conoces a otro hombre. Se llama Bellmann, y hay algo que se llama North Star.

Sally abrió unos ojos como platos, cogió una silla y se sentó muy despacio.

—Sí, he oído hablar de él —dijo—. ¿De qué se trata?

Frederick le explicó en pocas palabras lo sucedido en la sesión espiritista y le tendió el papel escrito por Jim. Sally pestañeó varias veces y entornó los ojos.

—¿Esto lo ha escrito Jim? —preguntó—. Normalmente puedo leer su letra, pero...

—Lo escribió en el tren —le explicó Frederick—. Tendrías que equipar este lugar con unas buenas luces. Espera... Deja que te lo lea en voz alta.

Le leyó el escrito. Cuando alzó la vista, en el rostro de Sally se pintaba una ligera agitación.

—¿Qué te parece? —preguntó.

—¿Qué sabes de Axel Bellmann? —le preguntó ella a su vez.

—A decir verdad, casi nada. Es un empresario y mi cliente trabaja para él. Es lo único que sé.

—¿Y tú te consideras un detective?

Lo dijo en tono burlón, pero sin mala intención. Se agachó para rebuscar entre los papeles desparramados por el suelo y el cabello volvió a caerle sobre la cara. Se lo apartó con un gesto impaciente y alzó hacia Frederick un rostro encendido y unos ojos brillantes de excitación. Frederick sintió que lo inundaba una inevitable oleada de amor, seguida, cómo no, de una oleada de resignado enfado. ¿Cómo era posible que esta asesora financiera medio ignorante y obsesiva tuviera tanto poder sobre él?

Exhaló un suspiro, y tomó el papel que Sally le tendía, escrito con letra clara y precisa:

«Axel Bellmann: Nacido en Suecia (¿?) en 1835 (¿?). Se hizo famoso por primera vez en relación con el comercio de madera. — Fábricas de cerillas en Goteborg y Estocolmo; fábrica en Vilno cerrada por el Gobierno después de que 35 trabajadores murieran en un incendio. — Intereses en navieras: Compañía de Navegación a Vapor Anglo-Baltic. — Minería, fundición de hierro. — Compra a bajo precio empresas que van mal, las cierra y vende las propiedades. — Llegó a Inglaterra en 1865. — Un extraño escándalo con las líneas de ferrocarril mexicanas. Desaparecido. Es posible que estuviera en prisión en México, 1868-1869. — Luego estuvo en Rusia con su socio Arne Nordenfelds, de nuevo en un negocio ferroviario (¿?). De Nordenfelds no se sabe nada de antes ni de después. — Bellmann llega a Londres en 1873, al parecer con muchos fondos. — Los periódicos lo apodan: «El rey del vapor». — Funda nuevas empresas, mineras y químicas sobre todo. — Intereses económicos en el vapor, líneas férreas, etcétera. — ¿North Star? — Soltero. — Direcciones: Hyde Park Gate 47; Baltic House; Threadneedle Street.»

—Da la impresión de ser un hombre muy astuto. ¿Por qué te interesa? —dijo Frederick mientras le devolvía el papel.

—Uno de mis clientes perdió todo su dinero en la compañía naviera Anglo-Baltic. La culpa fue mía, Fred, y me siento muy mal. Le aconsejé que invirtiera en esa empresa, y unos pocos meses después quebró. No había nada que lo indicara... Lo he estado estudiando, y creo que ha sido una maniobra deliberada para hundir la empresa por completo. Miles de personas habrán perdido su dinero. Lo hicieron muy bien, y nadie habría sospechado nada. Pero cuanto más lo estudio, más convencida estoy de que hay algo raro. Todavía no tengo pruebas, pero hay algo sucio en esto. Este tipo, Nordenfels...

—¿Te refieres al socio de Bellmann en Rusia? ¿El tipo del que no se sabe nada?

—Sí. Hoy he encontrado algo. He de añadirlo a mis notas. Nordenfels era un diseñador de máquinas de vapor. Fue quien diseñó el *Ingrid Linde*, un barco de vapor de la Anglo-Baltic que desapareció en el trayecto a Riga. No estaba correctamente asegurado, y ese fue uno de los motivos de que la compañía naviera se arruinara. Pero Nordenfels ha desaparecido, sencillamente; después de Rusia no hay ni rastro de él.

Fredérick se rascó la cabeza, se arrellanó en el asiento y estiró las piernas, cuidando de no molestar a Chaka.

—¿Y por qué hay un signo de interrogación después de North Star?

—Porque sencillamente ignoro lo que es. Por eso me parece tan emocionante tu sesión de espiritismo. ¿Qué dijo exactamente la médium?

Sally tomó de nuevo el papel y se lo acercó a los ojos.

—«No es Hopkinson, pero ellos no deben saberlo...» Y luego dice «el regulador». Es asombroso, Fred. Nadie sabe qué es ni qué hace esa empresa, la North Star; los periódicos, desde luego, lo desconocen. Lo único que he conseguido sacar en claro es que tiene relación con una máquina, o un procedimiento, o «algo», lo que sea, que recibe el nombre de autorregulador Hopkinson.

—Las máquinas de vapor tienen reguladores —dijo Frederick—. Y ese tal Bellmann, ¿no recibía el apodo de «el rey del vapor»?

—Así era hace un tiempo. Creo que Bellmann tenía una persona que trabajaba para él, tal vez un periodista, que se dedicaba a publicar datos sobre él en los periódicos. No eran verdaderas noticias, sino notas sueltas que lo pintaban como un personaje de interés, importante; alguien en quien merecía la pena invertir. Cuando llegó a Inglaterra, hace seis o siete años, y puso en marcha sus primeras empresas, los periódicos le pusieron ese apodo. Pero ya hace tiempo que no lo llaman así. Y las noticias que se publican sobre él parecen más verídicas…, aunque no son muchas. Apenas se habla de él. Sin embargo, es el hombre más rico de Europa. Y es un malvado, Fred; destruye cosas. ¿Cuántas personas, como mi cliente, invirtieron su dinero en esa compañía naviera para que luego él la hundiera deliberadamente? Voy a ir a por él. Haré que pague por lo que ha hecho.

Sally tenía los puños apretados sobre las rodillas, y sus ojos estaban encendidos de rabia. El perro, acostado junto a ella, gruñó débilmente.

—¿Y qué pasa con el asunto del espiritismo? —dijo Frederick al cabo de un rato—. La médium, Mrs. Budd, ¿crees que capta realmente esta información del espacio o está mintiendo? No sé qué pensar.

—No sé nada de ella —dijo Sally—, pero he conocido a personas en Cambridge, científicos, que investigaban este tema. Hay algo más que palabrería, estoy convencida. Supongo que podría haber leído el pensamiento de tu cliente, que debía saberse todos los datos de memoria.

—Es posible… Aunque me dijo que no sabía nada de los «chispazos». Ni de las trescientas libras. Parece una suma ridícula, tratándose del hombre más rico de Europa.

—Puede que no se trate de dinero —dijo Sally.

—¿Se refiere al peso, entonces? ¿Quieres decir que es gordo?

—Máquinas de vapor —dijo Sally.

—Ah, la presión. Trescientas libras por pulgada cuadrada*... Imposible. A lo mejor es para eso para lo que sirve el autorregulador, para que la presión no alcance ese nivel. Pero para eso existen las válvulas. Un asunto interesante, Lockhart. Ayer mismo tuve otro cliente..., bueno, no era propiamente un cliente, era un tipo que Jim se trajo del teatro, una especie de mago. Tiene visiones, psicometría lo llama él, y está convencido de que ha presenciado un asesinato. No sé qué espera que haga yo...

—Mmmm... —Sally parecía estar pensando en otra cosa—. ¿Vas a seguir con el asunto de las sesiones de espiritismo?

—¿Quieres decir como un caso para investigarlo? Ya está, de hecho. En cuanto revele la fotografía le haré una visita a Nellie Budd, a ver qué me cuenta. ¿Por qué lo preguntas?

—No interfieras en mi trabajo; sólo eso.

Frederick se incorporó, enfadado.

—Bueno, bueno. ¡Mira qué bonito! Si yo no fuera un caballero te podría decir lo mismo, espantajo presumido. Pero soy educado y me callaré. ¡Qué no interfiera! Pues vaya.

Sally esbozó una sonrisa.

—De acuerdo, haya paz. —Luego la sonrisa se desvaneció y su semblante adquirió un aire de cansancio—. Pero, Fred, por favor, ten cuidado. Para mí es muy importante de-

---

* Una pulgada cuadrada = 6,45 centímetros cuadrados. *(N. de la T.)*

volver ese dinero. Si te enteras de algo, te agradecería que me lo dijeras.

—¿Y por qué no trabajamos juntos?

—No. Conseguiremos un mejor resultado por separado, en serio.

Fred sabía que sería imposible hacerla cambiar de parecer, así que al cabo de un rato se levantó para marcharse, y Sally lo acompañó hasta la puerta de la calle. El perrazo iba delante, abriendo paso en la oscuridad. Ya en el umbral de la puerta, Fred se volvió con la mano tendida, y Sally dudó un segundo antes de estrechársela.

—Intercambiaremos información, eso es todo —dijo—. Por cierto...

—¿Qué?

—Esta mañana he visto a Jim. Le debes media guinea.

Frederick fue incapaz de contenerse y soltó una carcajada retumbante.

—¿Y bien? ¿Qué ocurre? —preguntó Webster, sentado frente al tablero de la cocina.

Era la mañana siguiente a la sesión de espiritismo. Fred le había entregado media guinea a un exultante Jim, y ahora estaba ampliando la fotografía de Nellie Budd.

—Tiene cuatro manos —dijo Frederick—. Además, la foto está muy bien de luz.

—No te puedes fiar —comentó su tío—. Es mejor trabajar con magnesio, créeme. —Se secó las manos y se acercó para mirar de cerca la fotografía que sostenía Frederick—. ¡Válgame Dios! Está haciendo unas cuantas trampas, ¿no?

La médium había sido atrapada en plena faena. Con una mano levantaba el borde de la mesa y con la otra estiraba una cuerda o un cordel que iba cogido a la cortina. Junto a ella, la mano de Jim se agarraba a lo que parecía un guante relleno.

—Ahora parece una tontería —dijo Frederick—, pero la

mano que yo agarraba me parecía totalmente real. Mira la cara de Jim…

El rostro de Jim, habitualmente risueño, tenía en la foto una expresión extraña, entre el temor reverencial y la alarma de quien está a punto de perder los pantalones. Webster se rió.

—Esto ya vale tu media guinea —dijo—. ¿Y ahora qué pensáis a hacer con esto? ¿Descubrir el pastel y dejar a la pobre mujer sin trabajo?

—Oh, no —dijo Frederick—. Me resulta demasiado simpática para hacerle esta jugada. Si los miembros de la Asociación Espiritista del Distrito de Streatham son tan estúpidos como para creérselo, Nellie Budd tiene mi bendición. Creo que haré unas copias y las venderé. Las llamaré «Recelo o Jim y los espíritus». No, la foto será mi tarjeta de presentación cuando vaya a ver a Nellie Budd.

La intención de Frederick era visitar a Nellie esa misma tarde, pero a media mañana, un nuevo suceso cambió sus planes. Y es que apareció Mackinnon, envuelto en una amplia capa y tocado de un sombrero de ala ancha para no ser reconocido, aunque de hecho llamaba más la atención con su extraño atuendo que si se hubiera presentado con un regimiento de caballería.

Webster se encontraba trabajando en su estudio y Jim estaba ausente, de modo que el único que lo vio en el cuarto que había detrás de la tienda fue Frederick.

—Necesito su ayuda —se apresuró a decirle Mackinnon en cuanto tomaron asiento—. Esta tarde tengo un compromiso privado y quiero que usted me acompañe. Ya sabe, por si acaso el individuo…

—¿Un compromiso privado?

—Una fiesta con fines benéficos en casa de lady Harbo-rough. Asistirán un centenar de personas. La entrada cuesta cinco guineas, y lo que se recauda se destina a un hospital. Yo actúo sin cobrar, por supuesto. Sólo percibo una cantidad simbólica por los gastos.

—¿Y qué quiere que haga yo? Ya le he dicho que no me dedico a la seguridad personal. Si lo que necesita es un guardaespaldas...

—No, nada de guardaespaldas. Pero me sentiría más seguro si alguien estuviera al tanto, sólo eso. Si el hombre se me acercara, usted podría entablar conversación con él. Para distraer su atención, ¿entiende?

—Ni siquiera sé qué aspecto tiene. Mr. Mackinnon, se está mostrando usted condenadamente inconcreto. Cree que un hombre le persigue porque usted ha tenido una visión en la que él asesinaba a alguien, pero usted no sabe a quién, ni dónde ni cuándo, y no sabe tampoco cómo se llama ese hombre ni sabe...

—Le estoy contratando para que lo averigüe —dijo Mackinnon—. Y si no es capaz de hacerlo, le agradeceré que me recomiende un detective que pueda encargarse de ello.

Envuelto en aquella capa y con aquel estrafalario sombrero, Mackinnon tenía un aspecto severo y autoritario, y un tanto ridículo. Frederick soltó una carcajada.

—Muy bien, ya que lo presenta así, le acompañaré. Pero recuerde que no soy su guardaespaldas. Si ese tipo intenta atravesarle con una espada, yo me limitaré a silbar y a mirar por la ventana. Ya he tenido bastantes encontronazos en mi vida.

Diciendo esto, se frotó la nariz, rota durante una pelea seis años atrás en un solitario muelle de Wapping. Y había tenido suerte de poder contarlo.

—Entonces, ¿vendrá usted? —preguntó Mackinnon.

—Sí, pero dígame lo que quiere que haga. ¿Seré su ayudante o algo así?

La expresión de Mackinnon reveló bien a las claras que no le gustaba la idea. Le tendió a Fred una tarjeta de invitación.

—Enseñe esto en la puerta, pague sus cinco guineas y podrá entrar como invitado —le dijo—. De etiqueta, por supuesto. Limítese a… mirar. Observe a los asistentes. Permanezca en un sitio donde yo le pueda ver fácilmente. Encontraré el modo de hacerle saber que el individuo está presente… si es que está. Ignoro si piensa asistir. Y si lo ve, descubra cómo se llama. Bueno, ya sabe lo que tiene que hacer.

—Parece sencillo —dijo Frederick—. Sólo hay un fallo en el plan, y es que serán sus cinco guineas y no las mías las que pagaré.

—Por supuesto —dijo Mackinnon con irritación—. Eso está hecho. Entonces estará usted allí. Me pongo en sus manos.

Si nos llegáramos a Burton Street para hacernos un retrato, lo más probable es que nos atendiera un fotógrafo joven, moreno y de complexión robusta que responde al nombre de Charles Bertram, muy apreciado por Webster Garland. Como era un fotógrafo imaginativo y habilidoso, sus retratos poseían un aire de realismo y de movimiento. Al igual que Sally, Charles Bertram tenía razones para apreciar el talante desenfadado y bohemio de los Garland. Su padre era un barón, y él tenía el título de Honorable. Si no hubiese conocido a Webster, se habría quedado en un aristócrata aficionado a la fotografía. Sin embargo, entre los técnicos y los artistas, lo único que cuenta es la capacidad de hacer las cosas bien, algo que a Charles Bertram le sobraba. Y así fue como ocupó su lugar junto a Jim el tramoyista, Frederick el detective, Webster el genio y, de vez en cuando, Sally la asesora financiera.

Por supuesto, Charles no se limitaba a aprender a tomar fotografías. Hacer retratos a dos chelines y seis peniques no era un objetivo que mereciera mucho esfuerzo. En realidad, Charles y Webster trabajaban en un proyecto mucho más ambicioso: nada menos que captar el movimiento en placas fotográficas. Con el dinero que Charles había invertido, se estaban construyendo un estudio más amplio en el patio trasero, en previsión de que en el futuro necesitarían más espacio para sus experimentos. Mientras tanto, Charles les echaba una mano en lo que hiciera falta, y esta mañana su tarea consistía en colocar una nueva lente en la cámara principal del estudio.

Frederick estaba en la cocina, emborronando un papel con las ideas que se le ocurrían acerca de Mackinnon y Nellie Budd, y preguntándose si Jim estaría en lo cierto al decir que los dos casos estaban relacionados. De repente, Charles asomó la cabeza y saludó:

—¿Fred?

—Hola, Charlie —dijo Frederick—. ¿Sabes algo de espiritismo?

—Ni una palabra, por suerte. Escucha, ¿me echas una mano con la nueva Voigtländer? Necesito que alguien se ponga...

—Ahora mismo. Y luego tal vez puedas ayudarme —dijo Frederick, y acompañó a Charles al cuarto abarrotado y lleno de gruesos cortinajes que utilizaban como estudio.

Cuando Charles terminó su tarea, Frederick le explicó el trabajo que debía realizar esa noche para Mackinnon.

—Parece un sujeto traicionero —dijo Charles—. Le vi

actuar hace una o dos semanas, en el Britannia. Jim me aconsejó que fuera. Es tremendamente habilidoso... ¿Y dices que alguien lo persigue?

—Eso asegura él.

—Es Mefistófeles. Mackinnon le vendió su alma y ahora el diablo se la reclama.

—No me extrañaría en absoluto. Pero mira, Charles, tú conoces a toda esa gente: lord tal, la condesa de cual... ¿No podrías acompañarme y decirme quiénes son? En unas carreras de caballos o en un fumadero de opio no tengo ningún problema, pero las clases altas británicas son un libro cerrado para mí. ¿Tienes algún compromiso esta noche?

—No. Estaré encantado de ir. ¿Crees que será un lugar peligroso? ¿Debería llevar la pistola?

Frederick soltó una carcajada.

—Tú conoces las costumbres de tu gente, muchacho —dijo—. Si eso es lo que se lleva en una fiesta benéfica, mejor que vayas preparado. Pero si los invitados empiezan a arrojarse los trastos a la cabeza, yo me escabulliré rápidamente. Ya se lo he advertido a Mackinnon.

Cuando llegaron, la mansión de lady Harborough, en Berkeley Square, ya estaba abarrotada. Le enseñaron su invitación a un lacayo, pagaron sus entradas y se vieron conducidos a un salón excesivamente caldeado donde las luces de las lámparas de gas y de las arañas arrancaban destellos a las joyas de las mujeres y hacían brillar los botones de las pecheras. Una puerta de doble hoja se abría a la sala de baile, donde el clamor de voces aristocráticas dejaba oír apenas los discretos valses que interpretaba la orquesta, oculta tras macetones de palmeras.

Charles y Frederick se quedaron a la entrada de la sala y

tomaron las copas de champán que les ofreció un camarero.

—¿Dónde está lady Harborough? —le preguntó Frederick a Charles—. Imagino que debería saber quién es.

—Es esa arpía con impertinentes* —dijo Charles—. La que está junto a la chimenea, charlando con lady Wytham. Me pregunto si habrá venido su hija. Es una belleza.

—¿La hija de quién?

—De Wytham. Allí está él, hablando con sir Ashley Hayward, el de las carreras de caballos.

—Ah, sí. A sir Hayward lo conozco. De vista, quiero decir. El año pasado gané diez libras apostando a su caballo Grandee. Vaya, ¿así que este es lord Wytham, el ministro del Gobierno?

Lord Wytham era un caballero alto y de pelo canoso que miraba nervioso a su alrededor; sus ojos se movían de un lado a otro, se mordía el labio inferior y, de vez en cuando, se llevaba la mano a la boca y se mordisqueaba el dedo como un perro hambriento.

Sentada cerca de lady Harborough, en silencio, había una joven. Según le dijo Charles a Frederick, era lady Mary Wytham. Frente a ella, un grupo de jóvenes caballeros charlaba animadamente. De vez en cuando, la joven esbozaba una educada sonrisa, pero la mayor parte del tiempo permanecía con la mirada baja y las manos unidas sobre el regazo. Tal como había dicho Charles, era tan hermosa que quitaba el aliento. Una vez recobrado de la primera impresión, Frederick decidió que «hermosa» no era la palabra adecuada. Era una muchacha tan sorprendentemente encantadora, y poseía tal gracia y timidez, y un cutis de tan delicado color, que Frederick deseó ir en busca de su cámara, pero estaba claro que le sería imposible captar el rubor de

---

* Anteojos con manija, usados por las señoras *(N. del E.)*

sus mejillas, la elegancia animal de su cuello o la suave línea de sus hombros.

Bueno, tal vez Webster podría hacerlo. O Charles.

Desde luego, debía de ser una extraña familia, ya que tanto el padre como la madre parecían compartir la misma silenciosa desesperación. Lady Wytham también tenía un aire de animal acorralado; era atractiva, aunque sin poseer la belleza de su hija, pero sus ojos oscuros ostentaban la misma mirada trágica y preocupada.

—Háblame de Wytham —le pidió a Charles.

—Bien, pues es el séptimo conde, ocupa un sillón en el Parlamento por algún lugar cerca de Escocia, es presidente de la Junta de Comercio, o por lo menos lo era, aunque creo que Disraeli lo ha sacado del Gobierno. Lady Mary es su única hija. No sé gran cosa de la familia de su mujer. De hecho, eso es todo lo que sé. No es el único político que hay aquí… Mira, también está Hartington…

Charles mencionó media docena más de nombres. Frederick imaginó que cualquiera de ellos podía ser el perseguidor de Mackinnon, pero su mirada volvía una y otra vez a posarse en la inmóvil y esbelta figura de Miss Wytham en el sofá, con su elegante vestido blanco.

Tuvieron ocasión de tomar otra copa de champán antes de que se anunciara el principal espectáculo de la noche. A través de la puerta de doble hoja de la sala de baile se divisaba una hilera de sillas y algunas butacas dispuestas en semicírculo frente a un pequeño escenario con una cortina de terciopelo rojo al fondo y una serie de palmeras enanas y helechos en primer plano.

La orquesta se dispersó. Un pianista aguardaba junto al piano colocado frente al escenario, a un nivel inferior. El público tardó unos minutos en tomar asiento. Frederick buscó para él y para Charles un lugar lo suficientemente cerca del escenario como para que Mackinnon les viera claramente, y con fácil acceso a la salida por si tenían que escabullirse. Cuando le explicó sus razones a Charles, éste se rió.

—Suena como una de las fantásticas historias de Jim. No me extrañaría que apareciera de repente «Jack pies-en-polvorosa», o que «Dick el tocho» se presentara para desvalijarnos. ¿Qué esperas que ocurra, exactamente?

—No tengo la más remota idea —respondió Frederick—. Tampoco lo sabe Mackinnon, y ese es precisamente el problema. Mira, ahí está nuestra anfitriona.

Lady Harborough, informada de que la mayoría de sus invitados habían tomado asiento, pronunciaba desde el escenario un breve discurso en el que describía las labores que llevaba a cabo su fundación de ayuda al hospital, que consistían sobre todo en rescatar de la pobreza a las madres solteras para someterlas a la esclavitud, con el inconveniente añadido de tener que oír cada día a un predicador religioso.

No fue un discurso largo, sin embargo. Una mano amiga ayudó a lady Harborough a descender del escenario y el pianista se sentó, abrió su partitura y se dispuso a interpretar una siniestra serie de arpegios con las notas más graves. Luego se abrió la cortina y Mackinnon hizo su aparición.

Estaba muy cambiado. Aunque Jim le había hablado de la transformación que sufría Mackinnon, Frederick en realidad no le había creído. Ahora pestañeaba estupefacto al comprobar que aquel hombre tímido y huidizo se hallaba investido de poder y autoridad. Se había pintado la cara de blanco, un maquillaje estrafalario a primera vista, pero muy efectivo, ya que le permitía mostrarse a un tiempo siniestro como una calavera, cómico como un bufón o enternecedor como un pierrot.

El disfraz formaba parte esencial del espectáculo. Mackinnon no se limitaba a hacer trucos de magia. Cierto que convertía flores en peceras, sacaba cartas de la nada y hacía desaparecer candelabros de sólida plata, como los magos normales y corrientes. Pero en su caso los trucos de magia eran solamente un medio para un fin: la creación de un mundo donde nada estaba prefijado, donde todo podía cambiar, donde las identidades se mezclaban y se disolvían y conceptos como *blando* y *duro, arriba* y *abajo* o *alegría* y *tristeza* podían convertirse en su opuesto y dejar de tener sentido en un abrir y cerrar de ojos; un mundo donde la única guía útil era la sospecha y el único tema constante la desconfianza.

Se trataba de un mundo un tanto diabólico, pensó Frederick. En la actuación de Mackinnon no había placer, no era un juego inocente. Por absurda que le pareciera la idea (¿se estaría volviendo supersticioso ahora?), por ridícula que fuera a la luz del día, no pudo evitar pensarla: Mackinnon convocaba a las sombras.

En un momento dado, el mago necesitó que alguien de entre el público le prestara un reloj. Así lo anunció, y su oscura mirada se clavó en Frederick con un brillo especial. Éste entendió el mensaje al vuelo, se desenganchó el reloj de bolsillo del chaleco y se lo mostró alzando la mano. Había otras manos levantadas, pero Mackinnon bajó con agilidad del escenario y se llegó en un momento hasta Frederick.

—Muchas gracias, señor —dijo en voz alta—. He aquí un caballero que tiene fe en la benevolencia del mundo de la magia. ¿Acaso puede saber qué terribles transformaciones aguardan a su reloj? ¡No! Puede que vuelva a sus manos convertido en un crisantemo, o incluso en un arenque ahumado. ¿Y por qué no en un batiburrillo de muelles y ruedecillas? ¡Cosas más extrañas se han visto!

Apenas había pronunciado estas palabras cuando Frederick oyó que le susurraba:

—*Junto a la puerta. Acaba de entrar.*

Al instante, Mackinnon volvió al escenario y, con gran alarde de movimientos y mucha palabrería, se dispuso a envolver el reloj en un pañuelo de seda. Sin embargo, a Frederick le pareció detectar un timbre de histeria en su voz, ¿o eran imaginaciones suyas? Se le antojaba que hablaba más rápido, y que sus gestos eran exagerados, incluso descontrolados... En cuanto tuvo ocasión, Frederick se volvió con disimulo hacia el lugar que Mackinnon le había señalado.

Cerca de la puerta de doble hoja estaba sentado un hombre alto y robusto, con el pelo rubio y liso. Tenía los ojos bastante separados y miraba impasible el escenario, con un brazo echado sobre el respaldo de la silla de al lado. Parecía atento, como si se tomara el espectáculo muy en serio. Iba impecablemente vestido, pero tenía un aire brutal. No, se dijo Frederick, la brutalidad implicaba algo animal, y ese individuo parecía más bien maquinal.

Bueno, ¿qué tonterías se le ocurría pensar?

Se dio cuenta de que lo miraba con demasiado descaro, y volvió su atención al escenario. Mackinnon estaba llevando a cabo un complicado juego de magia con el reloj, pero su cabeza estaba en otra parte. Frederick vio que la mano con la que pasaba el pañuelo de un lado a otro de la mesa le temblaba. También se dio cuenta de que no paraba de mirar al hombre que estaba junto a la puerta.

Como buscando una postura más cómoda, Frederick cruzó las piernas y se sentó de lado en la silla, lo que le permitía tener tanto a Mackinnon como al hombre de la puerta en su campo de visión. Fue entonces cuando vio que el caballero le hacía discretamente una seña a un criado. Este se inclinó y el invitado dirigió la vista a Mackinnon, como si comentara algo acerca de él. Era evidente que el mago también se había dado cuenta de la operación; cuando el criado abandonó la sala, se alteró visiblemente. A Frederick le pareció que sólo tres personas importaban en toda la sala de baile: el hombre rubio, Mackinnon y él mismo, que observaba la extraña lucha entre los dos.

En este punto, el público ya era consciente de que algo iba mal. Mackinnon tenía muy mala cara y parecía haberse quedado mudo, y el pañuelo colgaba sin gracia de su mano. De repente, dejó caer el pañuelo al suelo y dio unos pasos hacia atrás.

La música se detuvo. El pianista miraba el escenario, sin saber qué hacer. Se hizo un tenso silencio. Mackinnon, agarrado a la cortina, consiguió balbucir:

—Lamento profundamente… indispuesto… abandonar el escenario.

Con un gesto, corrió la cortina a un lado y desapareció detrás de ella.

El público era demasiado educado para reaccionar con alboroto, aunque desde luego se elevó un murmullo de comentarios. El pianista hizo uso de su libre albedrío para interpretar un vals o alguna pieza suave, y lady Harborough se levantó de su asiento en la primera fila para iniciar una susurrante conversación con un caballero mayor, seguramente su marido.

Frederick tamborileó con los dedos en el brazo de su asiento y tomó una decisión.

—Charlie —dijo en voz baja—. Fíjate en ese tipo fornido que está junto a la puerta, el de pelo rubio. Averigua quién es, ¿quieres? Su nombre, a qué se dedica, su dirección, todo lo que puedas.

Charles asintió con la cabeza.

—¿Pero qué estás pensando…?

—Voy a hacer de detective —dijo Frederick.

Se levantó de su asiento y se encaminó hacia lady Harborough, que se encontraba de pie junto al piano, en compañía del hombre mayor, y parecía que estaba a punto de llamar a un criado. El resto de los invitados —casi todos— miraban educadamente a otro lado y charlaban como si nada hubiera ocurrido.

—Milady —dijo Frederick—, no quisiera interrumpir, pero soy médico, y si Mr. Mackinnon se encuentra indispuesto, tal vez podría hacerle un reconocimiento.

—¡Oh! ¡Qué alivio! —dijo ella—. Estaba a punto de enviar a alguien en busca de un médico. El criado le acompañará, doctor...

—Garland —dijo Frederick.

Un lacayo muy envarado, con el cabello espolvoreado de blanco y unas gruesas pantorrillas que amenazaban con hacer estallar sus blancas medias, parpadeó impasible y le hizo un ademán de asentimiento. Mientras Frederick seguía los pasos del criado, oyó a sus espaldas a lady Harborough ordenando que trajeran a la orquesta, y también vio por el rabillo del ojo a Charles Bertram conversando con uno de los invitados.

El lacayo guió a Frederick a través del vestíbulo y a lo largo de un pasillo hasta una puerta junto a la biblioteca.

—Esta es la habitación que Mr. Mackinnon ha usado para cambiarse de ropa, señor —le dijo.

Golpeó la puerta con los nudillos, pero no hubo respuesta.

Frederick hizo al criado a un lado y abrió. La habitación estaba vacía.

—¿No había un lacayo en el vestíbulo? —preguntó Frederick.

—Sí, señor.

—¿Le importa preguntarle si ha visto a Mr. Mackinnon salir de la sala de baile?

—Desde luego que no, señor. Pero, si me permite decirlo, no creo que haya salido por allí. Desde la parte de atrás del escenario, lo más probable es que haya atravesado el salón.

—Sí, ya entiendo. Pero en el caso de que necesitara salir al exterior para respirar aire fresco, habría pasado por el recibidor, ¿no es así?

—Diría que así es, señor, efectivamente. ¿Quiere que vaya a preguntar?

—Sí, por favor.

Cuando el lacayo se marchó, Frederick se apresuró a echar un vistazo a la habitación, una especie de saloncito; había una lámpara de gas encendida sobre la mesa, y la capa y el sombrero de Mackinnon reposaban sobre una silla frente a la chimenea. Encima de la mesa se veía una caja de mimbre abierta, un tarro de maquillaje y un espejo de mano..., pero ni rastro de Mackinnon.

Pasados un par de minutos, el lacayo llamó con los nudillos a la puerta.

—Parece ser que tenía usted razón, señor —dijo—. Mr. Mackinnon se dirigió a la puerta principal y salió al exterior.

—Supongo que volverá en cuanto se encuentre mejor —dijo Frederick—. Bien, aquí no hay nada más que hacer. ¿Puede mostrarme cómo volver a la sala de baile?

Mientras los criados se ocupaban de llevarse las sillas de la sala de baile, la orquesta volvía a su puesto sobre el escenario y los camareros se paseaban por entre los invitados con copas de champán; era como si hubieran dado un salto atrás en el tiempo y Mackinnon todavía no hubiera empezado su actuación.

Frederick buscó con la mirada al hombre del pelo rubio,

pero no lo encontró. Tampoco Charles aparecía por ningún lado. Tomó una copa del camarero más cercano y se paseó por la sala observando las caras de los invitados. «Parecen un hatajo de aburridos; son tan formales e insípidos, y se sienten tan superiores…», pensó. Se preguntó qué hora sería, y recordó que su reloj estaba en poder de Mackinnon. Si es que seguía siendo un reloj, y no un conejo o un palo de críquet, se dijo con desgana.

Entonces vio a lady Mary Wytham y se detuvo a contemplarla. Estaba sentada cerca del piano, y su madre se encontraba junto a ella. Las dos sonreían educadamente a alguien que Frederick no podía distinguir porque una palmera se interponía en su campo de visión. Se movió hacia un lado y volvió a mirar con disimulo, y entonces vio al hombre del pelo rubio.

Estaba sentado de espaldas a Frederick, de cara a ellas, y charlaba animadamente. Frederick no podía oírlo con claridad, pero no se atrevía a acercarse más; ya se estaba arriesgando demasiado. Simulando que prestaba atención a la música, se dedicó a observar a lady Mary con atención. Su mirada tenía el mismo velo de preocupación que Frederick le viera anteriormente, y no decía una palabra; cuando la conversación requería un comentario, era su madre quien hablaba. Lady Mary parecía atender por obligación, y de vez en cuando lanzaba una mirada en derredor, para volver a fijar la atención en su interlocutor. Frederick se preguntó qué edad tendría; en algunos momentos no parecía tener más de quince años.

Entonces el hombre rubio se puso en pie, saludó a las mujeres con una inclinación de cabeza, tomó la mano que lady Mary le tendió vacilante y la besó. Ella se ruborizó, y sonrió educadamente cuando el caballero dio media vuelta y se marchó.

Cuando el hombre pasó junto a él, Frederick lo observó con disimulo. La impresión que recibió fue que se trataba de un individuo de pelo rubio y ojos saltones de un gris azulado, un hombre dueño de una considerable fuerza física y de un poder tan tenaz e imparable como el de una inmensa masa de agua, capaz de derribar cualquier dique de contención.

El hombre se marchó inmediatamente. Frederick pensó en seguirlo, pero desechó al instante la idea; seguro que tenía un carruaje esperándole y se perdería de vista antes de que él pudiera encontrar un coche. Además, en ese momento apareció Charles Bertram.

—¿Has encontrado a Mackinnon? —preguntó Charles.

—No. Se ha desvanecido en el aire —dijo Frederick—. Ya aparecerá. Más le vale, maldita sea; quiero recuperar mi reloj.

¿Has visto al tipo de pelo rubio? Hace un momento estaba flirteando con lady Mary Wytham.

—¿De verdad? Qué interesante —dijo Charles—. Acabo de enterarme de algunos rumores que corren sobre Wytham; parece ser que está al borde de la bancarrota. Claro que no sé si es verdad. Y el individuo del pelo rubio es un empresario que tiene importantes negocios relacionados con minas, vías férreas y cerillas. Es sueco. Se llama Bellmann.

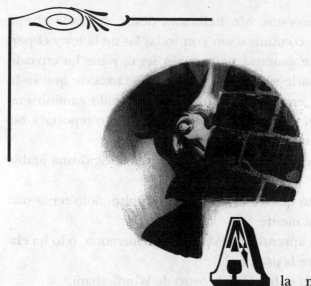

la mañana siguiente, antes de que Frederick hubiera tenido ocasión de comentarle la relación de Mackinnon con el caso, Sally llegó a la oficina y se encontró con un cliente esperando.

Por lo menos ella creyó que se trataba de un cliente. Era un hombre de aspecto apacible, de baja estatura, con lentes de montura dorada. Dijo llamarse Windlesham, y esperó pacientemente a que Sally ordenara echarse a Chaka y se quitara el abrigo y el sombrero. Entonces hizo una declaración sorprendente.

—Represento a Mr. Axel Bellmann —dijo—. Creo que el nombre no le resulta desconocido.

Sally se sentó despacio. ¿Qué significaba aquello?

—Mr. Bellmann ha sabido que ha estado usted investigando y haciendo preguntas insistentes y poco amistosas acerca de sus asuntos —siguió el hombre—. Él es un hombre muy ocupado, con numerosas responsabilidades e importantes intereses en sus manos. Estos rumores falsos y sin fundamento que usted pretende esparcir, aunque a la postre tienen escasa importancia, no pueden más que resultarle molestos. Mr. Bellmann desea ahorrarle el mal rato de una comunicación con todas las de la ley y el perjuicio que le causaría una acción legal, y me ha enviado para expresarle su disgusto, en la esperanza de que se lo tome usted en serio y abandone el ridículo camino emprendido, el cual, puede estar segura, no le reportará beneficio alguno.

Dicho esto, entrelazó los dedos y le dirigió una afable sonrisa.

Sally notó que se le aceleraba el pulso. Sólo tenía una respuesta en mente.

—¿Se ha aprendido el discurso de memoria, o lo ha elaborado sobre la marcha?

La sonrisa se borró del rostro de Windlesham.

—Puede que no me haya entendido —dijo—. Mr. Bellmann...

—Lo he entendido perfectamente. Mr. Bellmann está asustado y quiere amedrentarme. Bueno, pues no pienso asustarme, Mr. Windlesham. Tengo mis razones para hacer estas averiguaciones, y seguiré con mis pesquisas hasta que esté satisfecha. ¿Y a qué se refiere exactamente cuando habla de acción legal?

El hombre volvió a sonreír.

—Es usted demasiado inteligente para pretender que responda a su pregunta en estos momentos. Cuando yo comunique su respuesta a Mr. Bellmann, él decidirá si utiliza o no esa arma.

—Dígame —dijo Sally—, ¿cuál es en concreto su función en la empresa de Mr. Bellmann?

La pregunta despertó en el hombre un leve interés.

—Soy el secretario personal de Mr. Bellmann —respondió—. ¿Por qué lo pregunta?

—Pura curiosidad. Bien, me ha sido usted de gran ayuda, Mr. Windlesham. Ahora tengo la certeza de que voy por buen camino. Me pregunto qué habrá puesto tan nervioso a Mr. Bellmann. ¿Puede que sea el *Ingrid Linde*?

Fue un disparo a ciegas, pero dio en el blanco. Mr. Windlesham dio una boqueada, y en su entrecejo se dibujó un severo ceño.

—Le aconsejo que tenga mucho cuidado —dijo—. Una persona sin experiencia puede cometer graves errores al interpretar hechos sin importancia. En su lugar, Miss Lockhart, me ceñiría a la asesoría financiera, le aseguro que sí. Y permítame decirle —añadió mientras recogía su bastón y su sombrero y se ponía de pie— que, personalmente, siento una gran admiración por su trabajo. Siempre he sentido un vivo interés y una sincera simpatía por la cuestión femenina. Cíñase a lo que sabe hacer, Miss Lockhart. Le deseo mucho éxito. Pero no permita que su imaginación le juegue malas pasadas.

Levantó su bastón a modo de saludo, y Chaka, al ver el gesto, se puso en pie de un salto y gruñó, pero el hombrecillo ni siquiera parpadeó.

«Bien —pensó Sally en cuanto el hombre se hubo marchado—. Desde luego, tiene valor. ¿Y qué hago yo ahora?»

Lo que hizo fue ponerse el abrigo y el sombrero y salir a la calle. Se dirigía al despacho de Mr. Temple, un abogado amigo suyo.

Mr. Temple era un hombre mayor, de talante irónico, que iba siempre envuelto en una suave fragancia a rapé, galletas y ropa almidonada. Había sido el abogado del padre de Sally, y la asistió legalmente cuando éste fue asesinado seis años atrás. Quedó tan impresionado con los conocimientos de Sally sobre finanzas y el mercado de valores que, sobreponiéndose a sus reservas de caballero chapado a la antigua, le prestó su apoyo primero para establecer una asociación con Webster Garland y, más tarde, para montar su propio negocio.

Sally le puso rápidamente al corriente sobre el caso, y luego le relató la visita que Mr. Windlesham le había hecho esa misma mañana.

—Sally —le dijo Mr. Temple cuando hubo oído su explicación—, tendrás cuidado, ¿verdad?

—Eso es precisamente lo que «él» me dijo. Pensé que usted me diría algo más original.

El abogado sonrió y cerró con suavidad su caja de rapé.

—La fuerza de la ley —dijo— reside justamente en su falta de originalidad, gracias a Dios. Dime qué sabes sobre North Star.

Sally le resumió lo que sabía, que no era mucho. Sin embargo, no mencionó a Nellie Budd; pensó que era poco probable que Mr. Temple hiciera caso de las revelaciones procedentes del mundo de los espíritus. De hecho, ni siquiera estaba segura de creérselas ella misma.

—Ignoro si se trata de manufacturas, minería u otra cosa —concluyó—. Sé que tiene relación con una empresa química, pero no sé más. ¿Por qué piensa que desean mantenerlo en secreto?

—Productos químicos —dijo él pensativo—. Productos apestosos que rezuman porquerías y envenenan las aguas… ¿Sigue fabricando cerillas?

—No. Hubo una investigación oficial en Suecia y la fábrica se cerró; pero resulta que él la había vendido un año atrás, así que no se le atribuyeron responsabilidades.

—Pues bien, resulta que hace un día o dos oí mencionar el nombre de North Star en otro contexto. Me encontraba en el club, y un hombre hablaba sobre cooperativas, sindicatos y cosas por el estilo. Mencionó una empresa nueva en

Lancashire que tenía una organización muy curiosa. Lo cierto es que no me enteré mucho, ni siquiera estaba escuchando; no voy al club para asistir a charlas de sociología, pero lo esencial era que la empresa pretendía organizar la vida de sus trabajadores hasta el último detalle. Como Robert Owen, ya sabes, el control total. A mí me pareció de pésimo gusto. Y el caso es que esa empresa se llamaba North Star.

Sally se levantó.

—¡Al fin! —dijo, con una sonrisa.

—¿Cómo dices?

—Es una pista. ¿Y a qué se dedica la empresa?

—Ah, eso no lo sabía el del club. Tenía la idea de que se trataba de algo relacionado con el ferrocarril. ¿Te apetece un jerez?

Sally aceptó. Mientras Mr. Temple servía el jerez, ella se quedó mirando las danzantes motas de polvo en el rayo de luz que entraba por la ventana. Mr. Temple era un viejo amigo, y Sally había comido muchas veces en su casa, pero todavía no se sentía totalmente cómoda cuando no hablaban de trabajo. Aquellas cosas que para otras jóvenes eran pan comido —como conversar, bailar con elegancia o coquetear con un caballero durante la comida, sin equivocarse de cubiertos—, a Sally todavía le resultaban difíciles y, cuando recordaba pasados fracasos, bastante humillantes. Cuando la sacaban de sus libros de contabilidad y de sus archivos, sólo se sentía realmente cómoda en la compañía amistosa y distendida de los Garland. Bebió a pequeños sorbos el néctar marrón claro y guardó silencio. Mr. Temple, mientras tanto, echaba un vistazo a los papeles que ella le había llevado.

—Nordenfels… —dijo—. ¿Quién es? No es la primera vez que aparece ese nombre.

—Bellmann tenía un socio llamado Nordenfels, un ingeniero. Ayer mismo encontré un artículo en el *Diario de la Real Sociedad de Ingenieros* donde lo mencionaban. Al parecer, inventó un nuevo tipo de válvula que funcionaba con temperaturas más altas o presiones más altas o algo así. Tengo que estudiarlo en detalle. Pero desapareció —Nordenfels, quiero decir— hace tres o cuatro años. Puede que simplemente rompieran la asociación. Sin embargo, tengo un presentimiento…

—Mmmm. En tu lugar —dijo Mr. Temple—, me dejaría de presentimientos y me ceñiría a los hechos y a los números. Estás a punto de descubrir algo sobre este asunto de la Anglo-Baltic, eso está claro. ¿Has comprobado el seguro del *Ingrid Linde*?

—Es esa hoja amarilla. Está correcto. No se trata de un fraude a la compañía de seguros. —Pensó un minuto en silencio—. Ese tal Windlesham me amenazó con una acción legal. ¿Puede intentar inhabilitarme?

—Lo dudo mucho. En primer lugar, tendría que demostrar al tribunal que la actividad de que se queja es en sí dañina, lo que tú podrías negar; en segundo lugar, el asunto no se puede solucionar con una indemnización.

—Así que lo de la acción legal es un farol.

—Eso creo. Pero, querida, puede perjudicarte de otras formas, aparte de llevarte ante los tribunales. Por eso te lo pido de nuevo: ten mucho cuidado.

—De acuerdo. Lo tendré, pero no voy a dejar de investigar este asunto. Está tramando algo «muy feo», Mr. Temple, estoy convencida.

—Puede que tengas razón. Bueno, no quiero entretenerte, pero hay un tal Mr. O'Connor que ha heredado mil libras. ¿Qué te parece si le digo que te haga una visita para que le aconsejes sobre cómo invertir su dinero?

• • •

En ese mismo instante, en el corazón financiero de la City, el ex ministro lord Wytham estaba sentado en un pasillo frente a un importante despacho. Tamborileaba con los dedos sobre su sombrero de seda y se levantaba continuamente, cada vez que un empleado salía por una puerta o asomaba por el pasillo.

Mr. Wytham era un hombre guapo, dotado de esa belleza masculina, distinguida y mansa que hoy en día sólo vemos en las fotografías de modelos de mediana edad. Es una belleza que en un rostro de carne y hueso parece debilidad de carácter. La tarde pasada, cuando Frederick lo vio, pensó que estaba tremendamente ansioso, pero ahora esta impresión se intensificaría. De tanto morderse las uñas, tenía las puntas de los dedos en carne viva, y se había arrancado partes del bigote a base de mordisqueárselo; sus grandes ojos negros tenían un ribete rojo de cansancio, y no podía estarse quieto. Cada minuto, aunque no apareciera nadie por el pasillo, se levantaba y se quedaba mirando fijamente el papel pintado de la pared, o por la ventana que daba a Threadneedle Street, o bien se acercaba a observar la escalera de mármol.

Finalmente se abrió la puerta y salió un adjunto.

—Mr. Bellmann le recibirá ahora, milord —dijo.

Mr. Wytham agarró su sombrero de seda, recogió su bastón y siguió al secretario, que le condujo a través de una antesala hasta un amplio y bien provisto despacho. Axel Bellmann, que estaba sentado frente a la mesa de su despacho, se levantó y se acercó a estrecharle la mano.

—Es estupendo que haya venido, Wytham —le dijo, indicándole que tomara asiento en una butaca—. Curiosa velada en casa de Mrs. Harborough, ¿no le parece?

Tenía una voz profunda, casi sin acento, y el cabello grueso y liso. Su rostro no mostraba arrugas. Representaba cualquier edad entre los treinta y los sesenta años. Tenía el mismo acabado de fábrica que su despacho, grande, pesado y suave; pero no era la suavidad de la carne, sino la de una máquina de acero. Sus ojos saltones miraban con desconcertante fijeza, sin revelar estado de ánimo, humor o intención alguna; aunque apenas parpadeaba, su mirada no resultaba mortecina, sino dotada de una intensidad electrificante.

Lord Wytham apartaba la mirada y toqueteaba el ala de su sombrero. El secretario se ofreció a colocarlo en un lugar adecuado y Wytham se lo entregó. Bellmann guardó silencio hasta que el asistente colgó el sombrero de la percha y abandonó la habitación. Entonces se volvió de nuevo a lord Wytham.

—Fue interesante, ¿no cree? —dijo—. Me refiero a la velada en casa de lady Harborough.

—Ah, el tipo que desapareció de repente. Sí, desde luego.

—¿Le gustan los juegos de magia, Wytham?

—No tengo mucha experiencia, la verdad...

—¿En serio? Yo encuentro que es un espectáculo interesante. Tal vez debería haber prestado más atención.

Era un curioso comentario, pero lord Wytham no dio muestras de haberse dado cuenta. Sus ojos, oscuros e inyectados en sangre, iban de un lado a otro de la habitación, como si quisieran evitar mirar a Bellmann a la cara.

—Bien —dijo Bellmann tras unos instantes de silencio—. Se preguntará por qué le he invitado a venir a verme esta mañana. Tengo entendido que ha perdido usted su puesto en el Gobierno.

El rostro de lord Wytham se ensombreció.

—El primer ministro... este... quería redistribuir las carteras entre... —dijo titubeando.

—Exacto. Lo destituyeron. Y ahora es usted libre para participar activamente en el mundo de los negocios, ¿no es así?

—Perdone, no le entiendo.

—Ahora no hay nada que le impida convertirse en director de una empresa, ¿no?

—Bueno, pues no. Salvo que... no, claro. No entiendo a dónde quiere llegar, Bellmann.

—Es evidente que no. Me explicaré. Conozco en detalle su situación financiera, Wytham. Debido a una combinación de gestión incorrecta, estúpidas inversiones y pésimos consejos, ha acumulado usted una deuda de casi cuatrocientas mil libras. No tiene forma de pagarla, sobre todo ahora que se ha quedado en paro porque está fuera del Gobierno, de modo que está pensando en declararse en bancarrota como única salida. Por supuesto, eso supondría una deshonra en muchos sentidos. Miremos un momento sus propiedades, que consisten únicamente en su casa de Londres y en su finca. Pero, si no me equivoco, las dos están hipotecadas, ¿no es así?

Lord Wytham asintió con la cabeza. ¿Cómo podía conocer tantos detalles? Se sentía demasiado aturdido para protestar.

—Y luego está la propiedad de su hija —dijo Bellmann—. Creo que posee tierras en Cumberland.

—¿Eh? Sí, es cierto. Pero a mí no me sirven. No puedo tocarlas... ya lo he intentado. Están vinculadas, o algo así; proceden de la familia de mi mujer, y las tierras están vinculadas a ella, ya sabe. Minas y otras cosas...

—Grafito.

—Pues sí, maldición. Sé que tiene que ver con los lápices.

—Esas minas tienen el monopolio de un tipo de grafito de gran pureza.

—No me sorprendería. Quien se encarga de este asunto es mi agente en Carlisle, desde hace muchos años. Hacen lápices con eso. Pero no da dinero; no, aquí no hay posibilidades…

—Ya veo —dijo Bellmann—. Bien, no hace falta que le pregunte qué piensa hacer, porque es evidente que no tiene la más mínima idea. —Lord Wytham quiso protestar, pero Bellmann alzó la mano y continuó hablando—. Y esta es la razón por la que le he pedido que viniera a verme. Puedo ofrecerle un puesto de director en una empresa que acabo de poner en marcha. Aunque usted ya no está en el Gobierno, sus contactos en Whitehall me serán de gran utilidad. No le pagaré un sueldo por sus capacidades como director de empresa, porque carece de ellas. El dinero que perciba como director estará relacionado con sus contactos en el Gobierno.

—¿Contactos? —preguntó lord Wytham con voz débil.

—Con los funcionarios de la Junta de Comercio y del Foreign Office*. Para ser más exactos, en el tema de licencias de exportación. Usted conoce seguramente a los caballeros que se ocupan de ese tema, ¿no?

—Oh, sí. Por supuesto. Los secretarios permanentes y demás. Pero…

—No le pido que ejerza su influencia, porque sería incapaz de hacerlo. Usted me proporciona los contactos y yo me encargo de las influencias. Esto zanja el asunto de su sueldo. Queda el problema de las deudas. Me temo que no podría pagarlas con el sueldo de un director de empresa. Existe una solución, sin embargo. Deseo casarme con su hija.

* Ministerio de Asuntos Exteriores británico (*N. del E.*)

La afirmación fue tan sorprendente que lord Wytham creyó haber entendido mal y se limitó a parpadear. Bellmann siguió hablando:

—Llevo algún tiempo pensando en elegir una esposa. He conocido a su hija y creo que me servirá. ¿Qué edad tiene?

Lord Wytham tragó saliva. Esto era indignante, era una locura. ¡Maldito individuo! ¿Cómo se atrevía? Entonces volvió a pensar en la catástrofe que se le venía encima, en la inmensa ola que estaba a punto de engullirle, y se reclinó en el respaldo de la silla, sintiéndose impotente.

—Diecisiete años. Mr. Bellmann, usted conoce mi situación… Yo…

—La conozco tanto como usted. Probablemente mejor, puesto que usted es un incompetente en temas de dinero, y yo no. Tiene un mes para encontrar trescientas noventa mil libras. Y no las encontrará. No puedo imaginarme lo que hará. Ya no tiene usted crédito en ningún banco.

—Yo… Mary es… Por favor, Mr. Bellmann, si pudiera encontrar usted una manera de…

Se calló, porque realmente no tenía ni idea de cómo continuar. Bellmann seguía en su asiento, inmóvil, contemplándolo con ojos grandes e hipnóticos.

—Ya ha entendido lo que quería decirle. Su hija, lady Mary, me conviene como esposa. Cuando nos casemos, le pagaré a usted cuatrocientas mil libras. Trescientas noventa mil serán para cubrir su deuda, y las diez mil restantes serán por los gastos que le supondrá la organización de la boda. Creo que está todo claro.

Lord Wytham se quedó sin aliento. Nunca en su vida, desde que se cayó del caballo en una cacería y quedó inconsciente, se había sentido tan aturdido. Ahora tenía idéntica sensación. Era como chocar de pronto con algo mucho más grande y poderoso que él. Era una sensación físicamente dolorosa.

—Lo ha... expresado usted brillantemente. Una propuesta interesante, desde luego. Lo consultaré con mi abogado. Yo...

—¿Su abogado? ¿Para qué?

—Bueno, este es un asunto familiar... Mi abogado debería estudiar la propuesta... Entiéndalo.

Lord Wytham estaba empezando a rehacerse. Era realmente como una caída: uno se quedaba aturdido y luego recuperaba el sentido. Ahora entendía que, si Bellmann estaba dispuesto a pagarle cuatrocientas mil libras, seguramente podría sacarle más.

—Ya entiendo —dijo Bellmann—. Usted quiere más dinero, y piensa que su abogado obtendría más que usted. Sin duda está en lo cierto. ¿En qué cantidad estaba pensando?

Una nueva caída. Bellmann era demasiado fuerte, demasiado rápido; no era justo, pensó lord Wytham... ¿Y qué tenía que decir ahora? Si se retraía, daba muestras de debilidad; si pedía poco, perdería una fortuna; si pedía demasiado, podía perderlo todo. Su mente se lanzó a trabajar a toda velocidad; parecía una rata corriendo a lo largo de una hilera de cifras que acababan en un montón de ceros.

—Es necesario que... me proteja —dijo con cautela—. Está la finca, y la casa de Cavendish Square. El dinero que cuesta... Sin capital, yo...

Bellmann guardaba silencio. No le iba a ayudar. Lord Wytham inspiró profundamente.

—Doscientas cincuenta mil libras más —dijo. Era la mitad de lo que le hubiera gustado pedir.

—Muy bien —dijo Bellmann—. Me parece razonable. Estamos de acuerdo entonces en que la mano de su hija vale seiscientas cincuenta mil libras. En cuanto se anuncie nuestro compromiso, le pagaré cincuenta mil libras. Con esto podrá hacer frente a las deudas más apremiantes, y servirá como paga y señal del resto. Lo que quedará de la primera cifra que hemos acordado, es decir, trescientas cincuenta mil libras, se lo pagaré el día de la boda. La cantidad extra, las doscientas cincuenta mil, se la pagaré a la mañana siguiente, siempre que el estado de lady Mary me haya parecido satisfactorio. ¿He hablado con suficiente claridad?

Este fue el golpe más bajo, la peor caída; el caballo le había pisoteado hasta hundirle en la tierra. Bellmann daba a entender que si lady Mary no fuera virgen, no habría dinero extra. Lord Wytham sintió náuseas, y se puso a gemir; eso era demasiado cruel, humillante, era una vergüenza… ¿Cómo podía la gente actuar así? Se sentía hundido, confuso… No podía pensar con claridad.

—Supongo que deseará hablar con mi hija —dijo con un hilo de voz.

—Por supuesto.

—Y en caso… en caso de que ella…

—¿Quiere decir si me rechaza? —preguntó Bellmann.

Lord Wytham asintió con la cabeza, incapaz de hablar.

—Si ella rechaza mi oferta de matrimonio, respetaré sus deseos, desde luego. La decisión debe ser únicamente suya. ¿Está usted de acuerdo?

—Oh, desde luego.

La voz de lord Wytham era apenas audible. Entendía perfectamente lo que eso significaba.

—Entonces, con su permiso, me presentaré en Cavendish Square el viernes por la mañana para hacerle mi propuesta a lady Mary. Hoy es martes. Quedan tres días.

Lord Wytham tragó saliva. Dos lágrimas relucían en sus largas pestañas.

—Sí —dijo con voz ronca—. Está bien.

—Entonces de acuerdo. Y ahora hablemos de negocios. Redactaremos su contrato como director dentro de un día o dos, pero mientras tanto le hablaré brevemente de la empresa para la que trabajará. Creo que la encontrará interesante. Se llama North Star, Sociedad Limitada.

Bellmann se inclinó para sacar unos papeles del cajón, y lord Wytham, aprovechando que no le miraba, se secó las lágrimas con la mano. Su destitución del cargo en el Gobierno había sido dolorosa, pero estos veinte minutos con Bellmann lo habían transportado más allá del dolor, a un lugar que nunca había soñado que existiera, donde valores como la dignidad, la decencia y la honestidad eran pisoteados y arrastrados por el fango. Nunca hubiera imaginado que sería capaz de vender a su propia hija y, lo más grave, que la vendería a un precio mucho más bajo (la idea le produjo un nauseabundo sentimiento de culpabilidad) del que podía haber pedido. ¿Y si hubiese pedido un millón de libras?

Pero no lo habría logrado. Bellmann lo sabía todo, y él no conseguiría engañarle. Lord Wytham se sentía como si hubiera vendido su alma al diablo y descubrió (tenía toda la eternidad para meditarlo) que sólo había obtenido a cambio un puñado de cenizas.

Bellmann extendió unos papeles sobre la mesa. Lord Wytham intentó tranquilizarse. Su rostro de hombre guapo y de poco carácter adoptó un aire de fingido interés. Se inclinó hacia delante y procuró atender a las explicaciones de Bellmann.

El último melodrama de Jim, *El vampiro de Limehouse*, llegó del teatro Lyceum con una nota de rechazo del director, un tal Bram Stoker.

—¿Cuál es su opinión, Mr. Webster? —preguntó Jim—. ¿Cree que le ha gustado o que le ha parecido un tostón?

Webster Garland tomó la nota y la leyó en voz alta:

Estimado Mr. Taylor:

Le agradezco que me haya permitido leer su comedia *El vampiro de Limehouse*. Por desgracia, el programa de la compañía está completo para los próximos dos años, de forma que no nos planteamos producirla. Sin embargo, considero que posee indudable vigor y fuerza, pese a que, en mi opinión, el tema de los vampiros ya está superado.

Atentamente...

—No lo sé, Jim. Por lo menos se ha tomado la molestia de escribir la nota.

—Tal vez debería leerle la obra en voz alta. Seguro que se ha saltado las mejores escenas.

—¿Es la del tipo del almacén que chupa sangre y de la barcaza llena de cadáveres?

—Sí. Y la llama comedia, cuando es una tragedia sanguinaria... Comedia, dice el muy...

—Desde luego es sanguinaria —dijo Frederick—. Está empapada en sangre de principio a fin. Más que una obra, parece una morcilla.

—Puedes reírte, amigo —dijo Jim en tono sombrío—, pero esta obra me convertirá en un hombre rico. Mi nombre aparecerá en letras luminosas.

—Púrpura y dorado, en eso se basa la obra, exactamente —respondió Frederick.

Era miércoles por la mañana y había trabajo en la tienda. El encargado, el solemne Mr. Blaine, y su ayudante, Wilfred, atendían a los clientes que venían a comprar productos químicos, cámaras o trípodes. En otro mostrador, mientras tanto, la refinada Mrs. Renshaw se ocupaba de apuntar las citas para retratos y otros encargos. Además de ellos, trabajaba allí Arthur Potts, un encantador hombre de mediana edad que se ocupaba de cargar las cámaras, transportar el equipo cuando salían a fotografiar y ayudar a Frederick a fabricar aquellas piezas que no podían comprarse; y por último estaba Herbert, un chico poco avispado de la edad de Jim. Lo habían contratado como ayudante y habían descubierto que no servía: era lento, torpe y olvidadizo. Sin embargo, era más bueno que el pan, y ni Frederick ni Sally ni Webster tenían el valor de despedirlo.

De pie, al fondo de la tienda, Frederick observaba el aire de limpieza y prosperidad de un negocio que iba viento en popa —los clientes eran cada vez más numerosos, la fama del estudio, eficiente y bien equipado, no cesaba de crecer— y recordó el día en que Sally llegó allí, nerviosa, tímida y hundida hasta el cuello en un terrible problema. Frederick acababa de tener una violenta discusión con su hermana; el local estaba en un estado lamentable, la mitad de las estanterías se encontraban vacías y el negocio iba camino de la ruina. Sin embargo, consiguieron mantenerse a flote gracias a unas estereografías* cómicas que se vendieron asombrosamente bien, y cuando Sally pudo invertir algún dinero en el negocio, las cosas empezaron a mejorar. Ahora ya habían dejado lo de las estereografías; el mercado había cambiado, y lo que se llevaba en este momento eran las *cartes-de-visite* (retratos de pequeño formato). El establecimiento se les estaba quedando pequeño; pronto tendrían que ampliar las instalaciones o abrir una nueva tienda.

Frederick hizo ademán de mirar su reloj y lanzó una maldición al recordar que estaba en poder de Mackinnon. Tuvo que mirar el reloj que colgaba sobre el mostrador. Esperaba la llegada de Sally; tenía la sensación de que le ocultaba algo, y eso le preocupaba.

El encargado estaba tras el mostrador, escribiendo un pedido de papel fotográfico. Frederick se acercó a él.

—Mr. Blaine —le dijo—, Miss Lockhart no ha venido esta mañana, ¿no?

—Por desgracia no, Mr. Garland —dijo con tristeza Mr. Blaine—. Me hubiera gustado conversar con ella acerca de la conveniencia de contratar a una persona para ayudar en el papeleo. Me temo que nuestro amigo Herbert no está especialmente dotado para estas tareas, y todos los demás tienen ya suficiente trabajo. ¿Qué opinión le merece este asunto?

---

* Objetos tridimensionales representados en un plano por medio de sus proyecciones. *(N. del E.)*

—Me parece buena idea. ¿Pero dónde pondríamos a otra persona? En el cuarto de los archivos no cabe ni un alfiler, salvo que se trate de una persona dispuesta a contener la respiración. También necesitaríamos otra mesa y otra máquina de escribir... Ahora están todas ocupadas.

—Sí... Tal vez, Mr. Garland, ha llegado el momento de pensar en ampliar las instalaciones.

—Qué curioso. Es justamente lo que estaba pensando. Bueno, ahora debo irme. Si aparece Miss Lockhart, háblele del asunto. Y déle recuerdos de mi parte.

Dicho esto, fue en busca de su abrigo y tomó el tren para Streatham.

Encontró a Nellie Budd dando de comer a sus gatos. Cada uno de ellos, le explicó a Frederick, era la reencarnación de un faraón egipcio. En cuanto a ella, Frederick pensó que seguía teniendo un aspecto tan terrenal como cuando la vio por primera vez: una mujer de busto abundante, ojos risueños y muy dada a dirigir miradas de franca admiración hacia sus «encantos viriles», como probablemente los denominaría.

Tomó la decisión de hablar con franqueza desde el principio.

—Mrs. Budd —le dijo cuando se hubieron acomodado en un confortable sofá del saloncito—, el otro día asistí a una sesión de espiritismo suya en Streatham y le hice una fotografía. Lo que usted haga en la oscuridad no me concierne en absoluto, y si sus amigos son tan simples como para tragárselo, allá ellos. Es una bonita fotografía, sin embargo: sobre la mesa hay una mano falsa, un alambre está conectado a la pandereta, y apenas me atrevo a pensar lo que puede estar haciendo con su pierna derecha... En pocas palabras, Mrs. Budd, le estoy haciendo chantaje.

Ella le dirigió una sonrisa maliciosa.

—¡Qué frescura! —exclamó. Tenía un ligero acento norteño, aunque lo suficientemente refinado, suavizado y teatral como para que Frederick no supiera decir si era de Lancashire o de Yorkshire—. ¡Un hombre atractivo como usted! No es necesario que me haga chantaje, encanto, basta con que me lo pida con amabilidad. ¿Qué desea exactamente?

—Oh, estupendo. De todas maneras, no pensaba hacerle chantaje. Me interesa saber lo que dijo cuando estuvo en trance, en el trance de verdad. ¿Recuerda lo que era?

La mujer se quedó en silencio. Por un momento, su mirada fue de preocupación, pero pronto volvió a mostrarse risueña.

—Dios mío —dijo—. Vaya una pregunta. Fue uno de mis ataques, ¿no? Hacía años que no sufría uno de esos ataques. Eso fue lo que me llevó en principio al negocio del espiritismo. Eso y mi marido Josiah, que en paz descanse. Era un mago, ya ve. Me enseñó trucos de magia que le sorprenderían. Así que, cuando se trata de estrechar manos en la oscuridad y de hacer vibrar panderetas, Nellie Budd no tiene rival, aunque esté feo decirlo.

—Me parece fascinante. Y también es usted muy hábil eludiendo respuestas, Mrs. Budd. Hábleme de esos ataques que sufre.

—Francamente, encanto —dijo ella—, no sé qué decirle. Sólo sé que me mareo y pierdo el mundo de vista durante un minuto o dos, y luego me recupero, pero no recuerdo una palabra de lo que he dicho. ¿Por qué?

A Frederick, la mujer le caía cada vez más simpática, y decidió sincerarse un poco.

—¿Conoce a un tal Mr. Bellmann? —preguntó.

Ella negó con la cabeza.

—Es la primera vez que oigo ese nombre.

—¿Ha oído hablar de una empresa llamada North Star?

—Me temo que no me suena, querido.

—Mire, voy a leerle lo que dijo.

Extrajo del bolsillo el papelito doblado con lo que Jim había escrito y lo leyó en voz alta y clara. Cuando acabó, levantó la mirada y preguntó:

—¿Significa algo para usted?

Nellie parecía encantada.

—¿Yo dije tantas cosas? —preguntó—. ¡Qué sarta de tonterías!

—¿De verdad ignora de dónde sale todo esto?

—Probablemente será eso…, ¿cómo se llama?…, telepatía. Supongo que leí el pensamiento de alguien. Dios mío, yo qué sé. Los ataúdes y los chispazos me suenan a chino. ¿Y por qué le interesa saberlo?

—Uno de los miembros de la Asociación Espiritista trabaja en una empresa de la City, y le preocupan algunas de las cosas que usted ha mencionado. Al parecer, se trata de información secreta, cosas de negocios. Teme que esto pueda salir a la luz y que él sea considerado responsable, ya me entiende.

—¡Vaya! Me deja de piedra. ¿Así que todo eso tiene que ver con negocios?

—Una parte —dijo Frederick—. Y la otra parte no estamos seguros de lo que puede ser. —De repente, se le ocurrió una idea—. ¿No conocerá por casualidad a un tipo llamado Mackinnon?

La pregunta la cogió por sorpresa. Abrió desmesuradamente los ojos y reclinó la espalda en el sofá.

—¿Alistair Mackinnon? —preguntó con voz débil—. ¿Ese al que llaman «El Mago del Norte»?

106

—El mismo. Parece que ese tal Bellmann que le he mencionado persigue a Mackinnon por alguna razón. ¿No sabe nada de él? Quiero decir de Mackinnon.

Mrs. Budd negó con la cabeza.

—Lo he visto… en las salas de espectáculos. Es muy bueno. Pero me parece que no es de fiar. No es como mi Josiah, aunque desde luego Josiah no era un mago tan bueno, ni por asomo. Del tal Bellmann no sé nada.

—O tal vez… —Frederick rememoró la velada en casa de lady Harborough—. ¿Le suena acaso un hombre llamado Wytham?

Esta vez la sorpresa fue mayúscula. La mujer contuvo el aliento y se llevó una mano al pecho. Frederick vio que su rostro palidecía bajo el maquillaje.

—¿Wytham? —preguntó—. ¿Se refiere a Johnny Wytham?

—¿Conoce a alguien con ese nombre?

—Johnny Wytham. Ahora es lord Wytham, pero cuando le conocí era Johnny Kennett. Entonces yo trabajaba en salas de espectáculos. Me pidió que me casara con él, y luego… Pero, bueno, me quedé con Josiah, que era un buen hombre. En aquel entonces, Johnny Wytham era un hombre simpático y divertido. Y muy guapo. Dios mío, qué guapo era, qué elegante.

Y ella debía de ser una muchacha encantadora, pensó Frederick. No muy guapa, tal vez, pero jovial, animosa y llena de vida.

—Mire esto —dijo, y abrió el cajón de una mesilla, de donde extrajo una fotografía con un marco de plata.

Era un ambrotipo duro y quebradizo de los que se hacían veinte años atrás, por lo menos, y mostraba a dos veinteañeras gorditas y sonrientes, algo ligeras de ropa con sus trajecitos de ballet y mostrando unas bien torneadas piernas. Eran gemelas idénticas. El título de la fotografía rezaba: «Miss Nellie y Miss Jessie Saxon».

—Yo soy la de la izquierda —dijo Nellie Budd—. Jessie sigue en los escenarios, allá en el norte. Formábamos una bonita pareja, ¿no cree?

—Ya lo creo. ¿Su hermana conocía también a lord Wytham?

—Sí, pero él era mi… Quién sabe, ¿eh? Si las cosas hubieran sido distintas, yo podría ser hoy lady Wytham.

—¿Cuándo lo vio por última vez?

—Es curioso que me lo pregunte.

Nellie Budd se levantó y se encaminó a la ventana, como si le diera apuro responder. El gato anaranjado, Ramsés, saltó al sofá y se acostó hecho un ovillo en el cálido hueco dejado por su ama. Ésta miraba por la ventana la calle desierta mientras retorcía con aire ausente una borla de la cortina.

—Cuénteme —la animó Frederick.

—Fue el pasado verano, en Escocia. En… las carreras de caballos. Únicamente nos cruzamos y nos saludamos. Él estaba con su familia y no podía hablar, y… eso fue todo.

—¿Tiene él alguna relación con Bellmann? ¿O tal vez con Mackinnon? Mencioné su nombre porque la otra noche los vi a los tres en el mismo lugar.

—No —dijo ella—. No creo. No tengo ni idea de quién es ese Bellmann…

Seguía mirando por la ventana. Frederick dejó que el silencio se alargara un poco más y se despidió.

—Bien, Mrs. Budd. Muchas gracias, de todos modos. Si se le ocurre algo más, le agradeceré que me lo diga. Aquí le dejo mi dirección…

Puso su tarjeta sobre la mesa y se levantó, dispuesto a marcharse. Nellie Budd se volvió para estrecharle la mano, y Frederick vio que estaba transformada. Su alegría y su viveza se habían esfumado, y ahora casi parecía una anciana asustada, con el rostro pintado y empolvado.

—Mire —le dijo—, he contestado a todas sus preguntas, pero usted no me ha explicado nada. ¿Quién es? ¿Y qué anda buscando?

—Soy detective privado —le respondió—. En estos momentos estoy trabajando en dos casos a la vez y parecen converger por extraños caminos. Si recuerda algo más, ¿me lo hará saber?

Ella asintió.

—Lo intentaré —dijo—. Intentaré recordar. Pero ya sabe lo que pasa, hay cosas que se te olvidan… Si me acuerdo de algo, le escribiré una nota, joven. ¿De acuerdo?

Le acompañó hasta la puerta y se despidió con una sonrisa que intentaba ser jovial sin conseguirlo.

Entretanto, Sally se encaminaba a la oficina de Axel Bellmann.

Había decidido que no perdía nada si tomaba la iniciativa, y era posible que consiguiera desconcertarle momentáneamente. Era una táctica que había aprendido de su padre, y la utilizaba cuando jugaba al ajedrez con Webster. En ocasiones funcionaba.

Llegó a Baltic House a las diez en punto. Iba acompañada de Chaka. En la puerta de entrada, un corpulento portero la saludó educadamente y la dejó pasar sin hacer gesto alguno por detenerla. Su cara ostentaba una expresión de intensa estupidez, y Sally concluyó que debían de elegir a los porteros por su tamaño corporal, más que por su inteligencia.

El conserje que había en el vestíbulo se mostró más diligente en su cometido.

—Lo siento, señorita —dijo—. No puede pasar. Nadie puede visitar a Mr. Bellmann sin una cita apuntada en mi libro. Es la regla

Meneó la cabeza y se dispuso a cerrarle el paso.

—Chaka —dijo Sally, y soltó el collar del perro.

El perrazo gruñó y avanzó hacia el conserje.

—¡Está bien! ¡Está bien! Sujete al animal. Miraré si puedo...

Sally volvió a sujetar el collar y el hombre salió pitando en busca de una figura de autoridad. Un minuto más tarde, regresó acompañado de un joven afable con bigote que sonreía y mostraba las palmas de las manos, en son de paz.

—¿Es usted Miss Lockhart? Lo lamento, pero Mr. Bellmann no está disponible en estos momentos.

—No hay problema —dijo Sally—. Puedo esperar cinco minutos.

—¡Vaya! Qué espléndido animal. ¿Es un perro lobo irlandés? —dijo el hombre sonriendo. Tenía una sonrisa amistosa y afable, totalmente falsa. Avanzó una bien cuidada mano hacia la cabeza del perro—. Lamentablemente, no se trata de cinco minutos... ¡Dios mío! ¡Ayúdeme! Que me suelte... ¡Ohh! ¡Ahhh!

Chaka había agarrado entre sus mandíbulas la mano que le tendían y la estaba sacudiendo como si fuera una rata.

—No se preocupe —dijo Sally—. Le soltará enseguida. En realidad, sólo le gusta la carne de verdad.

Al oír la voz serena de su ama, el perro soltó la presa y, muy complacido, se sentó sobre los cuartos traseros y le dirigió una mirada de contento. El joven se acercó tambaleante a una silla y se dejó caer en ella, mientras se sujetaba la mano herida.

—¡Mire! —exclamó—. ¡Me ha hecho sangrar!

—Qué extraordinario. Tal vez Mr. Bellmann haya acabado ya con lo que estaba haciendo. ¿Sería tan amable de decirle que estoy aquí y que quiero verle ahora mismo?

Temblando de pies a cabeza y con la boca contraída en un puchero, el hombre salió apresuradamente. El conserje seguía en el pasillo, asomaba la cabeza por la puerta de vez en cuando y luego se retiraba.

Transcurrieron dos minutos. Sally buscó en el bolso la tarjeta con los datos de Nellie Budd que Frederick le había dado; tal vez más tarde podría hacerle una visita. Entonces oyó pasos que se acercaban por el pasillo y se metió la tarjeta en el guante.

Se abrió la puerta y entró un hombre rollizo de mediana edad. Por su actitud, Sally dedujo que ocupaba un puesto importante en la empresa; no era una nulidad bien vestida, como el anterior.

Chaka seguía tendido tranquilamente a los pies de su ama. Esta vez había que cambiar de táctica; nada de amenazas, pensó Sally. Sonrió y le tendió la mano.

Un poco desconcertado, el hombre se la estrechó.

—Creo entender que desea usted ver a Mr. Bellmann —dijo—. Puedo concertarle una cita. Si me explicara un poco de qué se trata, tal vez yo podría…

—La única cita que estoy dispuesta a concertar es con Mr. Bellmann dentro de tres minutos. En caso contrario, me dirigiré a la *Pall Mall Gazette* para contarles con todo detalle lo que sé sobre él y la liquidación de la fábrica sueca de cerillas. Lo digo en serio. Tres minutos.

—Yo…

El hombre tragó saliva, se estiró los puños de la camisa y desapareció. En realidad, Sally no tenía pruebas de nada; había rumores sobre irregularidades, pero nada concreto. Sin embargo, el farol parecía funcionar. Dos minutos y medio más tarde, se encontraba en presencia de Axel Bellmann, que no se dignó a levantarse de su asiento.

—¿Y bien? —dijo—. Ya se lo advertí, Miss Lockhart.

—¿Qué me advirtió exactamente? Hablemos claro, Mr. Bellmann. ¿Qué es lo que usted quiere que yo deje de hacer, y cuál es su amenaza concreta si no le hago caso?

Tomó asiento aparentando calma, aunque el corazón le latía a toda velocidad. Bellmann era grande y fornido, imponía respeto. A Sally le recordó una de esas enormes dinamos que giran con tanta rapidez que parece que no se mueven.

Bellmann la miraba fijamente.

—No intente entender asuntos que están fuera de su alcance —dijo al cabo de un rato—. En caso contrario, haré saber a todas aquellas personas que puedan ayudarla o contratar sus servicios que es usted una mujer inmoral, y que se gana la vida de manera inmoral.

—¿Qué quiere decir?

La mirada de Mr. Bellmann adquirió un brillo de hostilidad. Sally observó que en su cara se dibujaba una desagradable sonrisa. Lo vio inclinarse y extraer del cajón una carpeta de color cuero.

—Aquí tengo registrados datos sobre visitas de caballeros solos a su oficina en North Street. En el pasado mes, ha recibido por lo menos veinticuatro visitas de este tipo. La otra noche, por ejemplo, un hombre llegó a su casa muy tarde —a la una y media de la madrugada, para ser exactos— y usted le dejó entrar. Se quedó casi una hora. Cuando ayer mi secretario, Mr. Windlesham, la fue a ver a su, digamos, oficina, observó que entre sus muebles había un amplio diván. Por si esto no bastara, resulta que es usted socia de Webster Garland, un fotógrafo que tiene como especialidad —cómo lo diría— la fotografía de desnudos.

Sally se mordió el labio inferior. «Calma —se dijo—, calma.»

—Está usted muy equivocado —dijo, con todo el aplomo que consiguió reunir—. En realidad, la especialidad de Mr. Garland son los retratos. En cuanto al resto de esta sarta de tonterías…, bueno, si esto es todo lo que puede encontrar para atacarme, será mejor que lo deje estar.

Bellmann enarcó las cejas.

—No sea inocente —le dijo—. Pronto descubrirá el daño que pueden causarle a una mujer este tipo de acusaciones. Una mujer sola, que gana su propio dinero… Amigos de dudosa reputación…

De nuevo le sonrió, y Sally se estremeció, porque Bellmann estaba en lo cierto. No había defensa posible contra ese tipo de habladurías. «No hagas caso —se dijo—, y sigue adelante.»

—No me gusta nada perder el tiempo, Mr. Bellmann —dijo—. La próxima vez que venga a verle, será mejor que me reciba cuanto antes. Y ahora vamos a lo que interesa: su implicación en la compañía de navegación a vapor Anglo-Baltic le ha hecho perder a mi cliente los ahorros de toda una vida. Se llama Susan Walsh y era profesora, una buena mujer. Ha dedicado toda su vida a sus alumnos y a la educación de las mujeres. Nunca ha causado perjuicio a nadie, y ha hecho mucho bien. Ahora que se ha retirado, tiene derecho a vivir de sus ahorros. Yo le aconsejé que invirtiera en la Anglo-Baltic. ¿Entiende ahora por qué estoy aquí? Usted provocó el hundimiento de la compañía con alevosía y de forma deliberada. Muchas personas perdieron su dinero; todas ellas merecen una reparación, pero no son mis clientes. Si no le importa, quiero que me extienda un cheque por valor de tres mil doscientas cuarenta libras a nombre de Susan Walsh. Aquí le desgloso las cantidades.

Sally dejó caer un papel doblado sobre la mesa, pero Bellmann no hizo el menor gesto.

—Y quiero que me extienda el cheque ahora.

Chaka, que estaba tumbado en estado de alerta a sus pies, gruñó suavemente.

De repente, Bellmann se movió. Abrió bruscamente el papel, lo leyó y, de un solo movimiento, lo rompió en dos y lo arrojó a la papelera. Se había sonrojado levemente.

—Fuera de aquí —dijo.

—¿Sin el cheque? Supongo que me lo enviará a la oficina. Ya conoce mi dirección.

—No pienso enviarle nada.

—Muy bien —chasqueó los dedos y Chaka se puso en pie—. No tengo intención de intercambiar acusaciones con usted; sería una estupidez. Dispongo de suficiente información para escribir un interesante artículo en los periódicos: North Star, por ejemplo, y Nordenfels. Es más, sé lo que me queda por averiguar, y lo averiguaré. Cuando sepa lo que está tramando, lo publicaré. Conseguiré el dinero, Mr. Bellmann, no se equivoque.

—Yo no me equivoco.

—Puede que en esta ocasión haya cometido un error. Buenos días.

No hubo respuesta. Sally salió del edificio sin que nadie se le acercara. Estaba temblando, y para reponerse tuvo que pasarse media hora en un salón de té, tomarse un bollo con pasas y beberse varias tazas de té. Entonces le asaltó la incómoda duda de si, después de todo, no sería ella la que había cometido un grave error.

Apenas Sally se hubo marchado, Bellmann se levantó de su butaca tras la mesa para recoger la tarjeta que había caído del guante de su visitante. Bellmann la había visto caer, pero no había dicho nada. La recogió de la alfombra y la leyó:

> Mrs. Budd
> Tollbooth Road, 147
> Streatham

Estuvo un rato tamborileando con los dedos sobre la mesa y luego mandó llamar a Mr. Windlesham.

Jim Taylor había llegado a la conclusión de que Alistair Mackinnon era asunto suyo, tanto como si hubiera invertido dinero en él. Por mucho que el hombre le desagradara, no pudo evitar preocuparse cuando Frederick le perdió el rastro. Y cuando Frederick le argumentó que era imposible seguir la pista de un hombre capaz de desvanecerse como el humo o de escabullirse por el ojo de una cerradura, Jim le dijo que estaba perdiendo facultades, porque ni siquiera sabía cuidar de su reloj. Pronto perdería hasta los pantalones.

De manera que decidió ir por su cuenta en busca de Mackinnon. Visitó una por una todas las casas de Oakley Street, en Chelsea, donde Mackinnon dijo que vivía, pero no consiguió nada. Luego habló con el director del teatro de variedades donde lo había rescatado, pero nadie conocía el paradero de Mackinnon; se dirigió también a otros teatros por si el mago trabajaba con otro nombre, pero tampoco tuvo suerte.

A pesar de todo, Jim no se rindió. En su corta y arrastrada vida, había ido reuniendo una asombrosa cantidad de amistades teatrales, deportivas, criminales o semicriminales —y hasta un par de ellas totalmente respetables— a las que le unían una red de favores prestados o debidos —un soplo sobre a qué caballo apostar, un préstamo de media corona, un disimulado aviso de que el poli de la esquina estaba mirando… ese tipo de cosas—, de modo que Jim se dijo que no había casi nada que no pudiera averiguar si se lo proponía.

Así pues, la misma tarde en que Sally visitó a Axel Bellmann, Jim se encontraba frente a la barra de un dudoso *pub* de Deptford junto a un sospechoso hombrecillo con una bufanda blanca que pegó un respingo cuando Jim le palmeó el hombro.

—¡Hola, Dippy! —dijo Jim—. ¿Cómo te va, amigo?

—¿Eh? Oh, eres tú, Jim. ¿Qué tal?

Dippy Lumsden miró furtivamente a su alrededor, algo habitual en un ladronzuelo profesional como él.

—Mira, Dippy —dijo Jim—. Estoy buscando a un tipo. Es un tal Mackinnon, un mago. Un tipejo escocés. Lleva un par de años actuando en toda suerte de teatros; puede que lo hayas visto.

Dippy hizo un gesto de asentimiento.

—Lo he visto. Y también sé dónde encontrarlo.

—¿Eh? ¿Dónde?

El ladronzuelo adoptó una expresión astuta y frotó el índice contra el pulgar en un gesto muy expresivo.

—¿Cuánto vale eso? —preguntó.

—Felspar —respondió Jim—. Eso todavía me lo debes, ¿te acuerdas?

Felspar era un caballo que les había permitido ganar una apuesta de veinte contra uno y les había reportado una bonita suma a los dos. Jim le había dado el soplo, gracias a un jockey que conocía.

Dippy asintió con aire filosófico.

—Es justo —dijo—. Mackinnon se aloja en Lambeth, en un sucio cuchitril llamado Allen's Yard. Lo lleva una gorda irlandesa, Mrs. Mooney. Ayer por la noche lo vi. Le reconocí porque lo vi actuar una noche en el Gatti's Music-Hall. ¿Para qué lo buscas?

—Me ha birlado un reloj. Pero no es de tu gremio, Dippy. No debes preocuparte por él; no te hace la competencia.

—Oh. Ah. Estupendo, amigo. Pero recuerda que hoy no me has visto. Y yo no lo he visto nunca a él. He de cuidarme las espaldas.

—Desde luego, Dippy —dijo Jim—. ¿Quieres otra cerveza?

Dippy negó con la cabeza. No podía permanecer demasiado tiempo en un bar, dijo, por motivos profesionales. Apuró lo que quedaba de su cerveza y se marchó. Y tras charlar un par de minutos con el camarero de la barra, Jim siguió su ejemplo.

La casa de Mrs. Mooney era un lugar destartalado y apestoso que se caía a pedazos. Lo único que impedía que el edificio se derrumbara era que en Allen´s Yard no había espacio libre donde derrumbarse. A la escasa luz que llegaba de la calle y de las mal iluminadas ventanas, se apreciaba que el suelo del patio ostentaba el mismo nivel de limpieza que una cloaca. Pero esto no parecía preocupar a la niña pelirroja que jugaba descalza en la entrada. Su entretenimiento consistía en enseñar modales a su muñeca a base de tortazos y en asar un pedazo de arenque sobre un humeante quinqué.

—¿Está Mrs. Mooney? —preguntó Jim.

La niña miró a Jim y le dedicó una mueca burlona. Jim se sintió tentado de prodigarle el mismo tratamiento que ella le dedicaba a la muñeca.

—Te he preguntado si Mrs. Mooney está en casa, cara de rata.

Eso despertó el interés de la mocosa.

—¿Has perdido tu organillo? —le preguntó—. ¿Dónde has dejado tu chaquetita roja y tu lata para el dinero?

Jim hizo un esfuerzo por contenerse.

—Escucha, pequeño reptil, si no vas a buscarla ahora mismo, te daré una tunda que te dejará fuera de combate hasta las Navidades.

La chiquilla se quitó de la boca un trozo de pescado y chilló:

—¡Tía Mary!

Se metió de nuevo el pedazo de arenque en la boca y se quedó mirando con desprecio a Jim, que daba saltitos por el patio en busca de un lugar seco donde poner los pies.

—¿Te diviertes con el bailecito? —le preguntó.

Jim gruñó. Estaba a punto de darle un guantazo cuando una inmensa mujerona salió de la casa y se quedó en el umbral, obstruyendo el paso de la escasa luz que salía del interior. De su cuerpo emanaba un potente olor a ginebra.

—¿Quién es? —preguntó.

—Estoy buscando a Mr. Mackinnon —dijo Jim.

—No he oído ese nombre en mi vida.

—Es escocés. Un tipo delgado de ojos oscuros. Me han dicho que se instaló aquí hace un par de días. Es mago.

—¿Y para qué lo busca?

—¿Está o no?

Aturdida por la bebida, la mujer tuvo un momento de duda.

—No está, y además no recibe a nadie.

—Bien, pues cuando vuelva, dígale que ha estado aquí Jim Taylor. ¿Se acordará?

—Ya le he dicho que no está.

—No, claro que no. Ya me lo ha dicho. Pero si un día aparece por aquí, dígale que he venido. ¿De acuerdo?

La mujer volvió a pensar, haciendo un esfuerzo, y desapareció en el interior de la casa.

—Vaca borracha —comentó la niña.

—A ver si cuidas tus modales —dijo Jim—. Debería darte vergüenza hablar con esa falta de respeto de tus mayores.

La cría se quitó de nuevo el pescado de la boca y se quedó mirando fijamente a Jim. Acto seguido, de su boca brotó una inacabable sarta de insultos y reniegos, los más sucios, injuriosos, originales y variopintos que Jim había oído jamás. Fue un discurso de dos minutos y medio, sin un solo vituperio repetido. Jim, su cara, sus modales, su forma de vestir, su cerebro y sus antepasados sufrieron desfavorables comparaciones con partes de su cuerpo, o del cuerpo de otros, con partes del cuerpo de animales, con el olor a pescado podrido, con las tripas, con las flatulencias intestinales y otras lindezas igualmente desagradables. Jim se quedó admirado, lo que no le ocurría a menudo.

Metió la mano en el bolsillo.

—Toma —y le entregó a la niña una moneda de seis peniques—. Eres una artista, no cabe duda. Nunca había visto un talento como el tuyo.

Cuando la cría tomó la moneda, Jim aprovechó para darle un coscorrón que casi la tira al suelo.

—Tienes que aprender a ser más rápida, mejorar tu juego de piernas. Hasta luego.

La chiquilla le dijo a dónde podía irse y qué podía hacer allí, y luego le gritó:

—Tu amigo se te ha escapado. Acaba de marcharse, porque ella le ha avisado de que estabas aquí. ¡Eeeehhh! ¿Quién es el lento ahora?

Lanzando una maldición, Jim corrió hacia la casa. Dentro, la única luz provenía de una vela sobre una mesa desvencijada; Jim se apresuró a cogerla y, protegiendo la llama con la mano, subió como un rayo por las estrechas escaleras. El olor que allí se respiraba era imposible de describir, incluso para la niña del patio. ¿Cómo podía aguantarlo un tipo tan fino como Mackinnon?

Aquello era un tenebroso laberinto. Muchos rostros observaban a Jim en la semioscuridad —caras grises y apergaminadas, sucias, embrutecidas—; unas puertas colgaban peligrosamente de los goznes, otras habían desaparecido, y en su lugar colgaban pedazos de arpillera que dejaban entrever familias enteras de seis, siete u ocho personas o más, que comían, dormían o estaban hundidas en la apatía, tal vez muertas.

Pero de Mackinnon no había ni rastro. Aquella horrible mujer estaba sentada en el rellano, incapaz de moverse, abrazada a la botella como si se tratara de una muñeca. Jim pasó por delante de ella para llegar a la última habitación, pero la encontró vacía.

La mujer soltó una risa asmática.

—¿A dónde ha ido? —preguntó Jim.

—Se ha marchado —dijo ella, y resolló con más fuerza.

Jim tuvo deseos de atizarle una patada, pero se limitó a callarse y a salir de la casa.

Al llegar al patio, se detuvo. Había apagado la vela, y todo estaba a oscuras. La niña había desaparecido, no se oía un alma, y Jim sintió escalofríos.

En el patio había alguien más. Aunque no podía ver ni oír a nadie, estaba convencido de ello. Sus sentidos se agudizaron. Maldiciendo su propia estupidez, se quedó inmóvil y metió sigilosamente la mano en un bolsillo para extraer el puño de bronce que siempre llevaba consigo.

Entonces una mano se posó suavemente en su brazo y una voz femenina dijo:

—Espere…

Jim no se atrevía a mover un dedo. El corazón le saltaba encabritado en el pecho. El patio estaba envuelto en la oscuridad, y fuera sólo se vislumbraba el pálido destello mojado de un muro de ladrillos empapado de agua.

—Es usted un amigo —dijo la voz—. Él ha mencionado su nombre. Venga conmigo.

Parecía un sueño. Una figura encapotada y cubierta con un chal se deslizó a su lado y le hizo una seña. Y automáticamente, como si fuera un sueño, Jim la siguió.

En un aseado cuartito cerca de allí, la mujer frotó una cerilla para encender una vela, y al agacharse el chal le cubrió el rostro. Luego murmuró:

—Por favor… —al tiempo que se quitaba el chal y se descubría la cara.

Jim se quedó sorprendido, pero de inmediato comprendió; la mujer tenía la mitad del rostro cubierta por una enorme mancha de nacimiento de color púrpura; sus bonitos ojos despedían calidez, pero también reflejaban la cara que Jim había puesto al ver la mancha. Se sintió muy avergonzado.

—Lo siento —dijo—. ¿Quién es usted?

—Por favor… siéntese. He oído que hablaba de él con Mrs. Mooney. No he podido evitarlo…

Jim se sentó frente a la mesa, cubierta por un mantel de lino con un delicado bordado. Todo lo que veía a su alrededor era bonito, aunque un poco anticuado, y en el ambiente flotaba un suave olor a lavanda. También ella era de suaves modales, y su acento, educado y musical, no parecía de los barrios bajos de Londres, pensó Jim, sino más bien del noroeste de Inglaterra, tal vez de Newcastle o de Durham. La mujer se sentó también a la mesa, frente a Jim.

—Estoy enamorada de él, Mr. Taylor —dijo con los ojos bajos.

—Oh, claro. Ahora lo entiendo.

—Me llamo Isabel Meredith —explicó ella—. Cuando Mackinnon vino…, cuando abandonó la casa de lady Harborough la otra noche, no sabía qué hacer, y vino a verme porque una vez me… porque yo le ayudé en una ocasión. Le he dado algo de dinero. No es mucho lo que tengo, como puede ver. Trabajo como costurera. Que él, un hombre de su talento, se vea obligado a esconderse… Pero corre peligro, Mr. Taylor, corre un grave peligro. Él… ¿Qué otra cosa podía hacer?

—Para empezar, podría contarme la verdad, maldición. Podría venir a Burton Street —él sabe la dirección— y hablar conmigo y con mi socio Frederick Garland. Si está en peligro, es lo mejor que puede hacer. Pero tiene que ser sincero.

La mujer trazó con la uña una figura sobre el mantel.

—Mire, es un hombre muy nervioso, muy imaginativo —dijo—. Es un artista, y naturalmente sus sentimientos están más a flor de piel que los nuestros, son más intensos.

Jim no respondió. El único artista que conocía era Webster Garland, un tipo realmente duro. Lo que le hacía especial era su tenacidad y su maravillosa capacidad para captar la belleza, y no una mente confusa y voluble.

—Está bien —dijo por fin—. Mire, si se tratara de otro individuo, no me importaría, pero estamos investigando algo, no sobre Mackinnon, sino otra cosa, y él está implicado de alguna forma. Aquí hay fraude, oscuras maniobras financieras, disparates espiritistas y todo tipo de maldades…, tal vez cosas peores. ¿Por qué está metido en esto? Y, por otra parte, ¿cómo se conocieron ustedes?

—Nos conocimos en Newcastle —dijo ella—. Entonces él estaba empezando. Se mostró simpático conmigo, y me contó que Mackinnon no era su verdadero nombre, pero que utilizaba un alias para que su padre no lo mandara detener.

—¿Cómo?

—Eso es lo que me dijo.

—Entonces, ¿quién es su padre?

—No me lo quiso decir. Alguien importante. Había un asunto de una herencia —un tesoro de familia o algo así— a la que él había renunciado por su arte. Sin embargo, su padre temía que un mago deshonrara a la familia.

—Mmmm —dijo Jim, que no se creía una palabra—. ¿Y qué me dice del tal Bellmann? ¿Qué tiene que ver en esto?

Isabel Meredith apartó la mirada.

—Creo —murmuró— que puede tratarse de un asesinato.

—Siga.

—Él no me dijo nada directamente. Pero a partir de ciertas señales y alusiones… deduje que se trataba de algo así.

Isabel Meredith abrió un cajón, del que sacó una libretita. Dentro tenía un amarillento recorte de periódico sin fecha.

ESPECTACULAR DESCUBRIMIENTO:
UN CADÁVER CONSERVADO EN HIELO

El pasado mes se hizo un sensacional descubrimiento en los bosques de Siberia. Un cazador encontró el cadáver de un hombre perfectamente conservado en un río helado. En un principio, se pensó que se había ahogado al caer al agua, pero un examen reveló que el hombre había sido apuñalado en el pecho y en la garganta.

La identidad del cadáver se desconoce. De no ser por el casual descubrimiento del cazador, el deshielo de primavera habría arrastrado el cadáver hacia el norte, donde se hubiera perdido para siempre en el océano Ártico.

El caso ha despertado gran interés en Rusia, donde la desaparición…

El recorte acababa aquí. Jim alzó los ojos con expresión frustrada.

—¿Qué fecha tenía esto? —preguntó.

—No lo sé. Se le cayó del bolsillo del abrigo y yo lo recogí. Cuando vio que lo tenía en la mano, se puso pálido. Dijo que este recorte le había provocado extrañas visiones… ¿Por qué, Mr. Taylor? ¿Tiene algún significado para usted?

Jim recordó las palabras que Nellie Budd pronunció en Streatham, en aquella penumbra: «Él sigue ahí, en un ataúd de hielo». Por supuesto, todo estaba relacionado, pensó. El cadáver en el hielo, la pelea de la visión de Mackinnon, la sangre en la nieve…

—¿Conoce a una mujer llamada Nellie Budd? —preguntó.

—No —dijo ella asombrada—. ¿Quién es?

—Es una médium, o como se llame. No tiene nada que ver con Mackinnon, salvo que este recorte enlaza con algo que ella dijo. ¿Puedo quedármelo?

La mujer dudaba, y Jim comprendió que le costaba separarse de un objeto que había pertenecido a Mackinnon.

—No se preocupe —le dijo—, lo copio y se lo devuelvo. ¿No le contó nada más?

La mujer negó con la cabeza, y Jim se puso a copiar el recorte en su libreta.

—Lo cierto es que no sé qué hacer, Mr. Taylor —dijo ella—. Le quiero mucho y daría cualquier cosa por ayudarle..., cualquier cosa. Todo lo que le concierne a él tiene mucho valor para mí. ¡Quisiera ganar lo suficiente como para mantenerle! Pensar que ha estado en esa horrible casa de Mrs. Mooney, obligado a esconderse, ¡un artista como él! Oh, lo siento. Supongo que suena ridículo; una mujer con... Yo nunca podría aspirar a... Lo siento. No debería haber hablado así, pero estoy muy sola y no hablo con nadie.

Jim copiaba la nota, aliviado de no tener que mirar a la mujer a la cara. No sabía qué decir. La veía tan emocionada y vulnerable... Se puso a acariciar el bordado del mantel con el dedo, mientras pensaba a toda velocidad.

—¿Esto es lo que hace usted? —preguntó.

Ella asintió con un gesto.

—Puedo conseguirle un buen precio por este tipo de trabajos. No tiene por qué vivir en un cuartucho como éste, ganando cuatro peniques. Ya sé lo que estará pensando... Lo hace para pasar desapercibida, ¿no? Apuesto a que sólo sale de noche.

—Es cierto. Pero...

—Escuche, Miss Meredith. Lo que me ha enseñado esta noche me será de gran ayuda. Ignoro si Mackinnon piensa volver por aquí. Yo supongo que ha puesto pies en polvorosa para salir de este apestoso agujero, y dudo que lo vuelva a ver. No —añadió, cuando ella hizo ademán de protestar—, todavía no he acabado. Le daré una tarjeta de las nuestras, y le escribiré en el reverso otra dirección, la de una joven, Miss Lockhart. Es socia nuestra, y buena persona. Si necesita ayuda, vaya a verla. Y si vuelve a ver a Mackinnon, dígale que venga a vernos. ¿De acuerdo? O avíseme usted misma. Después de todo, es por su bien, por el bien de este mier.. mentecato. Cuanto antes aclaremos este asunto, antes podrá volver a los escenarios, y todos respiraremos tranquilos.

Mientras salía de Lambeth, Jim se puso a silbar de contento porque había hecho progresos. De repente pensó en la mujer que había conocido, en su vida solitaria, en su amor imposible y desesperado, y paró de silbar. Estaba familiarizado con la vileza, y hasta el asesinato le parecía algo claro y comprensible. Pero el amor era un misterio para él.

De vuelta a Burton Street, se detuvo en la tienda en penumbra porque oyó gritos en el interior. Era Sally, y a juzgar por lo que se oía, no estaba precisamente contenta con Fred.

Abrió la puerta y entró. Webster estaba sentado junto a la chimenea, inmerso en la lectura de los folletines de Jim, fumando su pipa, con un vaso de whisky apoyado en el brazo de la butaca y los pies sobre el guardafuegos. Echado en el suelo a su lado, ocupando una gran parte de la habitación, Chaka destrozaba un hueso. Frederick y Sally estaban de pie, uno a cada lado de la mesa; se gritaban y parecían a punto de perder los nervios.

—Buenas noches —dijo Jim, pero nadie le prestó atención. Sacó una botella de cerveza de la despensa y se sentó frente a Webster—. Ya he encontrado a Mackinnon —siguió, mientras se servía la cerveza—. Y sé lo que pretende. También he descubierto lo que quería decir Nellie Budd. Apuesto a que es mucho más de lo que habéis descubierto vosotros, papanatas. Nadie me escucha, ¿no? Supongo que estoy hablando solo. Pues vale.

Bebió un buen trago de su jarra de cerveza y miró la cubierta del folletín de terror que estaba leyendo Webster.

—El tesoro está debajo de la Roca del Esqueleto —dijo en voz alta. Webster alzó la vista—. La banda de Clancy lo puso allí después de atracar el banco. «Dick el tocho» se disfraza y se hace pasar por uno de la banda. Ned el tuerto, el nuevo ladrón, es en realidad él. Aunque se supone que el lector no debe saberlo.

Furioso, Webster arrojó al suelo la revista.

—¿Por qué me lo has contado? —preguntó—. Lo has estropeado todo.

—Tenía que hacerte reaccionar. ¿Qué les ocurre a esos dos?

Webster dirigió una vaga mirada en dirección a Frederick y Sally.

—No lo sé. No escuchaba; estaba disfrutando con «Dick el tocho». ¿Se están peleando o qué?

En ese momento, Frederick dio un puñetazo sobre la mesa.

—Si tuvieras el sentido común de…

—No me hables de sentido común —lo interrumpió Sally, con una mueca de disgusto—. Te dije que no te entrometieras en mi trabajo. Si quieres que trabajemos juntos en un caso…

—¿Queréis cerrar el pico, vosotros dos? —dijo Jim, alzando la voz—. Nunca he oído un jaleo semejante. Sentaos aquí un momento y os contaré noticias frescas.

La hostilidad entre ellos era tan viva que parecían brotar chispas. Les costó un momento decidirse, pero finalmente Frederick le acercó a Sally una silla y tomó asiento en un taburete.

—¿Y bien? —preguntó Sally, después de sentarse.

Jim les relató su encuentro con Isabel Meredith y les leyó en voz alta el texto que había copiado del recorte de periódico.

—En mi opinión —dijo—, Mackinnon le está haciendo chantaje a Bellmann. Vio este recorte de periódico, mezcló la información con el asunto de los estados de trance y le fue con el cuento a Bellmann; y como es natural, Bellmann no se lo tragó. Es así de sencillo. ¿Qué os parece?

—¿Y qué relación existe entre Nellie Budd y Mackinnon? —preguntó Frederick.

—Por todos los demonios, y yo qué sé —dijo Jim—. Puede que los dos pertenezcan al mismo club de magos y espiritistas. O puede que ella forme parte de las artimañas de Bellmann.

—¿Y qué hay de ese asunto de la herencia? Ella te dijo que el padre de Mackinnon era alguien importante, ¿no? —preguntó Sally.

—Exacto.

—Puede que sea verdad. Tal vez Mackinnon es el heredero de algo que Bellmann desea tener.

—Siempre que ese dato sea cierto —dijo Frederick—. Pero por lo menos hemos adelantado algo. ¿Te pareció que Miss Meredith decía la verdad?

—Oh, sí —dijo Jim—. Para empezar, fue ella quien se me acercó. Si quisiera ocultar algo, no tenía por qué haberme llamado. Su única preocupación es proteger a Mackinnon... y estoy convencido de que para eso mentiría, si fuera necesario. Pero juraría que a mí me dijo la verdad.

—Mmmm. —Frederick se rascó la barbilla—. ¿Hacemos las paces, Lockhart?

—De acuerdo —dijo ella a regañadientes—. Pero en cuanto descubras algo, quiero que me avises. Si hubiese sabido que Bellmann iba detrás de Mackinnon, habría tenido una baza más cuando fui a su despacho.

—De todas formas, en mi opinión fue una tontería que te presentaras en su despacho —dijo Frederick—. Entraste allí como un elefante en una cacharrería…

—Nadie te ha preguntado tu opinión —le interrumpió Sally bruscamente—. Ya me has…

—¡Basta ya! —gritó Jim—. ¿Os apetece un poco de queso y encurtidos? ¿Quiere un poco, Mr. Webster? ¿Está bueno tu hueso, chucho?

Jim le acarició las orejas a Chaka, que se puso a golpear el suelo con la cola. Frederick fue a buscar una hogaza de pan y un poco de queso mientras Sally despejaba la mesa, y en unos minutos estaban todos sentados y comiendo. Cuando acabaron, depositaron los platos sucios sobre el banco de madera que había a sus espaldas y Jim sacó sus cartas para jugar una partida de whist por parejas: Sally y Fred contra Webster y Jim. Pronto se estaban riendo como en los viejos tiempos, antes de que Sally se marchara a Cambridge, cuando acababan de hacerse socios, antes de que empezaran las peleas entre Sally y Fred. «Viéndolos ahora —pensó Jim—, se diría que están enamorados, y no que son víctimas de una obsesión tan desgraciada como la de Isabel Meredith. Así debería ser el amor: alegre, apasionado y burlón, un juego inteligente y también un poco peligroso.» Sally y Fred eran iguales… en inteligencia y osadía. Si trabajaban juntos, podían conseguir cualquier cosa que se propusieran. ¿Por qué tenían que pelearse?

l lunes por la mañana, Charles Bertram llegó a la tienda con noticias. Un amigo suyo que trabajaba en Elliott & Fry (uno de los estudios fotográficos más famosos de Londres, que se especializaba en retratar a gente rica en lugares de moda) le acababa de hablar de un encargo recibido: las fotos del compromiso entre Axel Bellmann y lady Mary Wytham.

Frederick soltó un silbido.

—¿Cuándo? —preguntó.

—Esta misma tarde en casa de los Wytham, en Cavendish Square. Pensé que te interesaría. Es un trabajo completo, ya sabes cómo son en Elliott & Fry. Habrá un ayudante para sostener los focos, un chico para limpiar las lentes, un especialista para colocar el trípode…

—¿Cómo se llama tu amigo? ¿No se tratará del joven Protherough, por casualidad?

—Pues sí, precisamente es él. ¿Lo conoces?

—Sí, y además me debe un favor. Buen trabajo, Charlie. De manera que Bellmann se casa, ¿eh? Y con esa chica tan guapa, además… Maldita sea.

Diciendo esto, agarró a toda prisa su abrigo y salió corriendo.

Cada semana, Sally solía dedicar una mañana a visitar Garland & Lockhart. De esta forma podía echar un vistazo a las cuentas y hablar del negocio con Webster y con Mr. Blaine. Aquella mañana estaba segura de que encontraría a Frederick, porque Mr. Blaine le había hablado de sus necesidades de espacio y seguro que Frederick le apoyaba.

—Ya ve, Miss Lockhart —le dijo Mr. Blaine cuando estaban de pie junto al mostrador—. Creo que necesitamos ayuda para los trabajos de papeleo, pero ya puede ver que aquí no tenemos espacio. A lo mejor, en un rincón del nuevo estudio…

—De ninguna manera —dijo Webster con firmeza—. De hecho, incluso estoy empezando a preguntarme si el estudio será lo suficientemente amplio.

—¿Cómo marchan las obras? —preguntó Sally.

—Acompáñame a echarles una ojeada —dijo Webster—. ¿Estás libre, Charles?

Se dirigieron al patio trasero y Charles Bertram se les unió. El nuevo edificio para el estudio estaba ya casi listo: se había colocado el tejado y dos yeseros alisaban las paredes, aunque todavía no había vidrios en las ventanas. Se abrieron paso entre las carretillas, las escaleras y los tablones hasta llegar al suelo de madera recién colocado, y se quedaron allí de pie, justo donde daba el pálido sol de invierno.

—Lo que me pregunto —les explicó Webster— es si tendremos espacio para una cámara con raíles. Sólo será posible si colocamos los raíles en forma de herradura, y en tal caso la luz no será siempre la misma. Salvo que tapemos todas las ventanas y usemos luz artificial. Pero entonces, a la velocidad que queremos, la emulsión no tendrá suficiente sensibilidad...

Al ver la expresión de Sally, Charles decidió intervenir.

—Hay una solución. Este edificio se puede adaptar... No vamos a utilizar el estudio para el «zoetropo»*. En la tienda nos falta espacio para todo lo que queremos hacer. Si no tuviéramos ese problema, Miss Renshaw podría doblar el número de citas para retratos. ¿Por qué no levantamos una pared que vaya de aquí a aquí —bastará con un tabique— y creamos, además del estudio, el despacho que Mr. Blaine necesita? Webster tiene razón, no podemos colocar aquí una cámara sobre raíles. Fue una tontería pensar que sería posible.

—Pero tenías que haberlo calculado... —empezó a decir Sally—. ¿Para qué lo habéis construido si es demasiado pequeño?

Los dos hombres se miraron sin saber qué decir.

—Bueno, cuando decidimos levantarlo, era suficiente —explicó Webster—. Entonces no pensábamos en la cámara sobre raíles, sólo en una cámara fija con un sistema rápido de cambio de placa. Había sitio suficiente para eso. Además, es aquí donde está el futuro, en tener una sola cámara, así que no hemos tirado el dinero.

—Supongo que a continuación querréis comprar un terreno que esté cerca de aquí —dijo Sally—. Sois igual que Fred. ¿Y dónde está, por cierto?

—Ha ido a Elliott & Fry —dijo Charles—. Ese tal Mr.

---

* Dispositivo mecánico que consiste en un cilindro con una serie de ranuras en el exterior, y una serie de figuras en el interior que representan posiciones sucesivas de un objeto en movimiento. Al ser vistas a través de las ranuras, mientras el cilindro gira velozmente, se produce la ilusión de que el objeto se mueve. *(N. del E.)*

Bellmann va a casarse y le tienen que hacer un retrato de compromiso.

—¿Bellmann se casa? —preguntó Sally asombrada.

El hombre que viera la semana anterior en Baltic House parecía tan ajeno a la posibilidad de contraer matrimonio que le costaba hacerse a la idea.

—Y en cuanto a eso del terreno... —empezó a decir Webster, que no tenía interés alguno en Bellmann—. ¿Qué opinas tú, Charles? Podríamos levantar una pared de cara al sur y colocar unos raíles paralelos a ella, tan largos como quisiéramos. Tal vez podríamos construir un tejado de cristal, para resguardarnos de la lluvia...

—Todavía no —lo interrumpió Sally—. Ahora no hay dinero. Primero acabad este estudio y, cuando sea tan rentable como pensáis, ya se verá. Mr. Blaine, parece que podrá disponer usted del espacio de oficina que quería. ¿Necesita una persona a tiempo completo? ¿O bastaría con que viniera por las mañanas?

La cámara sobre raíles que Webster había mencionado era un invento que se le había ocurrido a partir de la idea de un fotógrafo llamado Muybridge. De momento, como no disponían de espacio para montarla, era una idea sobre el papel, y consistía en una batería de cámaras sobre ruedas que correrían sobre unos raíles frente a un punto fijo y harían una rápida sucesión de fotografías para captar el movimiento de una persona en ese punto determinado.

La idea de captar el movimiento en imágenes estaba muy de moda en la época, y mucha gente experimentaba con distintas técnicas, aunque de momento nadie había hecho grandes progresos. Webster estaba convencido de que una parte de la solución estaba en su cámara sobre raíles, y Charles Bertram estaba investigando con emulsiones más sensibles que permitieran exposiciones más cortas. Si encontraban la forma de impresionar un negativo de papel en lugar de un cristal, podrían montar un rollo de papel sensible tras la lente y usar este sistema en lugar de la cámara sobre raíles. Suponiendo, claro está, que obtuvieran un mecanismo capaz de tirar del papel sin romperlo. Y una vez dado este paso, entonces sí podrían utilizar el nuevo estudio para el «zoetropo», como lo llamaba Charles. Les quedaba mucho por hacer.

Sally y Mr. Blaine dejaron a la pareja discutiendo con entusiasmo sobre estos temas y volvieron a meterse en la tienda para meditar sobre el tipo de ayuda que necesitaban en la oficina.

Aquella misma tarde, a primera hora, la hija de lord Wytham, lady Mary, estaba sentada en el jardín de invierno de su casa, en Cavendish Square. Era una estructura de hierro y cristal demasiado grande para recibir el nombre de invernadero, y albergaba palmeras, orquídeas, exóticos helechos, así como un estanque donde nadaban lentamente unos peces oscuros. Lady Mary, con un elaborado vestido de seda de cuello alto y gargantilla de perlas, iba de un blanco inmaculado, como una víctima dispuesta para el sacrificio. Estaba sentada en una butaca de bambú bajo la fronda de un enorme helecho; tenía un libro entre las manos, pero no estaba leyendo.

Era un día frío y seco, con una luz brumosa que, al filtrarse a traves del cristal y difuminarse entre la vegetación, adquiría un carácter subacuático. Desde el centro del jardín de invierno, lady Mary sólo veía verde a su alrededor; únicamente oía el goteo del chorrito que alimentaba el estanque y, de vez en cuando, el gorgoteo del vapor que dejaban escapar las tuberías que había junto a la pared.

La belleza de lady Mary no era del tipo que estaba de moda en esos momentos. En una época que tenía el mismo gusto para las mujeres que para los sofás —estáticas, confortables, blandas—, lady Mary se parecía más a un pájaro de los bosques o a un animal joven. Era esbelta y de huesos menudos, con el cálido color de piel de su madre y los ojos grises e inmensos de su padre. Toda ella respiraba delicadeza y ardor contenido, y ya había descubierto que su belleza podía ser una maldición.

Su hermosura inspiraba temor. Incluso los más encantadores y experimentados entre los solteros de la ciudad se sentían incómodos en su presencia, y se mostraban torpes, sin saber qué decir. Cuando apenas era una adolescente, lady Mary ya intuyó que su belleza, lejos de atraerle el amor, podía estar, por el contrario, repeliéndolo. Sus ojos tenían una trágica sombra de tristeza que no provenía únicamente de su nuevo compromiso.

Llevaba ya un rato sentada cuando oyó unas voces que provenían de la biblioteca, al otro lado de la puerta de cristal. Se puso a temblar, y el libro se le escapó de las manos y cayó sobre la rejilla de hierro que cubría el suelo.

Un criado abrió la puerta y anunció:

—Mr. Bellmann, milady.

Axel Bellmann, con un abrigo gris, asomó por la puerta y saludó con una ligera inclinación de cabeza. Lady Mary despidió al criado con una sonrisa.

—Gracias, Edward —dijo.

El criado cerró la puerta con cuidado al salir. Lady Mary permanecía sentada al borde del estanque, con las manos unidas sobre el regazo, tan inmóvil como el nenúfar que había a su lado. Bellmann tosió levemente, pero en la quieta atmósfera del jardín de invierno, su carraspeo sonó como el rugido de un leopardo a punto de arrojarse desde una rama sobre el lomo de una esbelta gacela.

Bellmann se acercó a ella.

—Le deseo buenas tardes, si tiene la bondad de permitírmelo —le dijo.

—¿Y por qué no iba a permitírselo?

Bellmann esbozó una leve sonrisa. Permanecía de pie a unos cuantos pasos de distancia, con las manos a la espalda, y un pálido rayo de sol le iluminaba la mitad del ancho y rubicundo rostro.

—Está usted encantadora —dijo.

Ella no respondió. Levantó el brazo para romper una lustrosa hoja de palmera que colgaba sobre su cabeza y se puso a destrozarla con las uñas.

—Gracias —dijo, con una voz leve como un susurro.

Bellmann cogió una silla y se sentó cerca de lady Mary.

—Confío en que le interese conocer mis planes para nuestra vida de casados —dijo—. Por el momento, viviremos en Hyde Park Gate, aunque desde luego necesitaremos una casa en el campo. ¿Le gusta el mar, Mary? ¿Le gusta salir a navegar?

—No lo sé. Nunca he visto el mar.

—Le gustará. Me estoy haciendo construir un barco de vapor; se botará a tiempo para la boda. Podríamos pasar la luna de miel a bordo. Y quisiera que me ayudara a escoger el nombre, porque espero que sea usted la madrina el día de la botadura.

Lady Mary no respondió ni levantó los ojos de su blanco regazo, sobre el que reposaban los trocitos desgarrados de la hoja de palmera. Ahora sus manos permanecían inmóviles.

—Míreme —ordenó él con voz dura y autoritaria.

La joven alzó la mirada hacia el hombre con el que había accedido a casarse, y procuró que su semblante no expresara nada.

—Los fotógrafos están a punto de aparecer —dijo Bellmann—. Quiero una foto que exprese el placer y la satisfacción de nuestro compromiso. Sean cuales sean sus sentimientos, como mi novia, mi esposa y la anfitriona de mi casa, en ninguna ocasión demostrará públicamente su descontento. ¿Queda claro?

Lady Mary se puso a temblar.

—Sí, Mr. Bellmann —consiguió articular.

—Oh, no me llames así. Mi nombre es Axel, y es así como debes llamarme. Quiero oír cómo lo dices.

—Sí, Axel.

—Bien. Ahora háblame de estas plantas. Es muy poco lo que sé sobre plantas. ¿Cómo se llama ésta?

Mr. Protherough, de Elliott & Fry, llegó puntual, a las dos y media de la tarde. Los tres ayudantes que normalmente le acompañaban habían ganado una inesperada hora libre y cinco chelines cada uno, y en su lugar estaban Jim, Frederick y Charles Bertram.

Jim se había alisado el pelo y llevaba su mejor traje. Frederick estaba irreconocible: se había oscurecido las cejas y se había colocado unas almohadillas en la parte interior de las mejillas. Mr. Protherough, un joven rubio y con gafas, estaba emocionado, pero Frederick era consciente de que arriesgaba su empleo si algo salía mal.

El criado que les abrió la puerta se mostró renuente a dejarlos pasar.

—Por la entrada de servicio —dijo desdeñoso, y quiso cerrarles la puerta en las narices.

Pero el honorable Charles, que iba impecablemente vestido, lo interrumpió: —Un momento, caballero. ¿Es usted consciente de la categoría de las personas a las que impide entrar en casa de su señor?

—Sí —dijo—. Son fotógrafos. Comerciantes. La entrada para comerciantes está a la vuelta de la esquina.

—Y dígame —dijo Charles—, cuando sir Frederick Leighton estaba pintando el retrato de lady Wytham, ¿le hacía entrar usted por la puerta de servicio?

El criado pareció apesadumbrado.

—No —dijo con prudencia.

—Tenga mi tarjeta. —Con aire de fastidio, Charles extrajo su tarjeta—. Tenga la bondad de informar a su señor que los artistas fotógrafos ya están aquí. De hecho, se presentaron puntualmente a las dos y media, pero ahora entrarán —miró su reloj de oro— con casi cinco minutos de retraso.

El criado leyó la tarjeta, tragó saliva y pareció encogerse unos centímetros.

—Oh. Le pido disculpas, señor, desde luego. Entren, por favor. Informaré a su señoría de que han llegado puntualmente, señor. Pase por aquí, señor…

Jim intentó poner una expresión de altanería (lo que no resultaba fácil, después de que Charles le hubiera guiñado un ojo) y ayudó a Frederick a transportar el equipo. Los condujeron hasta el jardín de invierno. Mientras Mr. Protherough comprobaba la luz y organizaba el escenario, Frederick y Jim montaban el trípode y preparaban las placas. Serían fotografías de colodión húmedo, ya que los estudios preferían este sistema —un poco engorroso, pero con un resultado garantizado— para las fotografías formales y de gran tamaño. Mientras tanto, Charles conversaba con lord Wytham.

En el jardín de invierno hacía calor. El sol brillaba débilmente, pero el vapor que salía de los tubos mantenía la atmósfera húmeda y cargada. Jim, ocupado en ajustar una pata del trípode, se enjugó la frente de sudor. No pensaba en nada en particular cuando vio por el rabillo del ojo que Mr. Bellmann y lady Mary se acercaban. Entonces levantó la vista y… recibió un mazazo en el pecho.

Lady Mary era tan perfecta que uno no podía permanecer impasible. Era mucho más que guapa o encantadora. De repente, Jim se sintió total y perdidamente enamorado, tan a su merced como una hoja en medio de un viento huracanado. Fue una sensación que le produjo un efecto físico: le temblaban las rodillas y casi se olvidó de respirar. Se preguntó (con las escasas neuronas que le funcionaban en aquel momento de estupor) cómo era posible que Bellmann estuviera allí, charlando tan tranquilo, mientras ella se apoyaba en su brazo. ¡Como si fuera lo más normal del mundo! La joven iba de blanco, su cabello era oscuro y reluciente, sus mejillas sonrosadas y sus ojos inmensos y húmedos… Jim estuvo a punto de soltar un gemido.

Siguió las indicaciones de Mr. Protherough de forma automática, como en un sueño: le entregaba una placa a Frederick, apartaba una rama que molestaba, acercaba la silla de bambú de la joven al estanque o levantaba una pantalla de papel para recoger la luz que debía iluminar una parte del rostro de lady Mary. Y mientras tanto, le dirigía mentalmente encendidas palabras de pasión y escuchaba emocionado sus imaginarias respuestas…

Bellmann no tenía importancia alguna. Era irrelevante. ¿Cómo se iba a casar lady Mary con él? Era imposible, ridículo. No había más que ver la forma en que ella se sentaba a su lado, tan digna y soñadora, tan apartada; no había más que ver cómo retiraba con sus finos dedos unas hebras de musgo de su vestido y las depositaba en el agua, y cómo se tensaba su grácil y esbelto cuello al girar la cabeza, y la delicada oreja rosada que asomaba bajo un bucle del cabello... Jim estaba perdido.

Mientras tanto, la sesión fotográfica se desarrollaba con normalidad. Mr. Protherough desapareció bajo el trapo de la cámara, impresionó la placa y volvió a emerger. Frederick le entregó una placa nueva y recogió la que había sido impresionada; la figura de lord Wytham rondó unos momentos por las inmediaciones y luego los dejó solos. Charles contemplaba el espectáculo con el aire suficiente de un terrateniente que mira trabajar a sus guardabosques. En total, tomaron una docena de fotografías, entre ellas una de lady Mary sola, algo que Jim agradeció con toda su alma.

Cuando estaban a punto de terminar, Frederick se inclinó hacia Jim y le susurró:

—Ten cuidado, Jim. Estás mirando fijamente.

—Oh, Dios —gruñó Jim, y se dio media vuelta para entregarle la última placa a Mr. Protherough.

Iban a fotografiar a la pareja de pie junto a una estatua que representaba a una diosa clásica, pero en el último momento Charles intervino para sugerir que lady Mary debía estar sentada. Su argumento era que así la foto quedaría mejor, y Mr. Protherough apoyó la propuesta.

—Por favor, Mr. Sanders, acerque la silla —le pidió Charles a Frederick.

Jim ayudó a Mr. Protherough a girar el trípode y Frederick fue a buscar la silla de mimbre que estaba junto al estanque y la llevó hasta la estatua.

Jim notó de repente que se hacía un silencio.

Levantó la mirada y vio que Bellmann había tomado a Frederick del brazo y lo miraba fijamente. Frederick le devolvía la mirada con inocente estupor.

«Oh, Frederick, no te delates —pensó Jim asustado—. Te ha calado…»

—Dígame —dijo Bellmann (en ese instante todos estaban en silencio, incluso Mr. Protherough)—, ¿no estaba usted en casa de lady Harborough la semana pasada?

—¿Yo, señor? —preguntó Frederick en un tono cuidadosamente controlado—. No, señor, se lo aseguro.

—¿No se encontraba usted entre los invitados? —insistió Bellmann con un deje de irritación.

—¿Un invitado en casa de lady Harborough? Oh no, señor. No era yo. ¿Prefiere la silla a este lado o a este otro?

—La semana pasada —dijo Bellmann levantando la voz—, la tarde del concierto de beneficiencia en casa de lady Harborough, vi a un hombre que, si no era usted, era su doble. Me pareció que estaba espiando y observando a los invitados de una forma sospechosa. Se lo pregunto de nuevo: ¿era usted?

Pero antes de que Frederick pudiera contestar, lady Mary habló:

—No te olvides de que yo también me encontraba allí —le dijo a Bellmann—. Y recuerdo al hombre que dices, pero no era él.

—Si me permite aventurar una explicación, señor —dijo Frederick con timidez—, creo que es posible que haya visto a mi primo Frederick. Se está abriendo camino como detective privado, y varias damas y caballeros han solicitado sus servicios para la vigilancia de personas y bienes.

Dicho esto, parpadeó con aire inocente.

—Mmmm. Muy bien —dijo Bellmann—. Sin embargo, el parecido es asombroso. —Se apartó de Frederick para apoyar la silla en el suelo.

Jim notó que Mr. Protherough se tranquilizaba, porque si Frederick hubiera sido descubierto, él habría perdido su empleo en Elliott & Fry. De hecho, todos corrían un riesgo. ¿Y qué esperaban ganar con esto? Era absurdo.

Por otra parte, si no hubieran venido, él no habría conocido a lady Mary. ¡Qué joven parecía! No podía tener más de dieciséis años... ¿Qué demonios ocurría para que tuviera que casarse con un tipo semejante?

Mientras Bellmann posaba, de pie junto a la silla, mirando a su prometida, Jim lo observó con más atención. Le pareció detectar una amenaza en su cara ancha, ¿pero a quién iba dirigida? Junto a la imponente figura de Bellmann, lady Mary jugueteaba con el pañuelo, como si estuviera harta y aburrida. Cuando él apoyó una pesada mano en su hombro, la joven suspiró y, obedientemente, recompuso su expresión. Ahora sus maravillosos ojos grises miraban directamente a la cámara.

Tomaron la foto, retiraron la placa y empezaron a recoger el equipo. Charles se puso a charlar amigablemente con Bellmann, mientras caminaban por el sendero, y llegó el momento que Jim había estado esperando con ansiedad durante veinte minutos, o toda su vida.

Mientras Frederick ayudaba a Mr. Protherough con la cámara y el trípode, lady Mary estaba de pie junto a la estatua, sumida en sus pensamientos. Tenía una mano apoyada en el respaldo de la silla y la otra en el cabello, jugando a enrollarse un bucle entre los dedos. De repente, alzó los ojos y le dirigió a Jim una mirada radiante.

Sin poderlo evitar, Jim dio un paso hacia ella. La joven echó un rápido vistazo por encima del hombro, y cuando vio que estaban solos se inclinó hacia él, de forma que sus rostros casi se tocaban. Jim se sintió mareado, le tendió una mano, y...

—¿Pero es él? —susurró ella rápidamente—. ¿Es el hombre que estaba en casa de lady Harborough?

—Sí —dijo Jim, y la voz le salió ronca—. Milady, yo…

—¿De verdad es un detective?

—Sí. Aquí hay algo raro, ¿no? ¿Puede usted hablar?

—Por favor —susurró ella—. Por favor, ayúdeme. No puedo hablar con nadie más. Estoy sola, y debo salir de aquí. No puedo casarme con él.

—Escuche —dijo Jim, con el corazón latiéndole violentamente en el pecho—. Grábese esto en la memoria. Me llamo Jim Taylor, de Garland & Lockhart, en Burton Street. Estamos investigando a su Mr. Bellmann, porque está metido en algo extraño. Le prometo que la ayudaremos. Póngase en contacto con nosotros lo antes que pueda y…

—Por favor, Taylor, traiga la silla aquí —le dijo Mr. Protherough.

Jim levantó la silla y dirigió una sonrisa a lady Mary. En respuesta, una breve sonrisa pasó por su rostro, tan leve como la brisa de verano que agita un instante los campos floridos y desaparece. Luego ella se dio la vuelta y se marchó.

Cuando salieron de allí, Jim no contó a los demás lo que había sucedido. No hubiera sabido qué decir; ni siquiera estaba seguro de estar despierto o incluso vivo. Tenía ganas de reír, cantar y llorar amargamente a un tiempo.

Unas horas más tarde, un joven bajo y corpulento se puso a aporrear la puerta de una respetable casa de huéspedes en Lambeth. Iba acompañado de un segundo hombre que, a juzgar por su nariz aplastada y sus orejas deformadas por los golpes, tenía aspecto de matón. Jim hubiera podido reconocerles: eran los hombres de los que había rescatado a Mackinnon en el teatro Britannia.

Cuando les abrieron (una mujer mayor con un delantal limpio), los hombres entraron a empellones, sin decir palabra, y cerraron la puerta a sus espaldas.

146

—Escuche con atención —dijo el hombre joven, mientras le ponía a la mujer la punta de un grueso bastón bajo la barbilla—. Buscamos a una señorita con una marca en la cara. ¿Dónde está?

—¡Oh, por Dios Santísimo! ¿Quiénes son ustedes? ¿Qué quieren? —balbuceó la señora—. ¡Suélteme el brazo! ¿Qué están haciendo?

El matón le había agarrado el brazo y se lo apretaba contra la espalda. El hombre joven siguió hablando:

—Estamos buscando a esa mujer. Llévenos hasta ella. Y no se le ocurra chillar o mi amigo le romperá el brazo.

—¡Oh, por favor, no me haga daño! Déjeme, por favor…

Respondiendo a una señal del joven, el matón soltó a la mujer, que cayó contra la barandilla de la escalera en el estrecho vestíbulo.

Mientras subían por la escalera, Mr. Harris (así se llamaba el hombre joven), clavaba la punta del bastón en la espalda de la mujer.

—¡Más rápido! —le dijo—. Y por cierto, ¿cómo se llama usted?

—Mrs. Elphick —dijo ella entre jadeos—. Por favor…, tengo el corazón débil…

—Oh, vaya —dijo Mr. Harris—. Mackinnon se lo rompió, ¿no es así?

Cuando llegaron al primer piso, la mujer se apoyó contra la pared y se llevó la mano al pecho.

—No entiendo a qué se refiere —dijo débilmente.

—Deje de hacer el tonto y haga lo que le pedimos. Necesitamos que una mujer pura nos ilumine el camino, ¿no es así, Sackville?

El matón hizo un gesto simiesco de asentimiento y empujó a la mujer para que siguiera andando. Subieron otro tramo de escaleras y se detuvieron frente a la primera puerta.

—Bien, Sackville —dijo Mr. Harris—, ahora es cuando podrás poner en práctica tus especiales habilidades. Mala suerte, Mrs. Elphick; está a punto de asistir a una escena que puede resultarle desagradable.

—Oh, no, por favor —dijo la señora.

Sackville, el matón, dio un paso atrás y lanzó una fuerte patada contra la puerta, justo por debajo de la cerradura. Al instante, la madera se astilló y la puerta se abrió de golpe. Del interior brotó un grito de alarma. Sackville apartó la hoja destrozada de la puerta para dejar pasar a Mr. Harris, que entró y empezó a caminar lentamente por la habitación, mirando curioso a su alrededor, mientras se daba unos golpecitos con el bastón en la palma de la mano.

Miss Meredith tenía media cara blanca como la cera, lo que hacía que su mancha resaltara como una llama encendida. Estaba sentada frente a la mesa, con un delicado bordado en las manos.

—¿Qué quieren? —dijo con un hilo de voz—. ¿Quiénes son ustedes?

—Buscamos a Mackinnon. Usted cuida de él. ¿Lo sabe su casera? —dijo maliciosamente Mr. Harris. Luego se volvió hacia Mrs. Elphick—. ¿Sabía usted que su inquilina alojaba a un hombre? Tengo entendido que es un hombre, aunque no hace más que escaparse, y eso no es lo que un hombre acostumbra a hacer. ¿Está aquí en este momento, Miss Meredith?

Isabel se quedó sin habla. No habría sido guapa aunque no tuviera mancha de nacimiento, porque le faltaba vitalidad. No estaba acostumbrada a la brutalidad, y no sabía cómo responder.

—Le he preguntado si está aquí —insistió Mr. Harris—. ¿Escondido debajo de la cama, tal vez? Sackville, echa un vistazo.

Sackville levantó el armazón de hierro de la cama y lo arrojó al suelo. Debajo sólo había un viejo orinal de porcelana. Isabel escondió el rostro entre las manos.

—Mira, Sackville —dijo Mr. Harris—, mira qué orinal más elegante. Comprueba que no esté ahí escondido.

Sackville dio una patada al orinal, que se rompió en mil pedazos.

—Por favor —imploró Isabel—. No está aquí, por favor. Le prometo que…

—¿Y entonces dónde está?

—¡No lo sé! Hace días que no le veo. Por favor…

—Ah, pero usted le ayudó, ¿no? Alguien la vio, picarona. Y no intente negarlo, es imposible esconder una marca como la suya…

—¿Qué es lo que quieren? —gritó Isabel—. ¡Déjenme en paz, por favor! No sé dónde está, se lo juro…

—Bien, bien. Es una lástima —dijo Mr. Harris mirando a su alrededor—. El problema es que soy un hombre escéptico. No tengo fe en la naturaleza humana… y creo que me está mintiendo. Le diré lo que voy a hacer. Voy a decirle a Sackville que destroce y queme todas sus labores delante de sus ojos. También podría decirle que la sacudiera un poco, pero ya tiene usted un aspecto bastante horrible y nadie notaría la diferencia. Adelante, Sackville, amigo.

—¡No, no! ¡Se lo ruego! Es todo lo que tengo… Por favor, no haga eso. Es mi único sustento… Se lo pido…

Sackville empezó a hacer jirones el mantel bordado. Isabel cayó de rodillas y se agarró al abrigo de Mr. Harris; lloraba y le tiraba del abrigo, pero él no le hizo ningún caso.

—Echa un vistazo a tu alrededor, muchacho. Seguro que hay vestidos, camisones y enaguas de todo tipo. Destrózalo todo, sin miedo. Que no te intimide la presencia de estas mujeres. Estos llantos y estos gritos, estimado Sackville, demuestran que te comportas como un auténtico soldado británico.

Por más que lo intentaron, las mujeres no consiguieron detener a Sackville. Mrs. Elphick fue apartada de un manotazo, e Isabel recibió un puñetazo que casi la dejó inconsciente. En cuestión de cinco minutos, todas las labores de Isabel estaban destrozadas. Había vestidos y camisones, y elaborados trajes bautismales de linón que Isabel había arreglado con finísimas y delicadas puntadas. También estaban las prendas que ella hacía para sus clientes habituales: elegantes guantes de encaje, chales, delicados pañuelos, blusas con bordados, bonetes de viuda rematados con puntillas y enaguas de finísima muselina. Cada una de las prendas, primorosamente envueltas en papel de seda, fue arrancada de su envoltorio y desgarrada.

Cuando todo acabó, Isabel se desplomó en una butaca y se puso a llorar a lágrima viva. Sackville arrojó a la chimenea la pila de blancos retales, mientras Mrs. Elphick contemplaba temblorosa la escena.

Mr. Harris abrió entonces el único armario que quedaba por mirar y extrajo una cajita de estaño laqueado. La agitó para adivinar su contenido, pero lo que había dentro no pesaba apenas y no produjo sonido alguno.

Isabel se puso en pie de un salto.

—No —imploró—. Le... le diré dónde puede encontrarlo. Pero no toque esto, por favor. Devuélvamelo.

—Ah —dijo Mr. Harris—. Así que este es nuestro pequeño tesoro, ¿no? —Intentó abrir la tapa, pero no pudo—. Está bien, dígame dónde se encuentra Mackinnon y se la devolveré. En caso contrario, Sackville sabrá qué hacer con ella.

Isabel tendió los brazos hacia la cajita, pero Mr. Harris la puso fuera de su alcance. La mujer no podía apartar la mirada de su tesoro. Estaba pálida y temblorosa. Finalmente, cedió.

—Mañana por la noche —dijo con voz estrangulada, como si le costara hablar—, actuará en el Royal Music-Hall de High Holborn.

Por favor, no le harán daño, ¿verdad?

En cuanto el hombre le devolvió la cajita, Isabel la agarró y se la apretó contra el pecho.

—Que no le hagamos daño... Eso no se lo puedo prometer. No puedo influir en el destino. El Royal de High Holborn... Conozco el lugar. Aquí tienes, Sackville.

Mr. Harris tendió al matón una caja de cerillas.

—Tal vez piense que en cuanto nos vayamos podrá ir a buscarle y ponerle sobre aviso. Pero, en su lugar, yo no lo haría. Yo no diría ni una palabra. De momento estoy manteniendo a Sackville a raya, pero no quiero ni imaginarme de lo que es capaz si le dejo suelto. Será mejor, mucho mejor para usted, que mantenga la boca cerrada.

—¿Por qué hace esto? ¿Qué tiene contra él? ¿Qué le ha hecho?

—¿A mí, personalmente? A mí no me ha hecho nada, pero mi jefe quiere hablar con él de un asunto de familia de cierta importancia. Soy abogado, entiéndalo. ¿No se lo había dicho? Bueno, una especie de abogado. Y ahora será mejor que se aparte, porque lo más probable es que empiece un incendio en la chimenea. Puede ser peligroso, así que mi amigo y yo nos iremos ahora. Confío en que nos esté agradecida por abrirle los ojos. ¿Sería tan amable de pagar por nuestros servicios, por mi tiempo y el esfuerzo de Sackville? A él suelo pagarle un soberano por su trabajo. El dinero sale del bolsillo de mi jefe, claro, pero él estaría encantado si le sufragara este pequeño gasto.

En su tono burlonamente agradecido había algo tan

malvado y cruel que Isabel no tuvo fuerzas para resistirse. Abrió su monedero con dedos temblorosos y le tendió un soberano. Sackville cogió la moneda.

—Dale las gracias, Sackville —dijo Mr. Harris.

—Gracias, señorita —dijo obediente el matón.

—Y como este trabajo da mucha sed, creo que una bonita forma de agradecernos lo que hemos hecho sería darnos media corona para tomar una copa.

Otra moneda cambió de manos.

—Es todo lo que tengo —dijo Isabel con voz débil—. No me queda nada para comer. Por favor…

—Sí —dijo pensativo Mr. Harris—. Yo tampoco he comido nada desde el desayuno. Un buen pedazo de carne asada me sentaría muy bien. ¿Qué dices a eso, Sackville? Pero esta vez no espero que me invite —dijo dirigiéndose a Isabel—. Un hombre tiene que conseguirse su propia comida. Eso corre de mi cuenta.

—¿Y yo qué voy a hacer ahora? —se lamentó ella.

—Confieso que no tengo ni idea. Es una cuestión que se me antoja muy difícil de resolver. Vamos, Sackville, enciende una cerilla.

—¡No! —gritó Mrs. Elphick, pero Mr. Harris la amenazó con el dedo y la mujer dio un paso atrás y se tapó horrorizada la boca con las manos mientras Sackville tomaba un extremo de la tela amontonada en la chimenea y le acercaba la cerilla encendida. Los retales prendieron al instante con un rugido.

Isabel estalló en llanto. Se balanceaba adelante y atrás como un niño y apretaba la cajita contra el pecho, abrumada por la tristeza y el sentimiento de culpabilidad. Mr. Harris le dio unas palmaditas en la cabeza.

—No se preocupe —le dijo—. Le doy un consejo: aprenda de la experiencia. No se enamore de un escocés, no son de fiar. Vamos, Sackville, dejemos que las señoras se encarguen del fuego. No vayamos a interrumpirlas, es de mala educación. Que tengan ustedes un buen día.

Al día siguiente, antes de que el sol estuviera alto, una mano introdujo una nota garabateada a toda prisa en el buzón de Burton Street 45, y una figura cubierta con un velo se escabulló a la luz grisácea de la mañana.

Jim fue el primero en encontrar la nota. No había dormido bien; la imagen de lady Mary había perturbado su sueño, y en más de una ocasión había gemido en voz alta al recordar sus cálidas mejillas rosadas, sus ojos empañados, su anhelante susurro… Finalmente, decidió que ya no podría conciliar el sueño y, rascándose, entre bostezos y maldiciones, se arrastró hasta la cocina y encendió el fuego para prepararse una taza de té.

Mientras ponía la tetera sobre el hornillo, oyó el ruido del buzón al cerrarse en la tienda vacía y pestañeó con fuerza. Ya estaba totalmente despierto. Echó un vistazo al reloj sobre la repisa de la chimenea: todavía no eran las seis. Se levantó bien el cuello de la bata para protegerse del aire frío y entró en la tienda, donde vio el papelito blanco que resaltaba en la penumbra. Levantó la persiana y lo leyó:

A LA ATENCIÓN DE MR TAYLOR

Mr. Mackinnon corre un grave peligro. Dos hombres irán a esperarlo esta noche al Royal Music-Hall en High Holborn. Uno de ellos se llama Sackville. Le suplico que le ayude. Yo no puedo hacer nada por él y no sé a quién acudir.

I. M.

¿I. M.? Isabel Meredith, por supuesto.

Jim se apresuró a descolgar las llaves del gancho, abrió de golpe la puerta y salió corriendo a la calle silenciosa. Miró a un lado y a otro. Clareaba. Las farolas todavía estaban encendidas, rodeadas de un luminoso halo de humedad. De una calle cercana llegaba el tranquilo sonido de los cascos del caballo y el traqueteo de las ruedas del carro de un comerciante que iba camino del mercado, pero no había nadie a la vista, ni señal que indicara por dónde se había marchado Isabel.

Sally no había olvidado la amenaza de Axel Bellmann. Cada vez que iba a la oficina, era consciente de que había muchos trabajadores en el edificio que la veían entrar y salir; en la planta principal estaba el administrador del casero, a quien Sally pagaba el alquiler; junto a su despacho había una pequeña agencia de importación (pasas, dátiles y tabaco de Turquía) con la que compartía la provisión de carbón… Cualquiera de ellos podía trabajar para Bellmann.

Más de una vez se había preguntado si, para protegerse, debía contratar a una señora respetable que le sirviera de «carabina». Pero entonces debería encargarle una tarea, enseñarle a hacerla y pagarle además un dinero que no tenía. Finalmente, decidió no hacer caso de la amenaza y seguir con su vida. Sin embargo, cada vez que alguien llamaba a su puerta, se sentía aliviada si se trataba de una mujer, y le enfurecía comprobar su propia debilidad.

Y aquella mañana, precisamente, su primer cliente fue una mujer. Era una joven de Lancashire, de mirada despierta y ojos brillantes, que había venido a Londres para seguir los estudios de magisterio. Buscaba consejo para administrar lo mejor posible la pequeña herencia que le había dejado su abuelo. Sally le explicó las diversas posibilidades que había y eligieron la que les parecía más adecuada.

—Me he llevado una gran sorpresa al comprobar que S. Lockhart era una mujer —comentó la joven—. Estoy encantada, por supuesto, ¿pero cómo lo ha hecho para conseguir un trabajo así?

Sally se lo explicó.

—¿De dónde es usted, Miss Lewis? —le preguntó a continuación.

—De Barrow-in-Furness —respondió—, pero no quiero pasarme toda la vida en un pequeño rincón de Lancashire. Quiero viajar al extranjero. Me gustaría conocer Canadá, y Sudamérica, y Australia… Por eso estudio para ser maestra, ¿entiende? Para tener un medio de ganarme la vida.

—Barrow —dijo Sally—… Se construyen barcos allí, ¿no?

—Sí, y vías férreas también. Mis dos hermanos trabajan en los muelles, en las oficinas. Se sintieron muy molestos cuando el abuelo me dejó a mí el dinero en lugar de a ellos; pensaban que tenían más derecho, por ser varones. Pero era yo la que escuchaba siempre las historias del abuelo, que era marino, ¿sabe? Él me hablaba de las cataratas del

Niágara, y del Amazonas, y de la barrera de coral… de todo.
Y yo me emocionaba tanto que no podía esperar a verlo por
mí misma. Mirábamos juntos las imágenes con un viejo es-
tereoscopio, y él me hablaba de cómo eran todos esos lugares. Era estupendo.

Sally sonrió. Entonces se le ocurrió una idea.

—¿Y no habrá oído hablar por casualidad de una empresa llamada North Star?

—North Star… Sí, se encuentra en Barrow. North Star
Castings. ¿Tiene algo que ver con los ferrocarriles? La verdad es que no sé gran cosa de ella. Creo que hubo un problema con el sindicato, pero tal vez me equivoque. Le diré
quién puede saberlo, una señora que vive en Muswel Hill,
dondequiera que esté eso. ¿En Londres? Ya imaginaba que
sería aquí. Le apuntaré la dirección. Fue mi profesora en la
escuela dominical, hasta que se casó y se vino a la ciudad. Su
hermano trabajaba en North Star, o por lo menos en la empresa que luego fue adquirida por North Star. Ella podrá
contarle algo más. Se llama Mrs. Seddon, y vive en Cromwell Gardens 27, Muswel Hill. Déle recuerdos de mi parte
cuando la vea. Dígale que le haré una visita en cuanto me
haya instalado…

Por fin, pensó Sally. Ya era hora de que tuviera un golpe
de suerte.

—Si tiene alguna duda, no tiene más que consultarme
—dijo al despedirse de Miss Lewis—. Y mucha suerte en su
trabajo como maestra.

Mientras cerraba la puerta de su oficina, al acabar la jorna-
da de trabajo, Sally se puso a pensar si iba a Muswel Hill directamente o era preferible que escribiera una carta. Y allí,
de pie en el descansillo, la encontró Jim.

—¡Eh, Sal! ¿Quieres hacer algo divertido? Todavía no te vas a casa, ¿no?

—Pues… no sé. ¿De qué se trata?

—Voy a un teatro de variedades. Mackinnon tiene problemas, y Fred y yo tenemos que echar un vistazo.

Se pusieron los dos en marcha. Era la hora de la salida del trabajo y las calles estaban abarrotadas: los funcionarios tocados con sus bombines, los chicos de los recados, los vendedores de periódicos, los barrenderos… Jim le habló a Sally de la nota de Isabel. Se detuvieron ante una carnicería para esperar el momento de cruzar la calle. Aquellos olorosos vapores y aquella cálida luz le trajeron a Sally el recuerdo del Jim que conociera seis años atrás, un chaval desaliñado y con los dedos manchados de tinta, terco y avispado como nadie. El recuerdo le hizo soltar una alegre carcajada.

—Así que va a ser algo divertido, ¿eh? —dijo—. Maldita sea, ¿por qué no? ¡Llévame hasta allí, amigo!

Chaka percibió el cambio de humor de su ama y empezó a mover la cola.

Sally fue a casa para cambiarse de ropa, y luego, a las siete y media, los tres se encontraron en la cola que había a la entrada del Royal Music Hall. Frederick iba de etiqueta y llevaba un bastón. Se quedó muy soprendido cuando Sally le dio dos besos.

—Me alegro de que hayas venido —comentó él—. Jim, ¿qué hay en el programa?

Jim había estado estudiando el cartel que había en la caseta de la entrada. Regresó a su lugar en la cola y dijo en voz queda:

—Imagino que Mackinnon se hace llamar ahora «El

Gran Mefisto». No creo que forme parte de la troupe húngara de velocípedos hembras de Madame Taroczsky, ni que
sea el señor Ambrosio Chávez, el portentoso hombre sin
huesos.

—Me pregunto qué será un velocípedo hembra —dijo
Frederick—. ¿Platea o palco? Supongo que deberíamos estar cerca del escenario, por si tenemos que subirnos. ¿Qué
opináis?

—Desde los palcos no hay acceso rápido al escenario
—dijo Jim—. Tenemos que estar lo más hacia delante posible. El único inconveniente es que no podremos vigilar al
público ni buscar a ese tal Sackville.

Se abrieron las puertas. La cola avanzó y entró en el os-
tentoso vestíbulo, repleto de relucientes dorados y de piezas de cristal y caoba donde se reflejaba la luz de las lámparas de gas. Pagaron un chelín y seis peniques cada uno por
unos asientos en un extremo de la primera fila, y se sentaron en la sala llena de humo mientras observaban a los
miembros de la orquesta, que ocupaban sus asientos y afi-
naban sus instrumentos. De vez en cuando, Jim echaba un
vistazo alrededor.

—El problema —gruñó— es que no sabemos qué buscamos. Después de todo, no van a llevar carteles colgando
del cuello.

—¿Y los individuos que viste cuando sacaste a Mackinnon del Britannia? —preguntó Frederick.

—Bueno... Aquí hay mucha gente, Fred. También podrían estar entre bastidores, aunque no lo creo, no sé por
qué. El que vigila la entrada a bastidores es un tipo serio. Si
se acercan a Mackinnon, creo que será desde aquí.

Sally miraba a su alrededor. Echó un vistazo a la media
docena de palcos que había enfrente. Cuatro de ellos estaban a oscuras, pero había uno ocupado por tres hombres,

uno de los cuales la miraba directamente a través de sus gemelos de teatro.

El hombre la vio mirar, apartó los gemelos, sonrió y le hizo una pequeña inclinación de cabeza. Sally distinguió el destello de las doradas monturas de sus gafas.

—Mr. Windlesham —dijo sin darse cuenta, y apartó la mirada.

—¿Quién es ese? —preguntó Frederick.

—El secretario de Bellmann. Está en ese palco, el segundo, y me ha reconocido. ¿Qué hacemos ahora?

—Bueno, está claro que jugamos al mismo juego —dijo Frederick, y se volvió para mirar hacia arriba—. Ahora no tiene sentido esconderse... Se ha dado cuenta de que vamos tras lo mismo. Hay otro tipo, Jim. No, son dos. ¿Los reconoces?

Jim también levantaba el cuello todo lo posible, pero movió de un lado a otro la cabeza.

—No —dijo—, están en la sombra. El más bajo podría ser el que vi en el camerino de Mackinnon, pero no me atrevería a jurarlo. Menuda lata. Si pudiera, los encerraría en el palco, como hice la otra noche, pero ahora se darían cuenta.

Frederick les hizo un amistoso gesto de saludo con la mano y volvió la atención al escenario. La orquesta estaba a punto de empezar.

—Ellos pueden vernos —les dijo—, pero nosotros estamos más cerca del escenario. Si se llega a las manos, Jim, nosotros los mantendremos a raya mientras Sally se queda junto a Mackinnon. ¿Has traído tu puño de bronce?

Jim asintió.

—La puerta que hay tras la mesa del presentador conduce directamente a los bastidores. Se equivocaron al elegir ese palco. En esto les llevamos ventaja.

—Salvo que tengan a más hombres entre bastidores —
dijo Sally.

No pudieron seguir hablando porque la orquesta empezó su interpretación con un estruendo de platillos y un golpe de tambor. Desde donde estaban sentados, era imposible oír nada más. Jim, que ocupaba el último asiento de la fila, iba mirando el palco cada pocos segundos, pero Frederick se permitió dedicarse a disfrutar de la actuación de los artistas.

La troupe húngara de velocípedos hembras de Madame Taroczsky actuó y se fue. Lo mismo hicieron Miss Ellaline Bagwell (soprano), El Bosquejador de Relámpagos y Mr. Jackson Sinnott (canciones cómicas y patrióticas), pero los hombres seguían sin abandonar el palco. Sally alzó la mirada hacia ellos una sola vez, y vio, por las relucientes gafas de Mr. Windlesham, que seguía mirándola fijamente, con curiosa benevolencia. Tuvo la desagradable sensación de estar desnuda, así que se volvió y procuró no hacer caso.

El presentador anunció finalmente al Gran Mefisto. Hubo un redoble de tambores, el director de orquesta, al piano, golpeó repetidamente una tecla grave mientras con la mano derecha instaba a los cuatro violinistas de la orquesta a interpretar una melodía misteriosa; luego, con un redoble de platillos, se levantó el telón. Frederick y Sally se irguieron en su asiento.

En el centro del escenario apareció una delgada figura de frac, con una corbata blanca. Se cubría el rostro con una blanca máscara. Sally no había visto nunca a Mackinnon, pero supo de inmediato que era él, y no únicamente porque Jim, sentado muy atento a su lado, murmuró:

—Ahí está, el muy tunante.

Frederick, al otro lado de Sally, seguía tan tranquilo. Cuando ella le miró, detectó en su semblante una expresión tan pura de absoluto gozo infantil, que sonrió a su pesar. Frederick se volvió hacia ella y le guiñó un ojo. Y entonces empezó el espectáculo.

No cabía duda de que Mackinnon era un artista. Estaba claro que la máscara que llevaba puesta, además de ocultar su identidad, formaba parte esencial del espectáculo; era como el maquillaje blanco que había llevado la vez anterior. No hablaba, y conseguía crear una atmósfera siniestra; a esto contribuían la cantidad de números —con cuchillos y espadas que cortaban, pinchaban y seccionaban— que incluía su actuación. Tanto el movimiento como los gestos y, sobre todo, la máscara inexpresiva e hipnótica contribuían a crear una sensación de horror y peligro. El público, que hasta el momento se había mostrado ruidoso y jovial, guardaba silencio, y no porque se sintiera descontento, sino de pura admiración. Lo mismo le ocurría a Sally. Mackinnon era genial sobre el escenario.

Llevaban unos minutos mirándole, incapaces de apartar los ojos de él, cuando Jim giró un instante la cabeza para mirar al palco… y tiró a Sally del brazo.

—¡Se han ido! —susurró.

Sally se volvió también, asustada, y comprobó que el palco estaba vacío. Jim soltó una maldición, y Frederick se irguió en el asiento.

—Han sido más listos que nosotros —dijo entre dientes—. Maldita sea, deben encontrarse ya entre bastidores. En cuanto acabe el número, Jim, saldremos corriendo…

Pero Mackinnon tenía una sorpresa preparada. La música se detuvo a medio compás y el mago se quedó de pie, con los brazos levantados. Luego agitó las manos y dos telas de reluciente escarlata se deslizaron por sus brazos hasta el suelo como cascadas de sangre. Al mismo tiempo, se apagaron las luces, y sólo quedó un foco iluminando a Mackinnon, que se acercó al borde del escenario. El público enmudeció.

—Damas y caballeros… —dijo.

Eran las primeras palabras que pronunciaba. Tenía una voz suave y melodiosa, pero al provenir de un rostro enmascarado, sonaba como la de una misteriosa divinidad en un antiguo templo.

La orquesta estaba en silencio. Nadie se movía. Todo el teatro parecía aguantar la respiración.

—Bajo estas telas de seda —continuó—, sostengo dos poderosos regalos. En una mano tengo una valiosa joya, una esmeralda de gran antigüedad y de valor incalculable; en la otra tengo una daga.

Un silencioso estremecimiento se apoderó de los espectadores.

—La vida —siguió hablando el mago con voz tranquila, hipnótica— y la muerte. La esmeralda concederá al que la tenga, si quiere venderla, una vida de lujo y prosperidad. La daga que llevo en la otra mano se la clavaré en el corazón… y le brindará la muerte.

»Daré uno de estos dos regalos, sólo uno, a la persona que tenga el valor de contestar a una sencilla pregunta. Una respuesta correcta merece la esmeralda… y una mala respuesta le valdrá la daga. Pero primero, veamos los regalos.

Agitó su mano izquierda. El paño se deslizó hasta el suelo con un sedoso susurro, y en la mano de Mackinnon apareció una llama de intenso color verde, una esmeralda del tamaño de un huevo de gallina que resplandecía con un brillo profundo como el mar. El público contenía la respiración. Mackinnon colocó cuidadosamente la esmeralda sobre la mesita cubierta de terciopelo que había junto a él.

Luego sacudió la otra mano. El paño cayó y dejó al descubierto la brillante hoja de acero de una daga de quince centímetros. Mackinnon la sostuvo de forma que el filo quedara horizontal. Con la otra mano dio un tironcito en el aire y… al instante apareció un pañuelo blanco en la punta de sus dedos.

—Esta hoja está tan afilada —dijo— que cortará el pañuelo en el aire.

Sostuvo el pañuelo en alto y lo dejó caer. El pañuelo cayó blandamente sobre la hoja de la daga y quedó cortado en dos sin la menor dificultad. De nuevo el público contuvo la respiración, y esta vez fue más bien como un suspiro con un deje de aprensión. Sally también se sintió sobrecogida. Sacudió enérgicamente la cabeza y apretó los puños. ¿Dónde estaban los hombres del palco? ¿Se encontraban ya entre bastidores, esperando su oportunidad?

—Esta daga —decía Mackinnon con voz suave— mataría tan dulce y serenamente como ha cortado el pañuelo que caía sobre ella. Piensen en el dolor de la enfermedad, la miseria de la vejez, la desesperación que trae la pobreza… ¡Todo desaparecería en un momento, para siempre! Este es un regalo tan grande como el primero, tal vez mayor.

Colocó el cuchillo junto a la esmeralda y dio un paso atrás.

—Cumpliré mi promesa aquí y ahora —dijo—, ante seiscientos testigos. En consecuencia, me colgarán. Soy consciente de ello. Estoy preparado. Y puesto que se trata de una elección muy seria, no espero una respuesta inmediata. Dejaré que transcurran dos minutos según este reloj.

A sus espaldas, en la oscuridad, apareció de repente la esfera iluminada de un reloj de gran tamaño. Las manecillas marcaban las doce menos dos minutos.

—Voy a poner el reloj en marcha —dijo Mackinnon— y esperaré. Si cuando el reloj dé la hora no ha aparecido nadie, recogeré los regalos y acabaré mi actuación. Mañana repetiré mi propuesta, y seguiré repitiéndola hasta que alguien la acepte. Veremos si alguno de entre ustedes se atreve a aceptarla esta noche. Sólo me queda hacer la pregunta. Es muy sencilla: ¿Cómo me llamo?

Se quedó en silencio. En todo el teatro no se oía un solo ruido. Únicamente el constante siseo de las luces de gas. El primer tictac del reloj resonó con claridad en el auditorio.

Los segundos transcurrían. Nadie se movía. Mackinnon seguía de pie, como una estatua, con el cuerpo tan inmóvil como la máscara que ocultaba su rostro. El público estaba en silencio, la orquesta estaba en silencio, los tramoyistas habían enmudecido. Se oía el tictac del reloj. Los hombres del palco debían de estar ocultos en la oscuridad de los bastidores, inmovilizados por la sorpresa de Mackinnon; pero no permanecerían allí eternamente, y ya había transcurrido un minuto.

No servía de nada esperar, pensó Sally. Miró a Frederick y a Jim.

—Tenemos que hacerlo —les susurró, y Frederick asintió con la cabeza.

Sally abrió su bolso, sacó rápidamente un lápiz y un papel y escribió a toda prisa. La mano le temblaba; podía sentir la tensión de los espectadores en las filas de atrás, casi convencidos de que la esmeralda era real, de que el hombre estaba dispuesto a utilizar la daga, de que de aquellos momentos dependían la vida y la muerte.

Las manecillas del reloj señalaban casi las doce en punto. Los espectadores tomaron aire y contuvieron el aliento, y de la audiencia se elevó un anhelante suspiro. Sally miró a Jim y a Frederick, comprobó que estaban preparados y se puso de pie.

—Yo puedo responder —dijo.

Un segundo más tarde, el reloj dio la hora, pero en la barahúnda que produjo la liberación de la tensión contenida, nadie se dio cuenta. Todas las cabezas se volvieron hacia Sally; en medio de la oscuridad, vislumbraba los blancos de infinidad de ojos abiertos.

—¡Muy bien! —gritó una voz, y al momento le respondieron con un ronco clamor de vítores.

Sally atravesó a paso lento la sala y se dirigió al presentador, que aguardaba al pie de los escalones que llevaban al escenario. En medio de los aplausos, se dio cuenta de que Jim y Frederick se escabullían por la puerta que llevaba a la zona de bastidores. Pero no había tiempo para pensar en eso; debía concentrarse en Mackinnon.

El presentador le tendió la mano, y los aplausos cesaron cuando Sally subió al escenario. Se produjo un silencio más profundo todavía que el anterior. Sally dio unos pasos hacia delante. («Windlesham también se encuentra ahí, entre las sombras —pensó—, y él sabe quién soy, aunque los otros dos no me conozcan…»)

—Bien —dijo Mackinnon cuando Sally se detuvo, a unos pasos de él—. Ha llegado una persona que tiene la respuesta. Viene a encontrarse con su destino… Veamos, ¿cómo me llamo?

Sally distinguía sus negrísimos ojos tras la blanca máscara. Le tendió lentamente el papel. Mackinnon esperaba una respuesta verbal, pero su leve desconcierto no fue visible para el público. Como si lo hubiera estado ensayando durante semanas, movió la mano con exasperante lentitud, tomó el papel y se volvió hacia el público. Sally percibía el peso de la presencia de todas aquellas personas a su izquierda.

Con una mirada que demandaba silencio, Mackinnon

desdobló la nota. Todo el mundo contenía la respiración, incluida Sally. Mackinnon bajó la mirada y leyó:

> **Tenga cuidado. Los hombres de Bellmann están esperando entre bastidores. Una amiga.**

No había tenido tiempo de escribir nada más. Mackinnon ni siquiera parpadeó. Se volvió hacia los espectadores y dijo:

—Esta valiente señorita ha escrito un nombre en el papel. Es un nombre que todos ustedes, señoras y señores del público, reconocerían, que reconocería cualquier súbdito del reino. Me concede un gran honor, pero no es mi nombre.

Hubo un grito sofocado. Mackinnon rompió el papel en pedazos que dejó caer entre sus dedos. Sally era incapaz de moverse, estaba hipnotizada como un animalito ante una serpiente. La resolución que sintiera momentos antes se había evaporado, y la situación se había invertido: hacía apenas un minuto, Mackinnon estaba en su poder, y ahora era ella la que se encontraba totalmente en sus manos. Sally no podía mirarle a los ojos ni a la máscara o a la boca pintada de rojo; tenía la mirada fija en las manos que destrozaban el papel. Eran unas manos fuertes y hermosas. ¿Sería de verdad la daga? ¿Se atrevería a hacerlo? No, claro que no. Pero entonces, ¿qué?

Lo único que Sally sabía era que Mackinnon debía de estar pensando a toda velocidad. Y confiaba en que encontrara una solución.

La espera no podía prolongarse. Mackinnon tomó la daga, la sostuvo frente a él y la observó atentamente. Luego la levantó, la alzó por encima de Sally, quieta y fría como un carámbano de metal…

Y entonces sucedieron varias cosas a un tiempo.

De entre los bastidores brotó un grito desgarrador, algo cayó pesadamente al suelo y se inició una furiosa lucha. Las cortinas se movieron y se agitaron.

Junto a Mackinnon, una trampilla se abrió con un fuerte ruido y en la abertura apareció una plataforma cuadrada. Entre el público, una mujer gritó, y su chillido fue imitado por otra, y luego por otra.

La orquesta se puso a tocar frenéticamente una pieza de *Fausto*, por lo menos en dos claves distintas.

Entonces Mackinnon agarró a Sally del brazo y la arrastró a la trampilla. Sally notó admirada la tremenda fuerza del brazo con que él la rodeaba.

Cuando Sally y Mackinnon se situaron sobre la plataforma, ésta comenzó a descender. De la iluminación del escenario pasaron a otra rojiza, infernal.

El público prorrumpió en una serie de gritos, chillidos y aullidos mientras ellos dos descendían a la oscuridad, pero Mackinnon levantó el puño y soltó una tremenda carcajada satánica que se elevó por encima del mar de sonidos.

La trampilla se cerró con un golpe seco sobre sus cabezas.

El clamor del público dejó de oírse de inmediato; Mackinnon se desinfló. Se apoyaba contra Sally y temblaba como un crío.

—Oh, ayúdeme —gimió.

Había cambiado totalmente en un momento. En la penumbra (la única iluminación provenía de un manguito incandescente de gas que había allá arriba, en medio de todas aquellas cuerdas, palancas y vigas) Sally vio que la máscara se le había caído a un lado. Rápidamente, se la sacó y le dijo:

—Deprisa, dígame...¿Por qué le persigue Bellmann? ¡Tengo que saberlo!

—No... No, por favor. ¡Me matará! He de esconderme.

Ahora tenía acento escocés. Su voz sonaba aguda y asustada, y daba palmaditas con las manos como un niño.

—¡Dígamelo! —le gritó Sally—. Si no, le entregaré. Trabajo con Garland. Soy una amiga, ¿me oye? Fred Garland y Jim Taylor mantienen ocupados a esos hombres de momento, pero si no me dice la verdad, le entregaré. Así que explíqueme por qué Bellmann le persigue o…

—¡De acuerdo…, de acuerdo!

Mackinnon miró a su alrededor como un animal atrapado. Se encontraban todavía sobre la plataforma, entre los rieles de metal que la conducían al escenario. Era lo que se llamaba «trampilla del demonio», el artilugio que se utilizaba en las pantomimas para sacar al demonio a escena. En alguna parte debía de haber un hombre que la manejara con una manivela, pensó Sally, pero no se veía a nadie.

Entonces oyeron un ruido de maquinaria. Lo único que alcanzó a ver Sally fue un entramado de cadenas y poleas, pero de repente Mackinnon se asustó y se escapó; saltó de la plataforma y se escabulló entre los gruesos pilares que soportaban el peso del escenario.

—¡Por aquí no! —dijo Sally, sin levantar la voz.

Funcionó. Mackinnon titubeó. Esto le bastó a Sally, a pesar del traje incómodo y ajustado que llevaba, para salir corriendo tras él y agarrarle por el brazo.

—¡No! Déjeme…

—Escuche, estúpido —le siseó Sally furiosa—. Si no me dice lo que quiero saber, le entregaré a Bellmann, se lo juro por Dios.

—De acuerdo, pero aquí no…

Mackinnon miraba a un lado y a otro, pero Sally no lo soltaba. La luz temblorosa de una chisporroteante lámpara de gas que había sobre sus cabezas le daba un aspecto de loco medio histérico.

Sally se sintió furiosa y lo sacudió.

—Escúcheme bien —le dijo—. Usted no significa nada para mí. Podría entregarle ahora mismo, pero hay algunas cosas que quiero saber. Aquí hay un fraude, hay un naufragio, hay un asesinato… y usted está implicado en este lío. ¿Por qué le persiguen? ¿Qué quiere Bellmann de usted?

Mackinnon se debatía, pero Sally no le soltó; entonces él se puso a lloriquear. Ella estaba sorprendida y un poco asqueada. Le sacudió de nuevo, esta vez más fuerte.

—¡Dígamelo! —le dijo con voz ronca de ira.

—Muy bien, de acuerdo. ¡De acuerdo! Pero no es Bellmann —dijo—. Es mi padre.

—¿Su padre? Bien. ¿Quién es su padre?

—Lord Wytham —dijo Mackinnon.

Sally guardó silencio, intentando pensar con claridad.

—Pruébelo —dijo.

—Pregúnteselo a mi madre. Ella se lo dirá. Ella no está avergonzada.

—¿Quién es su madre?

—Se llama Nellie Budd. Y no sé dónde vive. Tampoco sé quién es usted. Sólo quiero ganarme la vida, perfeccionar mi arte. Le digo que soy inocente, no he hecho daño a nadie. Soy un artista, necesito paz y serenidad; necesito estar solo, y no que me estén persiguiendo y amenazando y acosando. No es justo, no hay derecho…

Nellie Budd…

—Pero todavía no me ha dicho por qué le persiguen. ¿Y qué tiene que ver esto con Bellmann? No me diga que no tiene nada que ver con él. Su secretario estaba aquí esta noche. Se llama Windlesham. ¿Qué tiene que ver Bellmann con todo esto?

Pero antes de que Mackinnon pudiera responder, se oyó el golpe de una trampilla que se abría sobre sus cabezas. Con un movimiento, el hombre consiguió zafarse de Sally y desapareció en la oscuridad como una rata. Sally dio un paso para ir en su busca, pero se detuvo; ya no podría cogerle.

Cuando subió, Sally esperaba que en la sala reinara la confusión. Imaginaba que el público seguiría clamando furioso por su desaparición. Sin embargo, encontró al director de escena compungido, el escenario repleto de bailarines y los espectadores de excelente humor.

Al parecer, un tramoyista debería haberla conducido de nuevo a su asiento. Todo aquello —la trampilla, la plataforma y la luz rojiza simulando el infierno— era lo que había ideado Mackinnon como broche final de su actuación. Era la primera vez que lo ponían en práctica, y el director de escena estaba encantado con el efecto conseguido.

Si el plan falló, era porque todos los tramoyistas habían tenido que acudir a solucionar una riña entre bastidores. Al parecer, de repente habían aparecido cuatro individuos que habían arremetido con furia unos contra otros, y después de una intensa pelea habían sido arrojados a la calle. Según el director de escena, se trataba probablemente de un marido enfurecido.

—¿Un marido enfurecido?

—Es que Mackinnon tiene mucho éxito con las mujeres, seguro que usted lo ha notado. Todas caen en sus brazos. No entiendo la razón, pero así es. No sería la primera vez que se organiza un jaleo así por su culpa. Es un seductor. Y ahora, señorita, uno de los chicos la acompañará a su asiento. Usted estaba en la primera fila, ¿no?

—Creo que me marcharé —dijo Sally—. Ya he tenido suficientes emociones por esta noche, muchas gracias. ¿Por dónde puedo salir?

• • •

Cuando salió del teatro, Sally se encaminó llena de ansiedad a la puerta de entrada de los actores. Frederick estaba sentado en un escalón, balanceando suavemente su bastón, en tanto que Jim caminaba arriba y abajo mirando al suelo. Aparte de ellos dos, la calle estaba desierta.

Sally corrió junto a Frederick y se puso en cuclillas.

—¿Estás bien? ¿Qué ha ocurrido?

Frederick alzó la cabeza. Tenía un corte en la mejilla, pero sonreía. Sally le acarició el corte con ternura.

—Au… Les hemos dado su merecido. Allá dentro estábamos un poco apretados, y la cortina se metía todo el rato por en medio; pero en cuanto nos han echado a la calle y he podido utilizar el bastón, hemos conseguido rehacernos. Eran duros de pelar. Pero yo he sacudido un poco a Sackville y Jim le ha aplastado al otro la nariz, así que no nos ha ido tan mal. A mí no, por lo menos. ¿Lo has encontrado? —le preguntó a Jim.

Jim masculló una respuesta ininteligible. Sally se levantó y giró el rostro de Jim hacia la luz. Tenía el labio cortado y, cuando le abrió la boca, vio que le faltaba un diente. Sally se sintió acongojada; ellos estaban heridos y ella había dejado escapar a Mackinnon…

—¿Has descubierto algo? —preguntó Frederick poniéndose en pie.

—Sí, pero poca cosa. Vamos a buscar un coche de alquiler y os llevo a casa; quiero curarte ese corte. Y a Jim le dolerá la boca. Espero que quede algo de brandy.

—Es una lástima que nos hayan echado, en serio —dijo Frederick—. Me habría gustado ver al señor Chávez, el portentoso hombre sin huesos.

—Yo ya lo he visto —balbuceó Jim—. No vale la pena. Se

173

apoya sobre las manos y se mete la pierna en la oreja y ya está. ¿Qué has descubierto, Sal?

En un carruaje a unas cuantas calles de allí, los señores Harris y Sackville estaban soportando una lluvia de insultos y reproches de Mr. Windlesham. Pero no le prestaban la atención que merecía. Sackville, a quien Frederick había arreado un bastonazo en la cabeza, estaba más aturdido que de costumbre. En cuanto a Mr. Harris, enterraba la nariz —donde Jim le había atizado con el puño de bronce— en un pañuelo empapado para impedir que la sangre que manaba a borbotones manchara la pechera de su camisa.

Mr. Windlesham les dirigió una mirada de profundo disgusto y golpeó con los nudillos en el techo del carruaje. El conductor redujo la marcha.

—Todavía no hemos llegado —dijo Sackville con voz apagada.

—Inteligente observación —dijo Mr. Windlesham—. Sin embargo, es una noche fría y encantadora. Os irá bien el paseo. Tengo la impresión de que sois mejores aterrorizando a mujeres que peleando con hombres. Si es así, puede que tenga más trabajo para vosotros y puede que no, depende de vuestra puntualidad por la mañana. Os quiero a las siete en punto en mi oficina, ni un minuto más tarde. No me manches de sangre la manija de la puerta, Harris, por favor; haz el favor de limpiarla. Pero con el pañuelo no. Mejor con la esquina de tu abrigo. Muchas gracias, y buenas noches.

Los dos gorilas se marcharon por Drury Lane, gimiendo, gruñendo y mascullando. Mr. Windlesham pidió al conductor que le llevara a Hyde Park Gate; estaba convencido de que su jefe encontraría muy interesantes los acontecimientos de aquella noche.

—Entonces, ¿qué tenemos? —preguntó Frederick, mientras se servía mermelada, la mañana posterior a su visita al teatro. Él y Jim estaban desayunando con Sally en el hotel Tavistock, en Covent Garden—. Mackinnon asegura ser el hijo de lord Wytham y Nellie Budd. Bien, es posible.

—Es la misma historia que le contó a Miss Meredith —señaló Jim—. No dijo los nombres de su padre y su madre, pero la historia es la misma. Sin embargo, esto no explica por qué lo persigue Bellmann. A menos que no lo quiera como cuñado. Y no se lo reprocho.

—La herencia —dijo Sally—. Había algo sobre una herencia, ¿no? Aunque si es hijo ilegítimo no tendría derecho a nada. ¿Qué podría heredar de Wytham?

—Me parece que casi nada. El tipo está arruinado, o a un paso de la ruina —dijo Frederick—. Todo lo que tiene está hipotecado, y encima lo acaban de sacar del consejo de ministros… No sé, ese hombre es un auténtico fracaso. Prefiero a Nellie Budd. No me extraña que parpadeara cuando le mencioné a Mackinnon.

—¿Y qué ocurre con el asunto de la North Star?

—North Star Castings —dijo Sally—. Y tiene relación con el hierro y el acero. No está registrada en Bolsa. Mañana he de ir a ver a Mrs. Sedon, en Muswell Hill, pero esta mañana quiero hacer una visita a Mr. Gurney para que me hable sobre psicometría. Y entre una cosa y otra, también he de ocuparme de mi propio negocio...

—Bueno, pues yo me daré una vuelta por Whitehall para curiosear —dijo Frederick—. Quiero averiguar todo lo que pueda acerca de Wytham. Y luego le haré otra visita a Nellie Budd. Hablando de negocios, ya sería hora de que ganara algún dinero. Este caso no me ha dado ni un solo penique hasta ahora; es más, me ha costado un reloj.

—Lo tuyo no es tan grave como lo mío, amigo —dijo en tono lastimero Jim, mientras se tocaba la boca herida—. Tú puedes comprarte otro reloj por treinta chelines, pero los dientes no se encuentran tan fácilmente. Y lo que no logro entender es cómo le ofreces arenques ahumados y tostadas a un pobre diablo que sólo es capaz de comer papillas y huevos revueltos. Lo único que me consuela un poco es que el tipo tendrá algunos problemas con su narizota.

Mr. Gurney era un hombre que Sally había conocido en Cambridge. Se lo había presentado un tal Mr. Sidgwick, un filósofo que había hecho mucho por impulsar la educación de las mujeres, y que también sentía interés por el estudio de la psique. Mr. Gurney estaba llevando a cabo sus propias investigaciones en este campo y, puesto que vivía en Hampstead, no lejos de allí, a Sally se le había ocurrido hacerle una visita.

Lo encontró en el estudio de su agradable mansión, frente a una mesa llena de partituras, con un violín en un estuche abierto a su lado. Era un hombre de unos treinta años, de ojos separados y muy expresivos, con una sedosa barba.

—Lamento interrumpir su música —dijo Sally—, pero estoy intentando averiguar algo y no sé a quién más preguntar...

—¿Mi música? Nunca seré un músico, Miss Lockhart. Esta pequeña sonatina es la cumbre de mis aspiraciones y de mis capacidades, me temo. Ahora he iniciado unos nuevos estudios: la medicina es mi campo. Pero, ¿en qué puedo ayudarla?

Mr. Gurney era un diletante con dinero. Antes de estudiar música, había empezado la carrera de derecho, y Sally dudaba de que acabara los estudios de medicina a los que decía que se iba a dedicar. Sin embargo, poseía una estimable inteligencia y unos amplios conocimientos sobre psicología y filosofía. Sally le puso al corriente de lo ocurrido durante la sesión de espiritismo de Nellie Budd, en Streatham, y el hombre se incorporó, con los ojos chispeantes de interés.

—Telepatía —dijo—. Por lo que me explica, esto es lo que hacía Mrs. Budd.

—Tele... Eso viene del griego, como telégrafo. ¿Qué significa?

—Es una palabra que designa lo que ocurre cuando una persona recibe impresiones de la mente de otra. Percepciones, emociones, impresiones sensoriales..., no pensamientos conscientes. Por lo menos, de momento.

—¿Pero existe realmente esa facultad? ¿La tenemos todos?

—El fenómeno existe. Se han registrado cientos de casos, pero eso no implica que exista una facultad para ello. No aplicaríamos esa palabra si un hombre hubiera sido atropellado por un cabriolé; no hablaríamos de la facultad de ser atropellado. Puede que sea algo que nos sucede, más que algo que hagamos.

—Ya entiendo. Ella podría recibir impresiones sin tener conciencia de ello. ¿Pero se las enviarían de forma deliberada? ¿O es posible que la persona que las envía tampoco sea consciente?

—El agente, así lo llamamos. No parece haber reglas en esto, Miss Lockhart. La única regla general que me atrevo a dar es que suele ocurrir entre personas emocionalmente próximas.

—Entiendo... Entonces, hay otro asunto incomprensible, Mr. Gurney. Está relacionado con lo anterior, pero todavía no sé cómo.

Le contó la visión de Mackinnon sobre un duelo en la nieve; le explicó que, de acuerdo con su versión, el fenómeno se disparó al tocar una cigarrera.

—Sí —dijo Mr. Gurney—. Hay muchos testimonios de este fenómeno. ¿Qué clase de hombre es su perceptor? Me refiero al que tuvo la visión.

—No es totalmente de fiar. Es un mago, un prestidigitador; muy bueno, por cierto. Y no sé si será por eso, pero uno nunca sabe si dice o no la verdad. Y otra cosa: si este fenómeno es real, ¿ocurre únicamente mientras el perceptor toca un objeto que pertenece a la otra persona, o podría ocurrir con algo que tuviera sólo una relación lejana?

—¿A qué se refiere?

—Por ejemplo, un artículo en un periódico. Un recorte de una historia que estuviera relacionada con la visión pero que no mencionara nombres. ¿Bastaría esto para desencadenar una percepción psicométrica? Imagínese que el perceptor tiene la visión y luego encuentra en un periódico un artículo que está relacionado con el tema, aunque no se menciona expresamente. ¿Notaría él que las dos cosas están conectadas?

Mr. Gurney saltó emocionado de su silla y sacó de una estantería un pesado volumen lleno de notas y recortes.

—¡Qué extraordinario! —dijo—. Ha descrito usted exactamente lo que ocurrió en el caso de Blackburn de 1871. Si esto es una repetición, constituye una gran noticia. Mire... Aquí está...

Sally leyó los recortes, que estaban datados y comentados con precisión científica. Existía una gran semejanza entre los dos casos, aunque el tema de la visión del hombre de Blackburn girara en torno a algo tan poco sensacionalista como el hecho de que su hermano se salvara por los pelos de un accidente ferroviario.

—¿Cuántos casos tiene registrados en sus archivos, Mr. Gurney? —preguntó Sally.

—Miles. Seleccionarlos y analizarlos llevaría toda una vida.

—Podría dedicarse a esto en lugar de a la medicina. Pero debo decirle una cosa: este asunto, sea lo que sea, guarda relación con un caso de conspiración criminal. Sé que le gustaría publicarlo, pero... ¿Podría esperar hasta que haya pasado el peligro? Por favor.

Mr. Gurney abrió los ojos como platos.

—¿Una conspiración criminal?

Sally le puso en antecedentes. Mr. Gurney escuchó con asombro.

—De manera que esto es lo que producen en Cambridge —dijo finalmente—, mujeres detectives. No creo que fuera esto precisamente lo que tenían en mente los promotores de la educación universitaria femenina... Sí, por supuesto, haré lo que me dice. En todo caso, siempre firmamos los trabajos con seudónimo. ¡Cielos! Fraude...

Asesinato... Tal vez sería mejor que me dedicara a la música, después de todo.

Ya era por la tarde cuando Frederick se encaminó hacia Streatham. Había averiguado un par de cosas por el método más simple: haciendo preguntas a quienes podían tener la información, como los botones de las oficinas, los mensajeros y demás. Lo que se rumoreaba era que la carrera política de lord Wytham se había agotado, pero que en cambio tenía muchas oportunidades de florecer en el mundo financiero, ya que había conseguido un puesto en la junta de una joven y prometedora empresa llamada North «no sé qué». Además, había estado ganándose al nuevo subsecretario del Foreign Office... En suma, aquella mañana de trabajo con su serie de tazas de café aguado dio su fruto.

Era una mañana fría y gris, y estaba empezando a caer una fina lluvia cuando Frederick se internó en la tranquila calle donde vivía Nellie Budd. Se dijo que tenía ganas de verla.

Pero la calle no estaba tan tranquila esta vez. Frente a la puerta de Nellie se agolpaba una multitud de curiosos, y un carricoche ambulancia esperaba frente a la verja de entrada. Mientras un sargento y dos policías intentaban despejar el camino entre la puerta y la ambulancia, dos hombres salieron de la casa portando una camilla, y los curiosos se apartaron para dejarlos pasar.

Frederick se apresuró a acercarse. El inspector que estaba en la puerta, un hombre que parecía duro y competente, se dio cuenta de sus intenciones. Mientras la camilla era introducida en la ambulancia, se dirigió hacia Frederick. Los mirones se volvieron con curiosidad.

—¿Puedo ayudarle, señor? —preguntó el inspector. Frederick ya se encontraba junto a la verja—. ¿Venía a ver a alguien?

—He venido a visitar a una señora que vive aquí —dijo Frederick—. Se llama Mrs. Budd.

El inspector volvió la cabeza hacia la ambulancia, indicó con un gesto a los hombres que podían cerrar la puerta y marcharse, y luego fijó de nuevo su mirada en Frederick.

—¿Le importaría entrar un momento? —preguntó.

Frederick entró con él en el estrecho vestíbulo, y un policía cerró la puerta tras ellos. Un hombre con aspecto de médico salió de la habitación principal; dentro, se oía llorar a una chica.

—¿Puede responder a unas preguntas? —quiso saber el inspector.

—Sí, siempre que se dé prisa —dijo el médico—. Le he dado una dosis de calmante, y dentro de unos minutos le entrará sueño. Mejor que se meta en la cama.

El inspector hizo un gesto de asentimiento. Abrió la puerta de la habitación y le hizo seña a Frederick de que pasara. Sentada en el sofá de Mrs. Budd, una criada de unos dieciséis años, con los ojos enrojecidos, se agitaba entre sollozos.

—Ya está bien, Sarah —dijo el inspector—. Deja de llorar y mírame. Tu señora va camino del hospital, donde cuidarán de ella. Escúchame con atención: ¿Has visto antes a este caballero?

La muchacha, todavía agitada por el llanto, echó una mirada a Frederick y negó con la cabeza.

—No, señor —susurró.

—¿No estaba con los hombres que han venido esta mañana?

—No, señor.

—¿Estás segura, Sarah? Ahora no tienes nada que temer. Mírale bien.

—No lo he visto nunca. ¡Se lo prometo!

Y volvió a estallar en sollozos. El inspector abrió la puerta y llamó a un agente:

—Eh, Davis. Llévate a la chica arriba. Dale un vaso de agua o algo.

El policía se llevó a la joven. El inspector cerró la puerta y sacó su cuaderno de notas y un lápiz.

—¿Puedo preguntarle cómo se llama?

—Frederick Garland. Burton Street 45. Fotógrafo. Y ahora, ¿le importaría decirme por qué me he visto implicado en una rueda de identificación improvisada y, por lo que yo sé, ilegal? ¿Qué demonios está pasando? ¿Y qué le ha ocurrido a Nellie Budd?

—Dos hombres la han atacado esta mañana. La criada les dejó pasar. Dijo que tenían... marcas en la cara. Un ojo amoratado, una nariz hinchada, ese tipo de cosas. Usted mismo tiene una buena marca, señor.

—Ah, ya veo. Bueno, un idiota me ha cerrado la puerta del tren en las narices. ¿A dónde la han llevado? ¿Está malherida?

—La han llevado al hospital Guy. Le han dado una buena paliza. De hecho, estaba inconsciente, pero creo que sobrevivirá. Y mejor que así sea, o esos dos irán a la horca.

—¿Los encontrará?

—Por supuesto que los encontraré —dijo el inspector—. Tan cierto como que me llamo Conway. No voy a permitir que sucedan este tipo de cosas, de ninguna manera. Y ahora, ¿le importaría decirme cuál es su relación con Mrs. Budd, señor? ¿Para qué venía a verla?

Frederick le dijo que estaba fotografiando a una serie de médiums famosas para una sociedad espiritista, y había venido a ver a Nellie Budd para preguntarle si quería que le hiciera un retrato. El inspector asintió.

182

—Por supuesto —dijo—. En cuanto a este ataque, según la muchacha no se han llevado nada. No eran ladrones. ¿No tiene idea de lo que puede haber pasado?

—Ninguna en absoluto —dijo Frederick.

Y era la pura verdad, pensó minutos más tarde, en el ómnibus que llevaba a Southwark y al hospital Guy. Deseó haber descargado el bastón con más fuerza sobre el cráneo de Sackville la noche anterior. No cabía duda de que habían sido ellos dos, pensó, y apretó los puños. Pero en cuanto a las razones… Bellmann sabría por qué. Y también ese hombrecillo de gafas, Windlesham.

Muy bien, lo pagarían caro.

Una mujer cubierta con un velo había estado dudando toda la mañana frente a un edificio de oficinas en la City. Llevaba una cajita de estaño bajo el brazo, y a cada momento se acercaba a la puerta, levantaba la mano para llamar, miraba a su alrededor, y luego bajaba la mano y se alejaba con la cabeza gacha. Se trataba de Isabel Meredith, y la oficina era la de Sally. A su timidez natural (habría sido tímida incluso de no tener el rostro marcado) se unían las angustias sufridas en las últimas cuarenta y ocho horas, que la habían dejado sin ánimo ni siquiera para subir los escalones y llamar. Finalmente, la desesperación venció a la timidez; golpeó la puerta con los nudillos, pero sólo le respondió el silencio, porque Sally estaba ausente.

Se marchó con su ánimo, que ya estaba bajo, prácticamente por el suelo. No estaba acostumbrada a tener suerte; como iba con la cabeza gacha, se dio de bruces contra una figura delgada, cubierta con un abrigo de tweed, y se limitó a murmurar: «Lo siento» y a apartarse a un lado. Se quedó muy sorprendida cuando la llamaron por su nombre.

—¿Miss Meredith? —dijo Sally.

—¡Oh! Sí, soy yo. ¿Por qué? Quiero decir…

—¿Viene usted de ver a Miss Lockhart?

—Sí, pero no la he encontrado…

—Yo soy Miss Lockhart. Esta tarde he tenido que salir para hacer algunas gestiones, pero la estaba esperando. ¿Quiere acompañarme?

Isabel Meredith estuvo a punto de desmayarse. Sally la vio tambalearse y la agarró del brazo.

—Oh, lo siento mucho, pero no puedo…

Sally comprendió que la mujer estaba desesperada. No era el momento de meterse en un frío despacho. Al otro lado de la calle había una parada de carruajes; al cabo de un momento estaban sentadas en uno que las llevaba traqueteando a través del espeso tráfico hasta casa de Sally.

Estaban confortablemente sentadas frente a un cálido fuego, tenían a su alcance una tetera llena de té, bollitos y mantequilla, y en la colorida alfombra a sus pies, yacía, cuan largo era, un magnífico perrazo.

Isabel se había quitado el velo y volvía el rostro hacia Sally, sin molestarse en esconder las lágrimas. Pero le venció el hambre, y empezó a comer mientras Sally tostaba en la chimenea los bollitos partidos por la mitad. Durante un rato, no intercambiaron palabra.

Finalmente, la mujer se reclinó en la butaca y cerró los ojos.

—Lo siento muchísimo —dijo.

—¿Por qué lo dice?

—Le he traicionado. Estoy avergonzada, tan sumamente avergonzada…

—Ha logrado escapar. Está a salvo gracias a su nota. ¿Se refiere a Mr. Mackinnon?

—Sí. No la conozco a usted, Miss Lockhart, pero confié en su amigo Jim, Mr. Taylor. No sé por qué, pensaba que sería usted mayor. Y una asesora financiera... Pero su amigo dijo que usted estaría interesada. Por eso he venido.

Era orgullosa y tímida, y estaba a un tiempo asustada, avergonzada y enfadada, pensó Sally.

—No se preocupe —dijo—. Soy una asesora financiera, pero esto conlleva otras muchas cosas. Sobre todo en estos momentos. Y es cierto que me interesa Mr. Mackinnon. Dígame todo lo que sabe.

Isabel asintió con un movimiento de cabeza, se sonó con un pañuelo y se incorporó en el asiento, como si hubiera tomado una decisión.

—Lo conocí en Newcastle, hace dieciocho meses. Yo trabajaba para un sastre de teatro... Era un sitio pequeño. Yo..., apenas se me veía. No tenía necesidad de enfrentarme a las miradas de los desconocidos, y los actores y las actrices no son tan crueles como la mayoría de la gente; puede que lo piensen, pero lo disimulan mucho mejor. Además, son vanidosos, ya sabe, como los niños pequeños, y no se fijan en los demás. Allí me sentía feliz.

»Él vino un día para encargarle a mi jefe un traje especial. Los trajes de los magos tienen un montón de bolsillos escondidos bajo los faldones y en otros lugares, ¿sabe? En cuanto lo vi... ¿Ha estado usted enamorada, Miss Lockhart?»

—Yo... ¿Se enamoró de él?

—Perdidamente y para siempre. Intenté evitarlo... ¿Qué podía esperar? Pero él me prestó atención... Nos vimos unas cuantas veces. Me dijo que era la única persona con la que podía hablar. Incluso cuando estaba en peligro. Tenía que mudarse continuamente de casa, porque sus enemigos no le dejaban en paz. No podía quedarse en un mismo lugar...

—¿Quiénes eran esos enemigos?

—Nunca me lo dijo. No quería ponerme en peligro. Creo que sentía algo por mí; un poco de aprecio, tal vez. Me escribía todas las semanas. Conservo todas sus cartas. Las he traído...

Señaló la caja de estaño, en el suelo, junto a la butaca.

—¿Le habló alguna vez de un tal Bellmann? ¿O de lord Wytham?

—No creo. No.

—¿Y cuál cree usted que era su problema?

—Alguna vez me insinuó que era un problema de herencia. Yo me imaginaba que era heredero de una gran propiedad y que le habían despojado de sus derechos... Pero a él sólo le interesa su arte. Es un verdadero artista, un gran artista... ¿Le ha visto actuar? ¿No le parece que es un gran artista?

Sally asintió.

—Sí, lo he visto. ¿No le habló nunca de sus padres, de su infancia?

—Nunca. Es como si hubiera querido enterrar esa parte de su vida. El arte era toda su vida, cada momento, cada pensamiento. Yo sabía... sabía que nunca podría ser su... —le resultaba difícil hablar de ello; se retorcía las manos y bajaba la mirada—. Pero también sabía que tampoco podría serlo otra mujer. Él es un genio, Miss Lockhart. Si puedo ayudarle en algo, por poco que sea, bueno..., moriré feliz. Pero le he traicionado.

De repente le acometió un ataque de llanto. Se acurrucó de lado en la butaca y se puso a sollozar violentamente, con el rostro escondido entre las manos. Chaka, asombrado, levantó la cabeza y empezó a emitir un suave gemido hasta que Sally le acarició la cabeza. Entonces volvió a acostarse.

Sally se arrodilló junto a la butaca de Isabel y le pasó la mano por los hombros.

—Dígame cómo le traicionó, por favor —le dijo—. Sólo podemos ayudarle si conocemos toda la historia. Y estoy segura de que usted no quería traicionarle. Alguien la engañó o la obligó, ¿no es así?

Lentamente, entre sollozos, Isabel le explicó lo ocurrido con Harris y Sackville, cómo rasgaron todas las labores que ella iba a vender. Sally sintió un escalofrío de horror; demasiado bien sabía lo que debía de suponer ver todo tu trabajo totalmente destrozado.

—No les dije nada, de verdad. Aunque me hubiesen torturado, yo no habría dicho nada... Pero iban a destruir sus cartas...

Estrechó con fuerza la cajita contra su pecho y se puso a balancearse para delante y para atrás, acunándola angustiada como si fuera un bebé moribundo. Sally apenas podía soportarlo. Una impertinente vocecita interior le repetía todo el tiempo: «¿Y cuándo has amado tú de esta manera?».

Le quitó la cajita de las manos y abrazó y zarandeó suavemente a Isabel.

—Escúcheme —le dijo—, creo que sé quién envió a esos hombres. Fue un individuo llamado Windlesham, que es el secretario de Axel Bellmann, un empresario. Estaba —me refiero a Windlesham— en el Royal Music-Hall con esos dos. Jim y otro hombre, Mr. Garland, los obligaron a marcharse. Yo hablé con Mr. Mackinnon, pero no me explicó casi nada. ¿Sabe usted dónde se encuentra ahora?

Isabel negó con un movimiento de cabeza.

—¿Y escapó ileso? ¿No le hirieron?

—No le pasó nada.

—Oh, gracias a Dios. Doy gracias a Dios. Pero, ¿por qué lo hacen, Miss Lockhart? ¿Qué pretenden?

—Me gustaría saberlo. Escuche… No puede volver a su casa. No le queda nada por lo que tenga que volver. ¿Por qué no…?

—De todas formas, mi casera me pidió que me marchara —dijo Isabel con voz débil—. No se lo reprocho. No tengo ningún lugar adonde ir, Miss Lockhart. He dormido fuera esta noche. No creo que pueda…

Cerró los ojos e inclinó la cabeza.

—Aquí hay sitio para usted. Mrs. Molloy le preparará la cama en el cuarto de al lado. No me diga que no —continuó Sally—. Esto no es caridad, necesito que me ayude. Tenemos casi las mismas medidas; le encontraré algo de ropa para ponerse, y las cenas de Mrs. Molloy son famosas. No, no me lo agradezca. Yo todavía tengo un lugar donde vivir… y un trabajo…

¿Y por cuánto tiempo?, se preguntó. Las amenazas de Bellmann le causaban más inquietud de la que hubiera querido reconocer, y el tipo seguía allí, entre las sombras. Y estaba Isabel, una prueba de que el hombre cumplía sus amenazas. Las dos se dispusieron a recoger las tazas y los platos, reunir carbón para el fuego y buscar los camisones. Esto apartó de la mente de Sally el recuerdo de Bellmann, pero la idea le volvió más tarde cuando se presentó Frederick con novedades acerca de Nellie Budd.

Afortunadamente, pensó Sally, Isabel estaba ya acostada. Frederick se sentó frente a la chimenea con una taza de café y le explicó que Nellie Budd estaba todavía inconsciente; la habían golpeado en la cabeza, y los médicos ignoraban todavía si le habían fracturado el cráneo. Por lo menos, estaba bien atendida, pero era pronto para saber si podría recuperarse.

Frederick compró unas flores y permaneció junto a su lecho. Como no se había presentado ningún familiar cercano, dejó su nombre. Ignoraba si sería posible encontrar a su hermana. ¿Cómo se llamaba? ¿Miss Jessie Saxon?

Sally le habló de la visita de dos hombres a Isabel Meredith, y Frederick asintió, como si se lo esperara. La cuenta que tenía pendiente con Harris y Sackville crecía por momentos, y estaba deseando hacérsela pagar.

Estuvo sentado un rato en silencio. Tenía la mirada perdida en los carbones de la chimenea y de vez en cuando los atizaba con el bastón.

—Sally —dijo finalmente—, ¿no vas a trasladarte a Burton Street?

Sally se puso de pie.

—Ya hemos hablado de este tema, Fred. La respuesta es no. De todas maneras…

—No he preguntado eso. Ya he desistido de pedirte que te cases conmigo; puedes olvidarte del asunto. Estoy pensando en Nellie Budd. Si nos encontramos ante uno de esos casos en que golpean a las mujeres hasta dejarlas inconscientes, prefiero que estés cerca de nosotros, eso es todo. Estarías más segura en Burton Street, al igual que…

—Me siento muy segura aquí, muchas gracias —dijo Sally—. Tengo a Chaka y tengo una pistola, y no necesito que me encierren en una fortaleza y me protejan.

En cuanto acabó de hablar, se encontró detestable. Le había salido un tono quisquilloso y pedante de sabelotodo. Supo que sería así nada más abrir la boca, y le disgustaba profundamente, pero no sabía cómo evitarlo.

—No seas tonta —dijo Frederick, poniéndose en pie a su vez—. No hablo de vigilarte como si fueras una maldita princesa en un cuento de hadas. Hablo de mantenerte con vida. Puedes seguir trabajando y haciendo tu vida, y desde luego tienes a tu perro, y todos sabemos que eres capaz de volar el ala de una mosca con las manos atadas a la espalda...

—No me interesan tus sarcasmos. Si no tienes nada más que decirme...

—Bien, entonces ten un poco de sensatez. Estos hombres han estado a punto de matar a Nellie Budd, y por lo que sé, puede que la hayan matado. Han destrozado el trabajo de esta otra mujer, como se llame. ¿Crees que se lo pensarán dos veces, que dudarán un instante antes de ponerte las manos encima, sobre todo después de la paliza que les hemos dado? Dios mío, muchacha, lo harán sin pestañear. Bellmann ya te ha amenazado con...

—Puedo defenderme —dijo Sally—. Y desde luego no necesito tu permiso para seguir con mi vida, como tú dices.

—No he dicho eso. No lo pienso y no lo he dicho así. Si te empeñas en malinterpretar mis palabras...

—¡No malinterpreto nada! Sé perfectamente lo que quieres decir.

—No, no lo sabes. De lo contrario no dirías semejantes estupideces.

Los gritos despertaron a Chaka, que rodó sobre sí mismo, levantó la cabeza para mirar a Frederick y gruñó suavemente. Sally se inclinó automáticamente para acariciarle la cabeza.

—Creo que no te das cuenta de la mala impresión que causas cuando hablas de esta manera —dijo Sally, en voz más baja. Ya no le miraba a él, sino que fijaba la vista en el fuego, y en ella se traslucía un amargo resentimiento—. Hablas como si yo necesitara protección y mimos. Yo no soy así, y si no te das cuenta es que no me conoces en absoluto.

—Me tomas por un idiota —respondió él con una voz llena de resentimiento—. En el fondo de tu corazón piensas que no soy distinto de cualquier otro hombre... No, no es eso. No se trata sólo de los hombres. Crees que soy como cualquier otra persona, hombre o mujer. Estás tú, y luego está el resto, y todos somos inferiores...

—¡No es cierto!

—Sí lo es.

—O sea que sólo porque me tomo mi trabajo en serio y no soy frívola ni juerguista, eso quiere decir que miro a los demás por encima del hombro, ¿no?

—Lo haces continuamente, continuamente. ¿Te das cuenta de lo antipática que resultas, Sally? En tus mejores momentos eres magnífica, y por eso te quería. Pero en los peores no eres más que una engatusadora, una bruja mandona que se cree perfecta.

—¿Yo, mandona?

—Deberías oírte. Te ofrezco ayuda, de igual a igual, porque te respeto y me preocupo por ti, sí, y porque te tengo cariño, y me lo echas en cara. Y si crees que esto no es ser orgullosa...

—No es de mí de quien hablas, sino de una estúpida fantasía tuya. Madura de una vez, Frederick.

Sally le vio mudar el semblante. En su rostro apareció una expresión indescifrable y luego se desvaneció, como si algo hubiera muerto en su interior. Le tendió la mano, pero ya era demasiado tarde.

—Acabaremos de resolver este caso —dijo en voz baja, mientras se ponía en pie y recogía su bastón—, y luego será mejor que lo dejemos.

Sally se levantó y dio un paso hacia él, pero Frederick se marchó sin mirarla, sin pronunciar palabra.

• • •

Aquella noche, mientras Sally, sentada frente a las brasas de la chimenea, empezaba a escribir a Frederick una carta tras otra, y descubría que resultaba tan difícil poner las palabras por escrito como decirlas, desistía, y apoyaba la cabeza sobre las rodillas y se echaba a llorar; mientras Frederick emborronaba papeles con suposiciones y conjeturas y los rompía en pedazos, jugueteaba con su nueva cámara norte-americana, perdía la paciencia y la arrojaba a un rincón; mientras Webster Garland y Charles Bertram se sentaban a fumar, beber whisky y hablar de luces y sombras, de gelati-nas, colodión y calitipos, de mecanismos de obturación y negativos de papel; mientras Jim, con la mirada perdida, os-cilando entre la furia contra sí mismo y el sentimiento amo-roso, soportaba sumiso los insultos del director de escena cada vez que se equivocaba de entrada, tiraba de la cuerda que no era y dejaba caer escaleras de mano; mientras Nellie Budd yacía inconsciente, con las flores de Frederick sobre una silla frente a su estrecho lecho; mientras Chaka soñaba con Sally y la caza, con Sally y los conejos…, un hombre lla-mó a una puerta en el barrio del Soho y esperó a que le abrieran.

Era un hombre joven y atlético, de aspecto inteligente y decidido. Iba vestido de etiqueta, como si acabara de salir de una cena o del teatro, y llevaba en la mano un bastón con empuñadura de plata con el que marcaba el compás de una melodía popular sobre el escalón de la entrada.

La puerta se abrió.

—Ah —dijo Mr. Windlesham—. Pase, pase.

Se apartó a un lado para dejar pasar al visitante. Cerró la puerta con cuidado y siguió al joven hasta una habitación cálida y bien iluminada donde había estado leyendo una novela. Se trataba de un despacho que Mr. Windlesham utilizaba para aquellos asuntos que no deseaba que llegaran a conocerse en Baltic House.

—¿Me da su abrigo y su sombrero, Mr. Brown?

Mr. Brown le entregó las prendas. Mientras tomaba asiento, miró con indiferencia el libro abierto. Mr. Windlesham observó su mirada.

—*The Way We Live Now* —dijo—, de Anthony Trollope. Es una novela interesante para el especulador financiero. ¿Le gusta leer novelas, Mr. Brown?

—No, no soy aficionado a la lectura —dijo Mr. Brown.

Tenía una voz extraña. Mr. Windlesham no pudo situar su acento; no le sonaba a ninguna región o clase social en particular. Era un acento que podía ser de cualquier parte, un acento del futuro; un siglo más tarde, muchas voces se asemejarían a la de Mr. Brown, aunque desde luego Mr. Windlesham no podía saberlo—. No tengo tiempo para los libros —siguió diciendo el hombre—. Prefiero con mucho un buen espectáculo de variedades.

—Ah, claro, los espectáculos de variedades. Pero pasemos a los negocios; me han hablado muy bien de usted, en especial de su discreción. Confío en que podamos hablar sin tapujos. Tengo entendido que se dedica usted a matar gente.

—Así es, Mr. Windlesham.

—Y dígame, ¿es más difícil matar a una mujer que a un hombre?

—No. Por regla general, una mujer no será tan rápida ni tan fuerte como un hombre, ¿no?

—No me refería a esto, exactamente... Es igual. ¿A cuántas personas ha matado, Mr. Brown?

—¿Por qué quiere saberlo?

—Estoy intentado conocer su historial.

Mr. Brown se encogió de hombros.

—Veintiuna —dijo.

—Un experto, desde luego. ¿Y qué método acostumbra emplear?

—Depende. Varía de acuerdo con las circunstancias. Si puedo elegir, prefiero el cuchillo. Manejar el cuchillo requiere un cierto arte.

—¿Y el arte es importante para usted?

—Intento hacer bien mi trabajo, como cualquier otro profesional.

—Desde luego. Normalmente empleo a dos hombres que, desgraciadamente, están muy lejos de actuar como profesionales. No se me ocurriría encargarles un trabajo de este tipo. Dígame, ¿qué planes tiene para el futuro?

—Bien, Mr. Windlesham, soy un hombre ambicioso —dijo el joven—. En Londres y en el continente no faltan los encargos, pero ninguno importante. Creo que mi futuro se encuentra al otro lado del Atlántico. Soy un gran admirador de los americanos. He estado allí un par de veces. Me gusta la gente, me gusta su forma de vida. Creo que allí me puede ir bien. Tengo algunos ahorros, a los que sumaré lo que cobre por este trabajo. Unos cuantos encargos más, y podré marcharme. ¿Por qué me lo pregunta? ¿Piensa acaso que su, ejem, empresa puede tener trabajo para un hombre como yo en el futuro?

—Oh, desde luego, desde luego —dijo Mr. Windlesham. Las monturas doradas de sus gafas tintinearon.

—¿Quién es el cliente? —dijo Mr. Brown, sacando una libreta de notas y un lápiz.

—Se trata de una joven —dijo Mr. Windlesham—. Tiene un perro muy grande.

Sally se despertó triste, con una opresión en el pecho. Sin embargo, la mañana era cálida, clara y brillante, más propia de abril que del mes de noviembre, con unas finas nubecillas en el cielo azul y despejado. Desayunó huevos, tostadas y tocino con Isabel y se marchó a Muswell Hill, dejando a Chaka con ella.

Mrs. Seddon, que vivía en Cromwell Gardens, era una agradable señora de unos cuarenta años. Invitó a Sally a pasar al saloncito y se mostró encantada de saber que su alumna, Miss Lewis, se encontraba en Londres.

—¡Era una niña tan lista! Espero que venga a visitarme… Bueno, ¿en qué puedo ayudarla, Miss Lockhart?

Sally tomó asiento. Era una suerte que no hubiera traído consigo a Chaka, porque no habría cabido allí. En el sofá, repleto de almohadones de ganchillo, apenas quedaba espacio libre, de manera que Mrs. Seddon se sentó frente a la mesa en la ventana salediza, bajo una enorme aspidistra. Toda la habitación estaba profusamente cubierta de telas; sobre el sofá había tres paños bordados, y dos manteles distintos sobre la mesa; había pañitos de adorno en el alféizar de la ventana y un mantelito con borlas en la repisa de la chimenea; incluso la jaula del pájaro tenía un faldoncito con volantes. En la pared colgaba un paño con una frase bordada: «Quédate en casa, mi amor, y descansa: las personas hogareñas son más felices».

Sally depositó el bolso en el suelo y empezó a hablar.

—Estoy buscando información sobre una empresa llamada North Star Castings. Una clienta mía perdió el dinero que invirtió en una empresa que al parecer tiene relación con North Star, y estoy intentando aclarar el asunto. Tengo entendido que su hermano trabajaba para esta empresa.

Mrs. Seddon frunció el entrecejo.

—Bueno, yo quisiera saber... ¿Es un asunto para un abogado, Miss Lockhart? Dígame, ¿trabaja usted por su cuenta? ¿Viene en nombre de otra persona?

—Represento a mi clienta —dijo Sally, un poco a la defensiva ante el tono inquisitivo de Mrs. Seddon—. Trabajo por mi cuenta como asesora financiera.

Mrs. Seddon parecía preocupada.

—Pues no sé, la verdad —dijo—. Nunca he oído... —No acabó la frase, y apartó la mirada, un poco confundida.

—¿Se refiere a una mujer que sea asesora financiera? También es nuevo para la mayoría de la gente. De hecho, así es como conocí a su alumna, Miss Lewis. Y mi clienta, la que perdió su dinero, era también una maestra, como usted. Si me explica lo que sabe acerca de North Star Castings, es posible que pueda ayudarla a recuperarlo. ¿Le parece tan extraño?

—Bueno... La verdad es que no sé por dónde empezar. ¿Extraño? Pues supongo que sí. Mi hermano Sidney, Mr. Paton, se quedó totalmente abatido. De hecho, todavía está sin trabajo... Mire, Miss Lockhart, esto es difícil de explicar.

Yo misma no estoy segura de entenderlo. Si me pongo a divagar, páreme, por favor.

—Dígame todo lo que se le ocurra. No se preocupe si no lo dice de manera ordenada.

—De acuerdo. Bueno, pues mi hermano, creo que esto es importante, es sindicalista. Un socialista. Pero es un buen hombre, y hasta mi marido, que vota a los conservadores, está de acuerdo en eso. Sólo que Sidney tiene su especial punto de vista, y a lo mejor eso le ha influido. No lo sé.

»Es un obrero manual, hace calderas. O lo era, vaya, en Walker & Sons' Locomotive Works. Pero la empresa no marchaba bien; no había pedidos, ni nuevas inversiones... esas cosas. Esto fue... hace dos o tres años. Bueno, pues los dueños vendieron el negocio a otra empresa. Entonces se trajeron a un nuevo gerente; era sueco o danés, o algo así. Y el hombre empezó a despedir a los trabajadores. Fue un asunto muy raro. No parecían interesados en obtener nuevos encargos, se limitaban a acabar los pedidos y a despedir a los trabajadores.

—¿Su hermano perdió el empleo?

—Al principio no. Era un excelente obrero, uno de los mejores de la empresa. Fue uno de los pocos que llegaron hasta el final. Pero, ¿sabe?, no estaba a gusto. Era todo muy extraño... Ese joven gerente se había traído a un equipo de Londres, y a algunos extranjeros. Iban por allí tomando notas, lo anotaban todo. Quién hacía esto, por qué hacía lo otro, qué hacía a continuación, cuánto tardaba. Y no sólo eran notas sobre el trabajo, también anotaban cosas personales: dónde vivían, a qué iglesia acudían, a qué sociedades y clubes pertenecían, circunstancias familiares... todo eso.

»Esto, por supuesto, no les hizo gracia a los sindicatos. Pero no podían hacer nada si no recibían encargos. Sin embargo, había algo raro; el gerente y sus amigos extranjeros estaban siempre allí, tomando notas, celebrando reuniones, midiendo y dibujando esquemas, vigilando... Se veía que había mucho dinero detrás, pero no llegaba a los trabajadores.

»Un día, el pasado mes de mayo, convocaron una reunión. Todos los trabajadores que quedaban fueron invitados a asistir. Fíjese que no fueron requeridos, sólo invitados. Y eran precisamente los que habían sido observados más de cerca. Lo sabían todo acerca de ellos; desde el alquiler que pagaban hasta el número de hijos que tenían, todo estaba escrito.

»Así que los trabajadores, los últimos cien que quedaban, se reunieron en un salón que la empresa había alquilado. No era una reunión de pie en el patio, nada de eso; estaban todos sentados y había bebida y comida. Nunca habían visto nada parecido. Resultaba tan extraordinario que mi hermano no se lo podía creer.

»Pues bueno, cuando estaban todos reunidos, llegó el gerente con sus amigos y empezó a hablar. Recuerdo las palabras de Sidney cuando me lo contó, lo mucho que me impresionaron. Dijeron que la empresa estaba a punto de realizar el desarrollo más grande y revolucionario de su historia. No recuerdo los detalles, pero Sidney me dijo que se había sentido tremendamente emocionado, y lo mismo les ocurrió a los demás. Fue casi una experiencia religiosa, comentó Sidney. Y es curioso que lo dijera él, precisamente, ya le diré por qué. Fue como revivir los mítines de Moody o de Sankey, dijo. Al acabar el discurso, todos aquellos hombres estaban dispuestos a dar su vida por trabajar allí.

Mrs. Seddon hizo una pausa. Miraba el fuego de la chimenea con el entrecejo fruncido.

—¿Y qué iban a hacer? —preguntó Sally—. Después de

un discurso así, supongo que no se limitarían a seguir fabricando locomotoras. ¿Explicaron cuáles eran sus planes?

—No, en aquel momento no. Era un discurso acerca del glorioso futuro de paz y prosperidad que les esperaba, de una grandiosa tarea en beneficio de la humanidad, cosas así. Si firmaban en aquel mismo momento, tendrían un trabajo garantizado para toda la vida, y una pensión, cómo no, y también nuevas viviendas que les proporcionaría la empresa. Oh, y a cambio de todas esas ventajas (y algunas más, porque también les ofrecieron un seguro de asistencia médica), debían renunciar a pertenecer al sindicato y comprometerse por escrito a no hacer huelga.

»Bueno, pues la mayoría se lo tragó y firmó. El contrato también obligaba a mantener la boca cerrada; ignoro si esto es totalmente legal, pero según Sidney había allí un abogado que daba explicaciones. Sólo más tarde se dio cuenta de cuán extraño había sido todo.

»Algunos hombres mostraron más cautela, y Sidney fue uno de ellos. Preguntaron si podían disponer de un par de días para pensárselo. Por supuesto, dijo el gerente, no querían obligar a nadie. Eran libres de elegir. Tenían una semana para pensárselo, les dijo, pero a la empresa le disgustaría perderlos, porque eran los mejores trabajadores disponibles. ¿Se da cuenta, Miss Lockhart? Los halagó.

»Así que mi hermano volvió a su casa y habló con su mujer. Media docena de hombres hicieron lo mismo, pero al día siguiente casi todos firmaron sin pestañear. El sindicato intentó disuadirlos, pero, ¿qué podían ofrecer a cambio de lo que prometía la dirección de la empresa? Y entonces Sidney habló con un amigo suyo del Instituto Literario y Filosófico de los Trabajadores, quien le contó que corría el rumor de que la dirección se había interesado por otra empresa de la zona, conocida como Furness Castings. Querían unir las dos empresas, y esta era la gran tarea que beneficiaría a toda la humanidad y traería paz y prosperidad al mundo entero.

»Pero ocurre que mi hermano es un pacifista, Miss Lockhart. No soporta la violencia ni los combates de ningún tipo. Ha sido educado en la Iglesia Metodista, como yo, pero después de casarse se sintió atraído por los cuáqueros. No llegó a convertirse, o a convertirse en un hermano, como dicen ellos. Supongo que por eso los miembros de la dirección no se dieron cuenta, o se hubieran deshecho de él mucho antes. Porque Furness Castings puede sonar inocente, pero fabrica pistolas y cañones. Es una fábrica de armamento.

»De manera que mi hermano dijo que no, gracias; le pagaron una indemnización, y desde entonces no ha vuelto a trabajar. Y eso es todo. Ahora las dos empresas se han fusionado; Furness Castings y Walker & Sons se han convertido en North Star Castings. Y eso es todo lo que sé.

Sally tenía ganas de aplaudir. Era la primera noticia precisa sobre las actividades de Bellmann: la fabricación de pistolas, armas, cañones…

—Mrs. Seddon, me ha sido usted de gran ayuda —dijo—. No sabe hasta qué punto me ha ayudado. Otra cosa: ¿no le mencionaría su hermano un artefacto denominado autorregulador Hopkinson?

La mujer dudó.

—Si lo hizo, no me acuerdo —dijo—. No solíamos hablar de maquinaria… ¿Qué es?

—No lo sé. Es una de las cosas que tengo intención de averiguar. Me pregunto si… podría ir a ver a su hermano para hablar con él. ¿Dónde vive?

—Le anotaré su dirección. Pero…, no sé, Miss Lockhart,

tal vez no debería haberle contado esto. Al fin y al cabo, no es asunto mío…

—Nadie le pidió que lo mantuviera en secreto, Mrs. Seddon. Y aunque lo hubieran hecho, dudo de que hubiese sido legal. La gente sólo lo pide cuando está metida en un asunto turbio. Opino que su hermano hizo lo correcto, y me gustaría hablar con él del asunto.

Mrs. Seddon abrió la tapa de un pequeño escritorio, mojó la pluma en el tintero y escribió en una tarjeta el nombre y la dirección de su hermano.

—Su situación económica no es muy buena ahora —dijo dudosa—. Comparada con él, yo estoy en una buena situación. Mr. Seddon es jefe de administrativos en la empresa Howson & Tomkins, los tratantes de madera, así que no tenemos problemas económicos. Y mi hermano es mayor que yo… Lo que intento decirle, me parece, es que provengo del mismo lugar que él, y no lo he olvidado. Éramos pobres, pero en nuestra casa no faltaban los libros y las revistas —publicaciones como *Household Works*—, así que en casa había respeto por la lectura, ganas de aprender. Es algo que siempre he tenido, por eso enseñé en la escuela dominical. Y no sé qué haría Sidney sin el Instituto… Oh, estoy desvariando. Lo único cierto, Miss Lockhart, es que este asunto no me gusta. Hay algo raro, y no sé qué puede ser. Aquí tiene la dirección…

Le entregó la tarjeta a Sally.

—¿Tendrá cuidado, verdad? —le dijo—. Oh, ya entiendo que usted conoce su trabajo. Escribiré a Sidney y le hablaré de esto. Pero reconozco que estoy intranquila. ¿No se meterá en problemas?

Sally le prometió que tendría cuidado, y regresó a Burton Street.

• • •

No estaba segura de si debía entrar, pero no tardó en decidirse. Dentro, el ambiente era de confusa actividad, porque los yeseros entraban y salían del nuevo estudio, los cristaleros no habían llegado todavía, y Webster discutía enfurecido con el capataz del equipo de decoración. Sally se encontró con Frederick, que salía del antiguo estudio con unas placas fotográficas en la mano.

—Hola —dijo él en tono indiferente.

—He ido a ver a Mrs. Seddon —dijo Sally en el mismo tono—. Me parece que ya sé a qué se dedica North Star Castings. ¿Estás muy ocupado?

—Sólo he de llevar estas placas a Mr. Potts. Jim está en la cocina.

Sally atravesó la tienda y encontró a Jim sentado en la cocina, mirando ceñudo un montón de papeles y un tintero. Al ver a Sally, apartó los papeles y se volvió hacia ella.

—¿Cómo va todo, Sal?

—Te lo explicaré en cuanto regrese Fred… ¿Qué tal el diente?

Jim hizo una mueca.

—Estropea mi belleza natural, ¿no? —dijo—. No me duele demasiado, pero se me siguen cayendo pedacitos de diente. Debo admitir que no me importaría darle otro puñetazo en la nariz a ese matón…

—Bien, ¿y qué has descubierto? —dijo Frederick mientras entraba y cerraba la puerta de la cocina a sus espaldas.

Sally les explicó lo que Mrs. Seddon le había contado. Cuando acabó, Jim dejó escapar un largo silbido.

—¡De manera que eso es lo que pretende! —dijo—. Quiere transportar las armas en vagones de tren…

—No estoy segura —dijo Sally—. Walker & Sons fabricaba

locomotoras, no vagones de tren. Y el autorregulador Hopkinson suena como si tuviera algo que ver con el vapor. Uno de nosotros debería ir allí y averiguarlo. Tengo la dirección de Mr. Paton. —Miró a Frederick—. ¿No podrías tú…?

Frederick no respondió inmediatamente.

—Supongo que podría —dijo al fin—. Pero, ¿por qué yo? Tú eres la persona más indicada, porque has hecho el primer contacto. Además, sabes mucho más que yo de armamento.

Sally se ruborizó.

—Pero no soy tan hábil como tú hablando con la gente. Hay mucha labor de… investigación; hablar con la gente y descubrir cosas. Tú lo haces mejor que yo. Eres muy bueno. Tienes que hacerlo tú.

Sus palabras tenían un doble sentido, y confió en que su mirada fuera lo suficientemente expresiva. Le ardían las mejillas, pero miraba a Frederick directamente a los ojos. Él asintió con un gesto y miró el reloj.

—Las diez y media —dijo—. Jim, ¿puedes pasarme la guía Bradshaw?

La guía de ferrocarriles Bradshaw le informó de que en poco más de media hora saldría un tren de King's Cross. Jim fue a buscar un coche de alquiler mientras Frederick metía algunas cosas en una bolsa. Mientras tanto, Sally resumió por escrito lo que le había explicado Mrs. Seddon y anotó la dirección de Mr. Paton. Luego se quedó con el lápiz en el aire, dudando, pero antes de que pudiera escribir una línea más, Frederick regresó con su abrigo y su sombrero. Sally dobló el papel y se lo entregó.

—¿Qué día es hoy? ¿Jueves? Pondré a alguien a investigar, a ver si descubre algo más. Estaré de vuelta el sábado, supongo. Adiós.

Eso fue todo lo que dijo.

—Mr. Blaine se está volviendo loco ahí dentro —comentó Jim cuando regresó—. Me parece que le echaré una mano con los encargos; no tengo nada que hacer. Luego pensaba visitar a Nellie Budd, para ver si ha recobrado el conocimiento, la pobrecilla. ¿Te gustaría acompañarme?

—Yo iré al archivo de patentes —dijo Sally—. No sé cómo no se me ha ocurrido antes. Sea lo que sea ese chisme Hopkinson, tendrá una patente.

—¿En serio crees que tiene algo que ver con la North Star? Bueno, supongo que todo afloró en el trance de Nellie Budd. Mira, se me acaba de ocurrir una cosa. Ya sé que Miss Meredith es costurera, pero sabe hacer trabajo de oficina, y estoy seguro de que se siente como un trasto inútil; se culpará a sí misma por no hacer nada y pondrá nervioso a todo el mundo. Bueno, bueno, retiro eso, ya sé que no es justo. Pero podría encargarse de ayudar a Mr. Blaine, ¿no? Así mataríamos dos pájaros de un tiro. El pobre diablo no se volvería loco y ella nos echaría una mano y se sentiría útil. ¿Qué te parece?

En lugar de responder, Sally se levantó y le dio un beso.

—Bueno, esto es mejor que un golpe en el hocico —dijo Jim.

—¿Cómo dices?

—Un ósculo en el pico. Buena idea, entonces, ¿no te parece? Pasaré a verla antes de ir al hospital. Puede que así se olvide de Mackinnon.

as conexiones por ferrocarril con Barrow eran excelentes. Poco después de las seis, Frederick reservó una habitación en el hotel Railway, y no tardó en dar con la dirección que Sally le había anotado: una calle de casas pequeñas y todas iguales, en el límite entre la respetabilidad y la pobreza. Llamó a la puerta de una de ellas y echó un vistazo a su alrededor; era difícil saber qué aspecto tendría la calle a la luz del día. Todas las aldabas relucían a la luz de las farolas, los umbrales de las casas estaban limpios y barridos…, pero en la calle de al lado las aguas fecales corrían por una zanja abierta.

Una mujer de unos cincuenta años le abrió la puerta. Parecía preocupada.

—¿Es usted Mrs. Paton? —saludó Frederick, quitándose el sombrero—. ¿Está en casa Mr. Paton, Mr. Sidney Paton?

—Sí. No viene usted de parte del casero, ¿no?

—No, no —dijo Frederik—. Me llamo Garland. Una colega mía ha hablado con su cuñada, Mrs. Seddon, y salió a relucir el nombre de Mr. Paton. He venido con la intención de hablar con él.

Todavía preocupada, la mujer le dejó pasar y le condujo hasta la pequeña cocina, donde su marido estaba remendando unas botas. El hombre se levantó y le estrechó la mano. Era bajito y delgado, con un enorme bigote, y su mirada expresaba la misma preocupación que la de su mujer.

—Le invitaría a pasar a la sala de estar, Mr. Garland, pero la chimenea no está encendida —dijo—. Además, hemos tenido que vender la mayor parte de los muebles… Algunos los teníamos desde la boda. ¿En qué puedo ayudarle?

—Iré al grano, Mr. Paton —dijo Frederick—. Necesito que me ayude, y estoy dispuesto a pagarle. Aquí tiene cinco libras para empezar.

Mrs. Paton dejó oír una débil exclamación y se sentó. Mr. Paton tomó asombrado el billete que Frederick le tendía y lo puso sobre la mesa.

—Reconozco que estas cinco libras nos vendrían como agua de mayo —dijo con voz queda—, pero antes de aceptar debo saber qué tipo de ayuda me pide, Mr. Garland. Oh, siéntese, por favor.

Mrs. Paton, ya recuperada de la sorpresa, se levantó para recoger el abrigo y el sombrero de Frederick, que tomó asiento donde Mr. Paton le indicó, en la butaca que había junto a la chimenea. Frederick miró a su alrededor: el aparador con platos y tazas relucientes a la luz de la lámpara, las servilletas del té puestas a secar colgadas de un cordel, el enorme gato amarillo dormitando frente al hogar, y junto a la horma de zapatero que Mr. Paton había estado utilizando para poner suelas nuevas a sus botas, las gafas sobre un ejemplar de *Emma*. Mr. Paton observó la mirada de Frederick.

—Ahora dispongo de mucho tiempo para leer —dijo sentándose frente a él—. He estado leyendo a Dickens, Thackeray y Walter Scott, y ahora he empezado con Jane

Austen. Y la verdad, creo que es la mejor de todos. Bien, Mr. Garland, ¿qué puedo hacer por usted?

A Frederick el hombre le resultó simpático, y decidió contárselo todo. La explicación le llevó algún tiempo, y mientras tanto Mrs. Paton preparó el té y sacó un plato de galletas.

—Lo que necesito saber —concluyó Frederick— es qué ocurre en North Star Castings. Si cree que no me lo puede contar o que no debe debido a esa cláusula de confidencialidad, lo entenderé. Sin embargo, le he puesto en antecedentes para que entienda lo que necesito saber y lo que hay en juego. ¿Qué me dice?

Mr. Paton asintió con un movimiento de cabeza.

—Me parece justo. Lo cierto es que nunca había oído una historia así… ¿Qué piensas tú, querida?

Su esposa, sentada a la mesa de la cocina, había estado escuchando con gran interés.

—Cuéntaselo —dijo—. Cuéntale todo lo que quieras. No le debes nada a esa empresa.

—Bien —dijo Paton—. Eso mismo pienso yo. Muy bien, Mr. Garland…

En los veinte minutos siguientes, Frederick se enteró de todo lo que había ocurrido en la empresa ferroviaria desde que Bellmann asumió la dirección. Ahora era la División de Transporte de la North Star Castings Limited, y la otra mitad —la fábrica de armamento que se llamaba Furness Castings— era la División de Investigación, un detalle que Mr. Paton resaltó con amargura.

—Sean quienes sean, son unos tipos muy listos —dijo, al tiempo que se reclinaba en la butaca y dejaba que el gato se le subiera de un salto al regazo—. División de Investigación. Suena inofensivo, ¿no? Pero la investigación significa una cosa para usted y para mí, y otra muy distinta para la North

Star Castings Limited. División sanguinaria y asesina, diría yo. Pero, claro, esto no quedaría muy bien en el letrero de la fábrica, ¿no?

—¿Por qué estas dos empresas? —le preguntó Frederick—. ¿Qué tienen en común?

—Le contaré lo que se rumorea, Mr. Garland. Se supone que es un secreto, pero hay rumores… Me entero de cosas en el Instituto. Últimamente no puedo permitirme pagar la suscripción, pero mi hermana ha sido muy buena…

»En todo caso, lo que se dice es que North Star Castings está desarrollando un nuevo tipo de arma de fuego. Tiene un nombre muy bonito, por descontado, se llama el sistema autorregulador Hopkinson o algo parecido, pero por ahí se conoce como el cañón de repetición a vapor.

Frederick se incorporó y sacó del bolsillo su libreta de notas. Encontró el papelito donde Jim había apuntado las palabras que Nellie Budd había pronunciado durante el trance, lo alisó y se lo pasó a Mr. Paton, que alargó el brazo para coger sus gafas y acercó el papel a la luz de la lámpara.

—«No es Hopkinson, pero ellos no deben saberlo… El regulador… ¡North Star!… una niebla llena de fuego, un vapor repleto de muertes, metido en cañerías, cañerías de vapor… bajo North Star» —leyó en voz alta, y dejó el papel sobre la mesa—. Bien, es la historia más extraña que he oído en mi vida… Mire, Mr. Garland, yo no sé una palabra sobre armas, gracias a Dios. En este asunto del autorregulador Hopkinson no puedo ayudarle, pero podría presentarle a una persona que tiene conocimientos. No le prometo que vaya a orientarle…, pero Henry Waterman es un hombre honrado, y tengo la certeza de que no se siente feliz con lo que está haciendo. Fue uno de los que se lo pensaron antes de firmar, y creo que hubiese preferido no haberlo hecho. Pertenece a la Iglesia Unitaria; puede decirse que es un hombre de conciencia.

Veinte minutos más tarde, Mr. Paton condujo a Frederick hasta un edificio de humilde fachada. Un letrero proclamaba que era el Instituto Filosófico y Literario de los Trabajadores.

—Disponemos de una biblioteca estupenda, Mr. Garland —le dijo—. El segundo martes de cada mes tenemos un debate, y siempre que conseguimos dinero organizamos cursos y conferencias... Mire, ahí está Henry Waterman. Venga, se lo presentaré.

Entraron en la biblioteca, un cuartito sencillamente amueblado con una mesa y media docena de sillas, forrado de estanterías con libros que abarcaban una gran diversidad de temas sociales y filosóficos. Mr. Waterman, un hombre grueso de unos cincuenta años, leía muy serio a la luz de una lámpara de aceite.

—Henry, te presento a Mr. Garland, de Londres. Es detective —dijo Mr. Paton.

Mr. Waterman se levantó para estrecharle la mano. Frederick contó de nuevo la historia, ahora más resumida. Mr. Waterman escuchó con atención. Cuando Frederick hubo terminado, hizo un movimiento de cabeza como si hubiera encontrado la solución a un problema.

—Mr. Garland, ha decidido usted por mí —dijo—. Voy a romper una promesa, pero ahora considero que no tenían derecho a arrancármela. Le contaré lo que sé sobre el cañón a vapor.

»Es un arma que se basa en un principio totalmente nuevo, en la mecánica, en la estrategia, nuevo en todos los sentidos. Yo soy calderero y no sé nada de armas, pero le aseguro que esta es terrible. He estado trabajando en un sistema de tuberías para llenarla de vapor a alta presión… Tiene la maquinaria más complicada que haya visto en su vida, y unos dibujos preciosos, un bonito diseño, y está muy bien pensada. Nunca hubiera imaginado, Mr. Garland, que un arma podía ser hermosa y diabólica al mismo tiempo.

»El cañón está montado sobre un vagón de tren aparentemente normal, especialmente reforzado y dotado de resortes. La caldera y el fogón se encuentran en la parte de atrás y son más bien pequeños —no tienen que tirar del tren—, pero muy potentes. Alcanzamos fácilmente las cuatrocientas libras por pulgada cuadrada, y yo diría que hay otras cien libras en reserva. La caldera funciona con carbón de coque; eso significa que no produce humos, que no se sabe cuándo está encendida.

»Además, cuando decimos cañón nos imaginamos algo muy largo, pero no es así. El vagón es como los de carga, aparte de los agujeros. Tiene seis mil agujeros —treinta hileras de doscientos agujeros— en cada lado. Y de cada agujero salen cinco balas por segundo. ¿Se imagina lo que es darle a una manivela y que doce mil cañones se pongan a disparar? Para esto se necesita la presión del vapor, Mr. Garland.

»Y eso no es todo. No conozco bien el mecanismo armamentístico, porque mi trabajo consiste en hacer que el vapor pase por los tubos, pero tengo entendido que disponen de una especie de sistema Jacquard para regular el ritmo y la frecuencia de los disparos. Seguro que ya ha visto cómo funciona este sistema; lo usan en la industria textil para tejer con dibujos, y consiste en una serie de tarjetas con unos agujeros perforados. Con este mecanismo, se puede hacer que primero dispare una hilera, luego la de abajo, y así de una en una; o se puede disparar por grupos de hileras, o todas a la vez…, como se quiera. Sólo que este regulador no funciona con tarjetas perforadas; el principio es el mismo, pero con conexiones eléctricas: son líneas de un grafito muy denso sobre un rollo de papel encerado. Le aseguro, Mr. Garland, que el hombre que ideó esto es un genio; es la maquinaria más asombrosa que he visto en mi vida.

»Y es también la más diabólica, la más monstruosa. ¿Se imagina el efecto de semejante artefacto sobre un grupo de hombres? ¿Se imagina que cada centímetro cúbico de aire esté ocupado por una bala al rojo vivo? Y esto en un radio de quinientos metros o de un kilómetro. Es más que mortífero, se necesitaría el Apocalipsis para describirlo.

»Y en esto consiste el cañón a vapor. Ya se ha enviado uno al extranjero, no sé a dónde. Y hay otro casi a punto… En un par de semanas pasará el control final. Ya ve, Mr. Garland, por qué no estoy orgulloso de lo que hago. Sidney se mostró más crítico que yo con este asunto. Ojalá hubiera tenido el valor de negarme desde el principio. Cuando pienso que mis conocimientos —que me enorgullecen— y mi experiencia profesional se emplean en una cosa así…, cuando pienso que mis compatriotas contribuyen a introducir esta máquina en el mundo…, bueno, le aseguro que se me encoge el corazón.

Se quedó callado y se pasó las manos por el cabello, corto y grisáceo. Luego las apoyó sobre la mesa junto al libro que estaba leyendo. «A Sally le gustaría este hombre», pensó Frederick.

—Mr. Waterman, le estoy muy agradecido. Me ha aclarado usted muchas cosas. ¿Qué sabe de la dirección de la empresa? ¿Conoce a un tal Bellmann?

—¿Bellmann? —Waterman hizo un gesto negativo con la cabeza—. No me suena. Pero todos sabemos que en esta empresa hay dinero extranjero. Y este Bellmann es un extranjero, ¿no?

—Es sueco. Pero este asunto también tiene relación con Rusia.

—¡Rusia! Esto tiene gracia. ¿Recuerda que le hablé del diseñador y le dije que era un genio? Bueno, pues se llama Hopkinson. Eso me han dicho, aunque nadie le ha visto. En los planos que utilizamos, el nombre está abreviado: HOP. Pero queda raro, como si hubiera habido cuatro letras y hubieran borrado la K. Y en una esquina del papel, donde casi no se veía, vi esto. Mire, se lo escribiré.

Tomó el lápiz de Frederick y escribió:

HOPA

—La última letra no es una K, sino una D. ¿Conoce un poco el alfabeto cirílico, Mr. Garland? A mí me gustan los idiomas, y por eso lo he reconocido. Y cuando vi la última letra como una D, las otras también cambiaron. Está escrito en ruso, ¿entiende? En nuestro alfabeto, sería esto —y escribió:

NORD

—¡Nordenfels! —exclamó Frederik—. Dios mío, Mr. Waterman, ¡ha resuelto el enigma!

—¿Nordenfels? –dijo Mr. Waterman sin comprender.

—Un ingeniero sueco que desapareció en Rusia. Probablemente fue asesinado. Vaya, que me cuelguen… Es fantástico. ¿Y dice usted que harán la prueba final del artefacto dentro de una semana o dos?

—Exactamente. Han probado los sistemas por separado, igual que la caldera, desde luego, el cargador y el generador eléctrico; ahora ya está casi totalmente montado y se lo han llevado a Thurlby para hacer las pruebas. Alla prueban a veces cañones navales, disparan sobre dianas flotantes en el mar.

»Y esto es todo lo que sé, Mr. Garland. Pero me gustaría que me aclarara una cosa. ¿Por qué le interesa este asunto? ¿Y qué piensa hacer con la información?

Frederick hizo un gesto de asentimiento.

—Es justo que me lo pregunte. Soy detective, Mr. Waterman, y me interesa el hombre que está detrás de esto. Que yo sepa, las armas de fuego a vapor no son ilegales, pero empiezo a entender lo que pretende ese individuo, y estoy deseando atraparle. Lo que sí le puedo decir es que me gustaría borrar ese aparato de la faz de la tierra.

—Muy bien, muy bien —dijo Mr. Paton.

—Bien, yo le puedo mostrar... —empezó a decir Mr. Waterman, pero se abrió la puerta y entró otro hombre con un par de libros en la mano.

—Oh, disculpa, Henry —dijo—. No quiero molestar, sigan hablando. Buenas tardes, Sidney.

Los dos se quedaron un poco cortados, pero Frederick siguió hablando como si tal cosa.

—Hábleme de las instalaciones del Instituto, Mr. Waterman —dijo.

—Ah, sí. Surgió de la cooperativa, y el núcleo original fue esta biblioteca. Algunos de los libros fueron donados por la Sociedad Literaria de Rochdale.

El hombre que había entrado no parecía tener intención de marcharse, y se unió al grupo para explicar la historia del lugar. Frederick se dio cuenta de dos cosas: en primer lugar, de que todos estaban muy orgullosos de lo que habían creado, y con razón, y en segundo lugar, de que se sentía cada vez más sediento.

Rechazó la invitación para visitar el resto de las instalaciones y para echar un vistazo a las cuentas de la sociedad cooperativa (un placer que reservaba para una segunda visita), se despidió de Henry Waterman y se marchó. Sin saber por qué, se quedó mirando un cartel de espectáculos pegado en la pared que había frente al edificio.

Eran casi las ocho de la tarde y había oscurecido; soplaba un viento frío y lloviznaba; las gotas de agua relucían a la luz de las farolas. Las ventanas estaban iluminadas, y de la puerta de un bar cercano salía una cálida luz que invitaba a entrar. Las calles se veían bulliciosas y llenas de vida; los hombres volvían del trabajo y las mujeres se apresuraban a llegar a casa con un par de arenques o una morcilla para la cena..., pero algo había llamado la atención de Frederick, y no era el caballo cojo, ni aquella guapa muchacha ni los chavales que se peleaban por una gorra.

Uno de los nombres del cartel le hizo detenerse, aunque de momento no entendió por qué. Paramount Music-Hall... esta semana... y la lista de artistas: El Gran Goldini y sus palomas amaestradas; Mr. David Fickling, el humorista de Lancashire; el Profesor Laar, extraordinario hipnotizador; Miss Jessie Saxon, la exuberante cantante; Mr. Graham Chainey, el descarado...

Jessie Saxon.

El viejo ambrotipo: ¡la hermana de Nellie Budd!

—¿Qué sucede, Mr. Garland? —le preguntó Mr. Paton, al ver que Frederick se detenía, parpadeaba, miraba fijamente el cartel, se quitaba el sombrero, se rascaba la cabeza y finalmente se encasquetaba de nuevo el sombrero y chascaba los dedos.

—Sed de cultura, Mr. Paton. Me acomete de vez en cuando de manera irresistible. ¿Quiere acompañarme? ¿Dónde se encuentra el Paramount Music-Hall?

• • •

Mr. Paton rechazó la propuesta. Frederick le dio las gracias por su ayuda y se dirigió al Paramount Music Hall, un local cálido y agradable; se notaba que había conocido mejores tiempos, pero ahora estaba algo destartalado, lo mismo que las actuaciones de la primera parte del espectáculo. En conjunto era todo un tanto deslucido. Jessie Saxon actuaba a la mitad de la segunda parte, entre un cómico y un prestidigitador. Cuando salió a escena, Frederick sintió un escalofrío; se parecía mucho a su hermana, no sólo físicamente, sino también en sus maneras: era vulgar y simpática, aunque un poco brusca, y tenía sentido del humor. Sabía cómo tratar al público. Su actuación gustó, pero no tenía nada de extraordinario: unas cuantas canciones sentimentales y un par de chistes…, lo de siempre. No cabía duda de que se había ganado cierta fama en el norte, aunque nunca había conseguido (o no había querido) tener éxito en el sur.

Frederick le envió una nota de felicitación al camerino y se ofreció a llevarle una botella de champán, una invitación que fue aceptada al instante. Cuando llegó al camerino, la mujer se quedó mirándolo con estupefacción.

—¡Vaya! —dijo—. ¡Un hombre joven! Últimamente, mis admiradores tienen alrededor de sesenta años. Ven, encanto, siéntate y cuéntame tu vida. ¿Cómo quieres que te llame? ¿Johnny, Charlie o qué?

Era sorprendente, podía haber sido la misma mujer, un poco más apagada. Tenía el mismo buen humor y las mismas ganas de flirtear que su hermana, pero estaba más tensa. Sus ropas se veían gastadas y remendadas, y era evidente que atravesaba un mal momento.

—Si quiere que le diga la verdad —dijo Frederick—, he venido para hablarle de su hermana, Nellie Budd.

La mujer abrió los ojos como platos y sofocó una exclamación.

—¿Qué le ha pasado? —dijo—. Ha ocurrido algo, dígame la verdad. Estoy segura, lo sé… —Tomó asiento.

Frederick se sentó también y dijo:

—Me temo que se encuentra en el hospital. Ayer la atacaron dos hombres. La golpearon y la dejaron inconsciente.

La mujer asintió. A pesar del maquillaje, se la veía más pálida.

—Lo sabía —dijo—. Algo me lo decía. Nos pasaba siempre, cada una sentía lo mismo que la otra, y ayer tuve una terrible sensación, no sé cómo explicarlo, la sensación de caer al vacío. Estaba segura de que le había pasado algo. Fue por la mañana, ¿no? ¿A eso de las once?

—Eso tengo entendido —dijo Frederick—. Mire, fue una tontería por mi parte pedir champán. ¿Prefiere una copa de coñac?

—Bebería champán en cualquier ocasión, salvo en un funeral —dijo ella—. Supongo que no hay peligro de que…

—Se está recuperando. Se encuentra en el hospital Guy y está bien atendida. Es posible que ya haya recobrado la conciencia.

—De todas formas, ¿quién es usted? —preguntó ella—. No quiero mostrarme descortés, pero, ¿es usted policía, o qué?

Frederick descorchó la botella y le puso al corriente de la situación. Cuando le habló de los trances de Nellie Budd, Jessie hizo un gesto de asentimiento.

—Lo recuerdo —dijo—. Cuando empezó con esto del espiritismo, pensé que era una tontería. No estaba de acuerdo, y esa fue una de las razones por las que nos distanciamos. Últimamente ya no estábamos tan unidas. ¿Quién la atacó?

—Creo que sé quiénes son, pero no conozco sus razones. Mire, aquí está mi tarjeta. Si se le ocurre algo, hágamelo saber, ¿quiere?

—Por supuesto. Mañana por la noche actúo, pero al día siguiente iré a visitarla. Tengo que hacerlo, no importa que hayamos estado distanciadas. Una hermana es una hermana, y punto.

Tomó la tarjeta y se la metió en el bolso.

—Otra cosa —dijo Frederick—, ¿no conocerá por casualidad a un tal Alistair Mackinnon?

La reacción fue inmediata.

—¡Ese hombre! —dijo con frío desprecio—. Ese asqueroso gusano. ¿Lo conoce? Apuesto a que sí. Si ahora lo tuviera delante, le rompería la crisma. Mackinnon es un rastrero, una babosa. ¡Puaj! ¿Tiene algo que ver en esto?

—Sí…, pero no sé cómo. En todo caso, despierta sentimientos muy intensos. Le he perdido la pista. Debería enterarse de lo de su madre.

—¿Su madre?

—Mrs. Budd, su hermana.

—¿Cómo?

Jessie Saxon se levantó rápidamente del asiento y se enfrentó a Frederick. Su cuerpo gordezuelo temblaba de indignación y de asombro.

—¿Ha dicho su madre? Será mejor que se explique, amigo. No puede lanzarme cosas así a la cara sin darme una explicación.

Frederick estaba tan asombrado como ella. Se pasó la mano entre los cabellos, abstraído, mientras meditaba cómo seguir.

—Lo siento muchísimo —dijo—. Creía que Mackinnon era hijo de su hermana. Él fue quien me lo dijo.

—¿Eso le dijo? El muy asqueroso. ¿Dónde está ahora? Dios mío, tengo ganas de ir en su busca y romperle todos los huesos, uno por uno. ¡Cómo se atreve! ¡Pero cómo se atreve!

Volvió a sentarse. Estaba pálida y temblaba de rabia. Frederick le sirvió una copa de champán.

—Tome —dijo—. Bébaselo antes de que desaparezcan las burbujas. ¿Qué relación hay entre su hermana y Mackinnon?

—¿No se lo imagina? —le preguntó ella con amargura.

Frederick negó con la cabeza.

—Qué típico de un hombre. Eran amantes, por supuesto. ¡Amantes! Y yo... —de repente estalló en llanto— yo también estaba enamorada de él. Locamente enamorada.

Frederick se quedó perplejo. Jessie Saxon se sonó las narices, se secó las lágrimas y dio un furioso sorbito al champán; luego tosió, se atragantó y gimió. Frederick le pasó el brazo alrededor del hombro; le pareció que no podía hacer otra cosa. Jessie se recostó contra él y se puso a llorar, mientras él le acariciaba la cabeza y contemplaba el feo y destartalado cuartucho, con su espejo roto y sus viejas cortinas, con la caja de pinturas sobre la cómoda y la humeante lámpara de aceite... Sería un lugar acogedor si uno tuviera con quien compartirlo, y podría ser emocionante para quien iniciara su carrera en el espectáculo. Pero debía de resultar un lugar muy triste y solitario para Jessie Saxon. Frederick la abrazó con fuerza y depositó un beso sobre su frente.

En cuanto se le pasó el ataque de llanto, Jessie apartó suavemente a Fredecik y volvió a secarse los ojos con pequeños gestos furiosos. Luego soltó una carcajada llena de tristeza.

—Cuarenta y cuatro años y llorando como una niña... Y pensar que nos peleamos por él. ¿Se imagina? Oh, me da tanta vergüenza recordarlo ahora... Pero todos somos tontos en las cosas del amor. Si no, no seríamos humanos, seríamos máquinas, o caballos, qué sé yo. ¿Qué me preguntabas, encanto?

—Sobre Mackinnon en general. Es… cliente mío. —Se incorporó y alargó el brazo para servirle a Jessie más champán. Estaban sentados en un sofá pequeño y duro—. Él aseguraba que lord Wytham era su padre. ¿Eso es mentira también?

—¿El viejo Johnny Wytham? —Jessie se rió con ganas—. ¡Qué caradura! Aunque, bueno, eso podría ser cierto… Oh, Dios mío, todavía no puedo pensar con calma.

Se miró en el espejo, hizo una mueca y se ahuecó el cabello. Frederick quiso animarla a seguir.

—Me hablaba de lord Wytham… —le dijo.

—Oh, sí… Creerá que soy una estúpida, peinándome ahora. ¿De verdad quiere conocer la verdad sobre Alistair? Bueno, me dijo muchas mentiras, pero hay una cosa que nunca cambió en su versión: era el hijo ilegítimo de un lord. Así que podría ser cierto, supongo.

—Y usted conocía a lord Wytham, ¿no?

—Hace mucho tiempo. Solía salir con Nellie, pero estoy segura de que ella nunca tuvo un hijo. Maldita sea, yo me habría enterado, ¿no? Estábamos muy unidas… Tengo entendido que ahora está metido en política. ¿También tiene que ver con esto?

—Sí, pero que me cuelguen si entiendo cuál es su papel. Y su hermana tampoco lo sabe.

—Yo no estaría tan segura —dio Jessie, mientras se servía más champán.

—¿A qué se refiere?

—Para averiguarlo, tendría que darse una vuelta por Carlisle y preguntar. Allí fue donde la vi por última vez, y allí fue donde nos peleamos… el año pasado. Sólo hace un año.

—¿Qué hacía ella allí?

—Oh, la tontería del espiritismo. Aquellos idiotas de Carlisle habían creado un círculo o un club y la invitaron a asistir. Yo estaba por allí actuando, y ese insecto de Mackinnon actuaba en un pueblecito cercano a Dumfries. Me enteré de que Nellie lo mantenía. ¡Imagínese! Todavía no había perfeccionado su arte —él lo llama arte- y no hacía más que incumplir sus compromisos. Y claro, los directores de las salas de teatro no soportan la falta de formalidad, y bien que hacen. Así que él estaba en las últimas, y entonces apareció Nellie y… Bueno, eso fue todo. Era un pueblecito llamado Netherbrigg, ya en Escocia.

—¿Se encuentra cerca de las propiedades de Wytham?

—Sí, no está lejos. Pero yo llevaba años sin ver a Wytham, igual que Nellie. Era un hombre casado, y ya no asistía a espectáculos musicales. No recuerdo cómo se llamaba su mujer… Lady Louisa no sé qué más… De una familia de terratenientes. Poseían minas de grafito.

—¿Grafito? —Frederick se incorporó.

—Algo así. ¿Y qué es exactamente el grafito?

—Con eso hacen lápices… —dijo Frederik. «Y armas de fuego», pensó, pero no dijo nada. Se limitó a dejar que Jessie hablara todo lo que quisiera. Era muy charlatana y parecía encantada de tener compañía.

El resto de la conversación ya no giró en torno al tema que interesaba a Frederick. Jessie se dedicó a contarle toda su vida con pelos y señales; fue un relato divertido, vívido y lleno de escándalos. Frederick se rió mucho, y le dijo:

—Jessie, debería usted escribir sus memorias.

—Buena idea —dijo ella—, ¿pero cree que me las publicarían?

Estuvieron de acuerdo en que no era probable y se despidieron como buenos amigos. Antes de meterse entre las frías sábanas del hotel Railway, Frederick sacó un mapa y miró dónde se encontraban Dumfries, Carlisle y Thurlby, el lugar donde se probaban las armas de fuego. Todo estaba en un área reducida, tal vez a unas horas de tren. ¿Y las tierras de lord Wytham? No aparecían en el mapa. ¿O serían ese puntito? El grafito… La familia de lady Wytham… Bellmann… La pobre Nellie, y la pobre Jessie también, las dos enamoradas de Mackinnon. ¿Qué diablos tenía ese hombre que les parecía tan irresistible a la mujeres? Era extraordinario, realmente extraordinario. Aunque Sally no había caído en la trampa. Era una joven sensata. Tenía que ir a Thurlby por la mañana…

Sally pasó el resto del jueves en su despacho, trabajando, y el viernes, a primera hora de la mañana, fue al archivo de patentes.

El archivo estaba al lado de Chancery Lane, en la Oficina Central de Patentes, una sala grande como un museo, rodeada de galerías de hierro forjado, con un alto techo acristalado. Sally ya conocía el lugar, porque uno de sus clientes se había empeñado en invertir su dinero en un invento para fabricar un nuevo tipo de lata de sardinas; Sally había conseguido demostrarle que el invento no era tan nuevo como pensaba y le había convencido para que invirtiera en bonos del Tesoro.

Buscó en el índice alfabético de patentes el nombre de Hopkinson. Empezó por el año 1870, pensando que probablemente no habría nada interesante antes de esa fecha. No encontró nada, pero en el volumen de 1871 había una patente para máquinas de vapor con el nombre de J. Hopkinson.

¿Sería esto? Le parecía inaudito que lo hubiera encontrado con tanta rapidez. Después de todo, Hopkinson era

223

un apellido bastante corriente, y por lo que había podido observar, en todas las páginas había patentes referidas a las máquinas de vapor.

Lo anotó y empezó el volumen siguiente. En 1872 no encontró nada, pero en en 1873 y 1874, un tal J. o J. A. Hopkinson había registrado dos patentes para calderas de vapor. Y allí se acababa todo. Por si acaso, buscó también Nordenfels, pero no encontró nada.

Fue hasta el mostrador y rellenó un formulario pidiendo las especificaciones de Hopkinson. Mientras esperaba, buscó el nombre de Garland en el volumen de 1873. Allí estaba: 1358, Garland, F. D. W., 20 de mayo, lentes fotográficas. Ella misma le empujó a patentarlas cuando empezó a llevar las cuentas de la empresa. La patente tenía una validez de nueve años más. Aún no le había reportado dinero a Frederick, pero Sally confiaba en que diera fruto; todavía era posible encontrar a alguien interesado en fabricar esas lentes. Sally se dijo que estaba deseando poner manos a la obra, y volver a trabajar con inversores, comerciantes y empresarios. ¡Necesitaba una actividad empresarial, clara y abierta, después de ese asunto tan turbio y cruel! Fred podría ocuparse de la parte técnica, que dominaba, y ella llevaría las finanzas, la planificación, la distribución…

Aunque tal vez él no quisiera. «Acabaremos de resolver este caso, y luego será mejor que lo dejemos estar», fueron sus palabras. Y a juzgar por la expresión de su rostro, se refería también a la amistad, y no únicamente a una relación más íntima. ¿Estaría dispuesto a establecer un nuevo tipo de asociación? Sally lo dudaba.

Miró a los hombres que había a su alrededor —la mayoría debían de ser pasantes de abogados, y quizás había un par de inventores—, que, sentados ante las mesas de la biblioteca, consultaban gruesos volúmenes o emborronaban papeles con sus plumas de acero. Ella era la única mujer que había allí, y su presencia había atraído algunas miradas, algo a lo que ya estaba acostumbrada. Sally pensó en aquellos hombres eficientes, serios, dignos de confianza; no dudaba de que fueran muy capaces, pero incluso así, Frederick era mucho mejor que cualquiera de ellos. No había comparación posible. Sally no tenía ninguna duda acerca de sus sentimientos: lo quería. Lo quería con toda su alma.

Y él la había llamado antipática, y bruja…

—¿Miss Lockhart? —Era el funcionario del mostrador—. Ya tengo las especificaciones que me ha pedido.

Sally tomó los cuadernillos azules que le tendían y se sentó ante una mesa a leerlos. Cada uno incluía una serie de dibujos doblados y una descripción del invento. El primero decía:

CERTIFICADO DE PATENTE para John Addy Hopkinson, ingeniero, vecino de Huddersfield, condado de York, por el MEJORAMIENTO DE LA CALDERA DE VAPOR Y DE LOS APARATOS CON ELLA RELACIONADOS. Sellado el 5 de junio de 1874 y fechado el 24 de diciembre de 1873.

Sally empezó a leer, pero pronto le quedó claro que esa no era la máquina que Bellmann fabricaba en la North Star. Los otros inventos tampoco tenían nada que ver: un nuevo tipo de caldera, un nuevo tipo de parrilla para llevar el combustible hasta el horno de la máquina de vapor, un nuevo diseño…, nada que sirviera. Quizá se trataba de otro Hopkinson.

Volvió con los folletos al mostrador y preguntó:

—¿Hay un índice temático? Imagínese que quisiera mirar todas las patentes relacionadas con la fabricación de armas de fuego. ¿Cómo lo haría?

—Había un índice temático, pero…

A Sally se le ocurrió otra idea.

—¿Tienen también patentes extranjeras?

—Sí, desde luego.

—¿También las rusas?

—Por supuesto. En aquella sección, bajo la galería.

—¿Y no tendrán por casualidad un servicio de traducción?

—Miraré si Mr. Tolhausen está libre. ¿Le importa esperar un momento?

Mientras el funcionario entraba en el despacho que había a su espalda, Sally meditó sobre lo que quería encontrar. Si Nordenfels había patentado su invento en Rusia, allí quedaría constancia. Pero si la patente no era británica, en Gran Bretaña cualquiera podía aprovecharse del invento; en conclusión, aunque Bellmann estuviera explotando un invento que no era suyo, no estaría infringiendo la ley. Por otra parte, si pudiera probar que Bellmann había robado la idea…

—Mr. Tolhausen, le presento a Miss Lockhart.

El traductor era un ceremonioso caballero de unos cuarenta años, que no se mostró en absoluto soprendido por el hecho de que una mujer le hiciera preguntas técnicas. A Sally le resultó encantador. Le explicó lo que buscaba, y el hombre escuchó con atención.

—Empezaremos con el índice alfabético —dijo—. Nordenfels… Arne Nordenfels. Aquí hay una patente, con fecha de 1872, de una válvula de seguridad para calderas de vapor. Otra, del mismo año, para mejoras en la circulación de vapor a alta presión. En 1873 tenemos…

Se detuvo, ceñudo. Empezó a pasar la página hacia delante y hacia atrás.

—Falta una página —dijo—. Mire. La han arrancado con mucho cuidado.

Sally sintió que el corazón se le aceleraba.

—¿Es la página correspondiente a Nordenfels?

Miró lo que Mr. Tolhausen le mostraba. No entendía ni una palabra del texto, en un alfabeto distinto, pero pudo ver la huella de la hoja pulcramente arrancada.

—¿Puede mirar el volumen del año siguiente?

Así lo hizo, y en el lugar donde debía haber aparecido Nordenfels, también había una hoja arrancada. Mr. Tolhausen pareció indignarse todo lo que su educación y su ceremonia le permitían.

—Informaré de esto inmediatamente. Nunca había sido testigo de semejante irregularidad. Es muy enojoso. Profundamente enojoso.

—Antes que nada, ¿podría comprobar los dos años siguientes? ¿Y el índice temático?

Mr. Tolhausen hizo la comprobación en el índice temático de esos años. Le llevó algún tiempo mirar bajo los epígrafes de máquinas de vapor y armamento, porque ambos tenían muchas entradas. En total, encontraron siete patentes de Nordenfels para máquinas de vapor, pero en la sección de armamentos de 1872 y 1873, Mr. Tolhausen halló más páginas arrancadas.

—Sí, son las páginas de Nordenfels —dijo—, pero este es un índice con referencias cruzadas. Un momento…

Volvió a la sección de máquinas de vapor y asintió con la cabeza.

—Ajá. Aquí hay una patente para la aplicación de la fuerza del vapor a las armas de fuego. Y aquí hay otra para montar un arma de fuego sobre un vagón de tren. Pero el número de la patente está en la página de armamentos, que ha sido arrancada. Esto es indignante. Debo disculparme, Miss Lockhart, por este fallo en la vigilancia. Está claro que alguien ha conseguido arrancar estas páginas sin que nadie se diera cuenta. Resulta muy inquietante. Gracias a usted, nos hemos dado cuenta de ello.

Sally le agradeció su ayuda, anotó las fechas y los números de las patentes que se conservaban y dio media vuelta. Estaba a punto de marcharse cuando se le ocurrió una idea, y volvió a mirar el índice alfabético de patentes británicas. Si Bellmann pensaba ganar dinero con esto, ¿no habría registrado la patente a su nombre?

Y así era. En el volumen del año 1876 encontró lo siguiente:

Bellmann, A., 4524, arma de fuego a vapor sobre vagón de tren.

¡Así de simple!

Cuando cerró el libro, Sally sentía una satisfacción que no había experimentado en muchos meses. «Miss Walsh —pensó—, recuperará usted su dinero...» Salió de la oficina y se dirigió a Chancery Lane con una sonrisa en el rostro.

No vio al joven con bombín sentado frente a la mesa que había cerca de la salida; no se dio cuenta de que doblaba sus papeles, se levantaba y salía tras ella; tampoco lo vio seguirla por Fleet Street, ni se apercibió de su presencia en el salón de té de la esquina con Villiers Street, donde se paró a almorzar. El hombre tomó asiento junto a la ventana, pidió una taza de té y un bollo y estuvo leyendo el periódico hasta que Sally acabó de comer. Luego salió detrás de ella, pero Sally seguía sin darse cuenta.

El hombre pasaba desapercibido, era bueno en su trabajo. Todos los bombines son iguales, y el resto de su ropa no
llamaba la atención. Además, Sally iba pensando en Frederick.

En aquel momento, Frederick se encontraba en Thurlby,
donde estaba el campo de pruebas, en la ría de Solway. Era
un lugar horrible, pensó, llano, triste y solitario; lo único
que se veía era un pueblucho y una línea férrea que se ex-
tendía junto a la costa durante kilómetros hasta acabar tras
una verja muy alta con una puerta cerrada. Algunos carteles
avisaban del grave peligro de aquel lugar inhóspito, barrido
por un viento cargado de sal y de arena.

Frederick decidió acercarse a Netherbrigg, el pueblecito
escocés donde, según le contó Jessie, había estado viviendo
Mackinnon. Las propiedades de lord Wytham estaban a pocos kilómetros, todavía en Inglaterra, pero Frederick pensó
que allí no averiguaría nada. Pidió una habitación en el
King's Head, en la calle mayor de Netherbrigg, y le preguntó al dueño del hotel dónde solía alojarse la gente del espectáculo cuando estaba de paso en el pueblo. ¿Acudían al
King's Head?

—Aquí no vienen —le aseguró el hombre—. No quiero
su dinero. Son unos ateos y unos descastados.

Sin embargo, se dignó a entregarle una lista de las casas
de huéspedes del pueblo. Después de comer, Frederick se
dispuso a visitarlas. Había salido el sol, aunque soplaba un
viento muy frío. Netherbrigg era un pueblecito como cualquier otro. El teatro no estaba abierto, pero a Frederick le
parecía milagroso que un pueblo tan pequeño dispusiera
de un local para espectáculos.

Eran doce direcciones y, como no disponía de plano,

Frederick tuvo que caminar bastante. Aunque el pueblo era pequeño, eran casi las doce cuando dio con lo que buscaba. Era su novena visita: una casa en Dornock Street, una calle destartalada con una iglesia tristona y gris. La dueña se llamaba Mrs. Geary, y sí, admitía huéspedes.

—¿También gente del teatro, Mrs. Geary?

—Pues sí, a veces. No tengo manías.

—¿Recuerda a un hombre llamado Alistair Mackinnon?

El rostro de la mujer se iluminó un instante. Sonrió. Parecía buena persona.

—Sí —dijo—. El mago.

—Exactamente. Soy amigo suyo y... ¿me permite pasar un momento?

La mujer se hizo a un lado y le dejó entrar en el vestíbulo. Estaba limpio, olía a abrillantador y tenía retratos de artistas en las paredes.

—Muy amable —dijo Frederick—. Verá, es un asunto complicado. Mackinnon está en apuros, y yo he venido hasta aquí para ver si puedo ayudarle.

—No me sorprende —dijo ella, cortante.

—¡Oh! ¿Se ha metido en líos antes?

—Si quiere llamarlo así.

—¿Qué tipo de líos?

—Bueno, estaría muy feo decirlo, ¿no?

Frederick hizo una profunda inspiración.

—Mrs. Geary. Mackinnon está en peligro. Soy detective, y tengo que averiguar quién le amenaza para poder ayudarle. Pero me es imposible preguntárselo directamente porque ha desaparecido. Vayamos por partes. ¿Conoce usted a Mrs. Budd?

La mujer entrecerró los ojos.

—Sí.

—¿Entró aquí alguna vez?

La mujer asintió con un gesto.

—¿Con Mackinnon?

—Sí.

—Eran…, perdone que lo pregunte, pero, ¿eran amantes?

La mujer esbozó una sonrisa irónica.

—En esta casa, desde luego que no —dijo terminante.

—¿Y le suena por casualidad el nombre de Axel Bellmann?

Negó con la cabeza.

—¿Y conoce a lord Wytham, o a familiares y amigos suyos?

—Así que es eso —dijo la mujer.

—¿Cómo? Entonces usted sabe algo. Mrs. Geary, esto es muy serio. El otro día atacaron a Nellie Budd y la dejaron inconsciente; también ha habido un asesinato. Debe decirme lo que sepa. ¿Qué relación hay entre lord Wytham y Alistair Mackinnon? ¿Es cierto que es el hijo de lord Wytham, tal como él dice?

La mujer sonreía.

—¿Su hijo? Vaya una idea. Muy bien, caballero, se lo explicaré. Además, eso no hubiera podido ocurrir en Inglaterra. Pase al salón.

Frederick la siguió hasta un saloncito que tenía más retratos de artistas en las paredes y un piano vertical. A la vista de las cariñosas dedicatorias de las fotografías, dedujo que Mrs. Geary era una mujer popular, a pesar de sus secos modales. Tuvo tiempo de leer las dedicatorias mientras ella preparaba el té en la cocina, pero por más que buscó no encontró ninguna foto de Mackinnon.

—Pues bien —Mrs. Geary entró en el salón y cerró la puerta con un golpe de tacón—. Estaba segura de que el tema saldría antes o después. Pero no imaginaba que hubiera un asesinato… Esto ha sido una desagradable noticia. ¿Quiere una taza de té?

—Gracias —dijo Frederick. Se dio cuenta de que la mujer le iba a explicar las cosas a su manera, y que era mejor dejarla hablar libremente. Entonces, ella dijo algo sorprendente.

—¿Conoce al otro individuo?

—¿Qué otro individuo?

—Vino por aquí hace poco; bueno, hace algún tiempo. Me hizo las mismas preguntas. Era un hombrecillo con gafas de montura dorada.

—¿No sería Windlesham?

—Así se llamaba, sí.

El hombre de Bellmann… Y lo que descubrió aquí fue lo que llevó a Bellmann a perseguir a Mackinnon.

—¿Y le dijo usted lo que quería saber?

—No acostumbro a mentir —dijo ella muy seria, mientras le pasaba a Frederick la taza de té—. Si no lo he mencionado antes es porque nadie me lo ha preguntado. Tampoco acostumbro a ir con cuentos a la gente, señor mío.

—No, por supuesto. No he querido insinuar eso —dijo Frederick, intentando no perder la paciencia—. Pero este hombre tiene que ver con la gente que persigue a Mackinnon, y con la que atacó a Nellie Budd. He de averiguar la razón.

—Bien —dijo ella—, pues todo empezó precisamente con Nellie Budd. Espero que no esté gravemente herida.

—Lo cierto es que está grave; es posible que tenga una fractura de cráneo. Por favor, Mrs. Geary, dígame lo que ocurrió.

—Nellie me pidió que alojara a Mackinnon y que firmara un papel ante un abogado diciendo en qué fecha había empezado a hospedarse aquí. Tuve que certificar que pasaba todas las noches en mi casa. Nellie pagaba el hospedaje, ¿entiende? En aquel entonces él no tenía trabajo. Se quedó tres semanas, y no se saltó una sola noche. Fueron veintiún días. Es la ley.

La mujer parecía encontrarlo divertido, pero Frederick no le veía la gracia.

—¿Veintiún días? —preguntó, intentando no impacientarse.

—Veintiún días de residencia probada en Escocia. Antes no era necesario, pero hace veinte años cambiaron la ley. Y no me quejo, porque la industria hotelera ha prosperado desde entonces a este lado de la frontera.

—Por favor, Mrs. Geary. No sé de qué me habla. ¿Por qué tenía que probar que había permanecido veintiún días en Escocia?

—Oh, es muy sencillo. Si uno hace esto, puede casarse mediante una sencilla declaración en presencia de dos testigos. Y eso es lo que hizo, ya ve.

—No, no lo veo. ¿Con quién se casó? ¿No sería con Nellie Budd?

La mujer soltó una carcajada.

—No sea estúpido —dijo—. Fue con la hija de Wytham, con Mary. Se casó con ella.

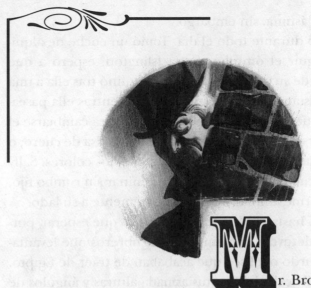

r. Brown, el profesional del bombín, estaba acostumbrado a esperar. Estuvo esperando todo el jueves y la mañana del viernes, y estaba dispuesto a esperar toda la semana en caso necesario. La visita que hizo a la biblioteca de patentes cuando seguía a Sally le resultó de gran utilidad, porque le indicó que ella salía a veces de casa sin el perro.

Sin embargo, en las abarrotadas aceras de Fleet Street o del Strand había muy pocas ocasiones de ejercer su profesión. Vigilaba a Sally leyendo el periódico en el salón de té de Villiers Street, y se preguntaba si tendría la oportunidad de encontrarla sola, o si se vería obligado a enfrentarse también al perro. Le parecía atractiva. Tenía un atractivo extraño, que era en parte inglés —el cabello rubio, la figura esbelta, la ropa sencilla y bien cuidada—, pero también en parte extranjero —los ojos de un castaño oscuro y ese aire de inteligencia, decisión y carácter—. No era la típica jovencita inglesa, desde luego. En su opinión, una razón de más para marcharse a América. Una razón de más para acabar con ella y conseguir el dinero.

Era una lástima, sin embargo.

La siguió durante todo el día. Tomó un coche de alquiler para seguir el ómnibus hasta Islington, esperó a que Sally saliera de su casa con el perro, y caminó tras ella a una prudente distancia. De vez en cuando, mientras ella paseaba, él se metía en el portal de una tienda para cambiarse el bombín por una gorra que llevaba en una bolsa de cuero, o le daba la vuelta a su abrigo reversible de dos colores. Sally no se daba cuenta de nada. Parecía caminar sin rumbo fijo, con ese enorme animal trotando alegremente a su lado.

La siguió hasta el Muelle Nuevo y tuvo que esperar, porque ella se detuvo a contemplar a los obreros que levantaban ese absurdo obelisco que acababan de traer de Egipto. Mientras Sally calculaba entusiasmada alturas y ángulos de carga y observaba con admiración la labor callada y eficiente de los técnicos, Mr. Brown vigilaba al perro.

Luego Sally se encaminó de nuevo hacia Chancery Lane y se metió en un salón de té; el local era demasiado pequeño para que Mr. Brown pasara desapercibido, así que se quedó en la acera de enfrente y caminó arriba y abajo mientras vigilaba el reflejo de Sally en los escaparates. Vio que una camarera le llevaba una taza de té y un plato con agua para el perro. Luego la vio escribir. ¿Una carta? En realidad, escribía una lista con todas las consecuencias e implicaciones que tenía el hecho de que Mr. Bellmann hubiera registrado la patente de otro.

Al escribir la lista, Sally se dio cuenta de que necesitaba hablar otra vez con Mr. Temple, y también quería hablar con Frederick. Salió del local y pasó sin darse cuenta a menos de un metro de su perseguidor, una figura anónima vestida de gris. Mr. Brown la siguió por Holborn, hasta Bloomsbury, pasaron de largo el Museo Británico y entraron en una calle donde Sally se paró a contemplar un estudio fotográfico desde la acera de enfrente. A lo mejor estaba mirando el escaparate. Empezaba a oscurecer. Mr. Brown anduvo tras ella por unas calles tranquilas hasta su casa, en Islington.

El perro.

Por supuesto que le tenía miedo. Era un animal enorme, con unas fauces en las que cabía la cabeza de un hombre, y una lengua capaz de llegarte hasta las entrañas…

Como profesional que era, consideró que el miedo era un aviso, una indicación de la necesidad de evaluar cuidadosamente sus posibilidades. No bastaría con mostrarse rápido y preciso; tendría que ser prácticamente invulnerable. Y en cuanto al prurito profesional de no utilizar armas de fuego, no valía con los animales. El cuchillo sería para la joven, pero con el perro usaría la pistola.

No llevaba una pistola encima, pero sabía dónde conseguir una rápidamente. Una hora más tarde, Mr. Brown estaba apostado en un jardincillo que había en el centro de la plaza, bajo unos plátanos. Sally ya estaba en casa, pero volvería a salir. Cada noche, los perros necesitan hacer eso que tan educadamente se denomina «ejercicio».

Sería técnicamente complicado arreglárselas con el cuchillo y la pistola en tan poco espacio de tiempo, pero esta era una habilidad que le resultaría muy útil en América, pensó Mr. Brown.

Se sentó a esperar.

A las once y media, el sonido de una puerta que se abría rompió el silencio de la plaza. Había estado lloviznando, y las calles mojadas se veían frías y solitarias.

La puerta se abrió. En medio del cálido haz de luz que brillaba contra la oscura fachada, aparecieron las siluetas de la chica y el perro, y por un momento, otra figura femenina detrás de ellos. La puerta se cerró, y sonaron los pasos ligeros de la chica sobre la acera.

Tal como Mr. Brown había previsto, la joven se encaminó hacia el jardincillo que había en el centro de la plaza, pero, a pesar de que la cancela estaba abierta, no llegó a traspasarla y bordeó lentamente la verja.

En ese momento, un carruaje entró en la plaza y fue a detenerse frente a una casa en la acera de enfrente. Mr. Brown se quedó quieto mientras el cochero y el cliente discutían sobre el precio del viaje, pero no perdió de vista a la muchacha ni un momento. Ella y el perro paseaban despacio. Si una parecía ensimismada en sus pensamientos, el otro iba olisqueando aquí y allá, de vez en cuando levantaba la cabeza y la sacudía, haciendo tintinear la correa de metal.

Finalmente, el cochero lanzó unas maldiciones y recogió las riendas. El caballo reemprendió la marcha, y pasó un buen rato antes de que el tranquilo ritmo (uno-dos-tres-cuatro) de sus cascos y el pesado traqueteo de las ruedas de hierro se perdieran en el alboroto de las calles cercanas a la plaza, mucho más bulliciosas.

Pero la joven seguía paseando... Ya estaba a punto de dar la vuelta completa a la plaza. Aquella misma tarde, Mr. Brown había estado mirando disimuladamente los edificios y las calles de los alrededores para asegurarse de que tendría una vía de escape. Al otro lado de donde se encontraba la joven, había una calle estrecha, casi un callejón, entre dos viejas casas de ladrillo de aspecto severo.

Mr. Brown vio que la joven miraba hacia el callejón y se disponía a cruzar. Sería estupendo que se metiera allí, pensó, era un sitio perfecto, mejor incluso que el sombrío jardincito bajo los plátanos.

Y eso fue precisamente lo que hizo la joven. Vaciló un instante, y dejó que el perro entrara primero. Mr. Brown se puso inmediatamente en marcha. Con la pistola en la mano izquierda y el cuchillo en la derecha —ocultos bajo la gruesa capa—, salió sigilosamente de su escondite, cruzó la calle sin mirar a los lados y entró en el callejón.

Todo estaba en silencio. No le habían oído.

Los veía delante de él, dos siluetas contra la débil luz que entraba por el otro lado. La callejuela era estrecha y el perro iba delante… Estupendo.

Primero, el cuchillo. Abrió la capa para sacar los brazos y, antes de que pudieran darse cuenta de lo que ocurría, saltó, empuñando el cuchillo.

Ella debió de oír algo, porque en el último momento se apartó, pero era demasiado tarde. El profesional había hecho su trabajo. La joven boqueó, como si le faltara aire en los pulmones, y cayó al suelo, con el puñal clavado en el cuerpo.

¡Rápido! ¡Había que cambiar la pistola de mano! ¡El cuchillo ya no servía! Se pasó rápidamente la pistola a la mano derecha, mientras con la izquierda extraía la hoja del cuerpo tendido en el suelo. Y entonces actuó el perro. Hubo un poderoso rugido, algo grande que se movía, mandíbulas que entrechocaban, dientes… Disparó la pistola, y el animal se precipitó sobre él y lo derribó. Mr. Brown clavó el cañón del arma en el negro pelaje, hizo dos disparos que retumbaron como cañonazos en el callejón, y unas enormes mandíbulas se cerraron sobre su brazo, hasta el mismo hueso. Disparó otra vez, y otra. No había calculado el peso del animal, que le aplastaba contra la pared como si fuera una rata. Disparó dos veces más, directo al corazón.

Oyó el crujido del hueso de su brazo al quebrarse. El perro tenía una fuerza tremenda, era capaz de matar un caballo, un toro...

Dejó caer la pistola y se arrancó el cuchillo de la mano izquierda, ya inerte.

¿Cómo estaba colocado, Dios mío? ¿Cabeza abajo? El perro le había zarandeado violentamente, y aunque le había disparado varias veces, no había servido de nada...

Clavó el puñal una y otra vez, y otra, y otra. Era una verdadera carnicería, todo estaba lleno de sangre, pero no importaba, porque el perro ni siquiera lo notaba y seguía aferrado a su brazo, ya totalmente destrozado. Sintió pánico y dolor, y siguió clavando el cuchillo una y otra vez, asestando una puñalada tras otra. Ya no era un profesional, sólo un hombre aterrorizado. Los gruñidos y las sacudidas se intensificaron. Estaba débil, y la cabeza le daba vueltas, pero siguió acuchillando al animal, en la garganta, en el vientre, en la cabeza, en el lomo... No podía más. Había sangre, sangre por todas partes. El brazo le colgaba muerto, inservible, y le dolía terriblemente.

De repente, el perro se alzó como una ola inmensa y se lanzó a su garganta, dispuesto a destrozarla... Entonces algo se le escapó a borbotones del vientre, y se detuvo, como si hubiera perdido fuerzas. Se le aflojaron las mandíbulas, el cuerpo le temblaba, el gruñido se convirtió en un débil suspiro. Se apartó, vacilante, se sacudió y salpicó gotas de sangre. Se sentó sobre los cuartos traseros y cayó torpemente de bruces.

Mr. Brown dejó caer el puñal y se tapó hasta el cuello con la capa empapada de sangre. Estaba sentado contra la pared, con las piernas bajo el cadáver del perro, y la vida se le escapaba. Pero lo había conseguido. Tal vez no sobreviviera, pero había matado a la chica. Extendió el brazo y tanteó hasta que sus dedos encontraron el húmedo cabello de la muchacha, tendida en el suelo junto a él.

Entonces oyó una voz a la entrada del callejón.

—¿Chaka?

Presa del terror, consiguió liberarse y ponerse de rodillas. Allí estaba la chica, con un farol en la mano. Veía su cabeza descubierta, ese pelo rubio, ese bonito rostro, ahora lleno de horror, esos ojos…

«¡No es posible!»

Miró hacia el suelo y apartó la capa que cubría el rostro de la muchacha muerta. Una mancha de nacimiento le cubría media cara, desde la frente hasta la barbilla.

Había matado a la chica equivocada…, él, un profesional. Inclinó la cabeza y se precipitó para siempre en un abismo de horror.

Sally entró corriendo en el callejón, se acuclilló junto a la joven tendida en el suelo y colocó el farol a su lado, sobre el pavimento.

—Isabel…. Isabel… —Le tocó la mejilla, vio que parpadeaba y luego abría los ojos. Parecía ida, como si despertara de una pesadilla.

—Sally —susurró.

—Te ha… —empezó a decir Sally.

—Me ha apuñalado, pero no me ha hecho daño… El puñal ha chocado con el corsé… Qué tonta…, me he desmayado. Pero Chaka…

Sally sintió que le asestaban un mazazo en el corazón. Levantó el farol. La luz vacilante le mostró el cadáver de un hombre, relució sobre la sangre que bañaba los guijarros e iluminó la oscura cabeza y los ojos turbios del perro.

—Chaka —dijo, con voz temblorosa de emoción.

El perro la oyó, y aunque estaba al borde de la muerte, alzó la cabeza para mirarla y consiguió golpear con la cola en el suelo —una, dos, tres veces— antes de que le abandonaran las fuerzas. Sally se tumbó en el suelo, tomó entre sus manos la cabeza del perro y la besó una y otra vez entre sollozos, mientras repetía su nombre. Sus lágrimas se mezclaban con la sangre del animal.

Chaka intentó responder, pero de su garganta no salió ningún sonido. Alrededor todo era oscuridad, pero se sentía a salvo, porque Sally estaba con él. Entonces murió.

partir de ese momento, el tiempo normal se detuvo, y otro tipo de tiempo ocupó su lugar: el de un espectáculo fantasmagórico, lleno de sombras de policías y curiosos, y un médico para atender a Isabel (que tenía un corte encima de las costillas), y luego un hombre con una carretilla que tenía órdenes de llevarse el cadáver de Chaka. Pero Sally no lo permitió. Le pagó para que llevara el perro al jardín de su casero, y le entregó media corona para comprar una lona con la que taparlo. Ella misma elegiría un sitio para enterrar a Chaka.

En cuanto el médico se marchó, Isabel se metió en la cama; se sentía aturdida, temblaba, y la herida empezaba a dolerle. Sally tuvo que responder a un interrogatorio. Sí, el perro era suyo; no, no sabía por qué habían atacado a Miss Meredith; no, no conocía a aquel hombre; sí, Miss Meredith vivía con ella; sí, normalmente sacaba a pasear al perro a aquella hora; no, ni ella ni Miss Meredith habían recibido amenazas...

Finalmente, parecieron aceptar que había sido un ataque fortuito, pero Sally vio que estaban perplejos. El hombre iba demasiado bien armado para ser un atracador normal, y que atacara a una persona que iba con un perro cuando había objetivos más fáciles…, bueno, era muy extraño. Se marcharon sacudiendo la cabeza, sin acabar de entenderlo. Eran más de las tres de la madrugada cuando Sally se acostó. No podía dejar de temblar, por más mantas que se puso.

A primera hora de la mañana, fue a su oficina… y la encontró vacía. La habían desvalijado.

Se lo habían llevado todo: sus archivos, su bien ordenada correspondencia, las carpetas de sus clientes, los datos de sus ahorros e inversiones. Las estanterías estaban vacías, los cajones colgaban abiertos del escritorio.

La cabeza le daba vueltas, estaba confusa, con la sensación de haber entrado en la oficina que no era. Pero no…, allí estaban su mesa, sus sillas y su desvencijado sofá.

Bajó corriendo a la oficina del administrador del casero, quien solía cobrarle el alquiler.

—¿Dónde están mis archivos? ¿Qué ha ocurrido?

Por un instante, el hombre se quedó demudado, como si hubiera visto un fantasma. Luego se rehizo y la miró con frialdad, con los labios apretados.

—Lamento no poder darle una explicación. Pero debo señalar que he recibido una información muy desagradable sobre el uso que hace de su oficina. Cuando esta mañana llegó la policía…

—¿La policía? ¿Quién llamó a la policía? ¿Qué querían?

—No me pareció oportuno preguntar. Se llevaron algunos documentos y…

—¿Dejó usted que se llevaran cosas de mi propiedad? ¿Y le dieron un recibo?

—No seré yo quien se interponga entre un agente de la ley y su obligación. Y le aconsejo que no me hable en ese tono, señorita.

—¿Tenían orden de registro? ¿Con qué autoridad entraron en mi oficina?

—¡Con la autoridad de la Corona!

—En ese caso, tendrían orden de registro. ¿Se la mostraron?

—Por supuesto que no. No era asunto mío.

—¿De qué comisaría venían?

—No tengo idea. Y debo...

—Dejó usted que unos agentes de policía entraran en mi oficina para llevarse mis cosas, no pidió recibo alguno, no le mostraron orden de registro... Esto es Inglaterra, ¿se entera? Supongo que sabe lo que es una orden de registro, ¿no? ¿Cómo sabe usted que eran policías?

El hombre dio un golpe en la mesa y se levantó gritando:

—¡No permitiré que una simple prostituta me hable de esta manera!

La palabra quedó flotando en un tenso silencio.

Incapaz de mirar a Sally a la cara, el hombre fijaba la vista en la pared de enfrente.

Sally lo miró de arriba abajo. Vio que sus mejillas hundidas estaban ahora teñidas de rojo, y se agarraba con tanta fuerza a la mesa que tenía los nudillos blancos como el papel.

—Me da usted lástima —dijo—. Pensé que era un hombre de negocios. Creía que era ecuánime y capaz de comportarse con justicia. En otras circunstancias, me hubiera enfadado con usted, pero ahora sólo me da lástima.

El hombre no respondió. Sally dio media vuelta y se marchó.

En la comisaría más próxima le atendió el sargento que estaba de servicio, un hombre de cierta edad, amable y comprensivo, que fruncía el entrecejo y chasqueaba la lengua con preocupación ante las explicaciones de Sally.

—¿Su oficina? —preguntó—. ¿Tiene usted una oficina, señorita? Qué bien.

Sally lo miró recelosa, pero el hombre parecía escucharla atentamente, de manera que prosiguió su relato.

—¿Los policías eran de esta comisaría?

—La verdad es que no lo sé, señorita. Tenemos muchos agentes aquí.

—Pero me imagino que deberían saberlo. Se llevaron algunos documentos. Tienen que haberlos traído aquí. ¿No han traído documentos de una oficina de King Street?

—Ohhh. Es difícil saberlo. Entran y salen papeles continuamente. Será mejor que me dé más detalles.

El sargento chupó el lápiz con el que se disponía a escribir. Sally vio de repente que le guiñaba un ojo al agente que estaba en la mesa de al lado, y éste volvía la cara para ocultar una sonrisita.

—Pensándolo mejor —dijo—, no se moleste.

Automáticamente, buscó con la mano a Chaka y miró hacia abajo, esperando encontrar el calor de su mirada bondadosa y llena de cariño. Pero no estaba.

Al marcharse, las lágrimas le rodaban por las mejillas.

Cuando llegó a Burton Street, hacía sólo diez minutos que Frederick había regresado de su viaje al norte. Había pasado la noche en el tren; estaba cansado, despeinado y sin afeitar, y no había comido desde el almuerzo del día

anterior. Sin embargo, apartó a un lado el café y la tosta-
da, escuchó atentamente el relato de Sally y luego llamó a
Jim.

—Un trabajo para Turner & Luckett —dijo—. Sally, tó-
mate mi café...

Una hora más tarde, un carro de mudanzas tirado por un
enjuto caballo gris se detenía a la puerta de Baltic House.
Dos hombres vestidos con batas de paño verde se bajaron
del carro, colocaron un morral al caballo y se dirigieron al
fornido portero.

—Traslado de archivos —le dijo al portero el más alto de
los dos, un hombre de aspecto triste, con un enorme bigote—. Creo que ya están aquí. Hemos de llevarlos a Hyde
Park Gate.

—Entonces es allí adonde se ha marchado Mr. Bellmann, seguramente —dijo el portero—. No sé dónde los
habrán puesto. Mejor que se lo pregunte al secretario...,
creo que los ha estado mirando.

Envió a un botones a hacer averiguaciones, y cinco minutos más tarde, los de la mudanza bajaron la primera carga y la metieron en la parte trasera del carro. Cuando volvieron a por el resto, el portero les dijo:

—Tendrán ustedes una carta de autorización, ¿no? Mejor que le eche un vistazo. Y necesitaré un recibo.

—Oh, sí —dijo el hombre de las mudanzas—. Sube tú,
Bert, y ve bajando el resto.

El tipo del bigote más discreto entró en la casa mientras
el portero leía la carta que autorizaba el traslado. Una vez
estuvieron todos los archivos en el carro, el hombre de las
mudanzas escribió un recibo en el papel con el sello de su
empresa y se lo entregó al portero. Luego se subió al pes-

cante mientras el más joven le quitaba el morral al caballo. El portero les hizo un gesto de despedida.

En cuanto doblaron la esquina, fuera de la vista de la gente de Baltic House, el más joven habló:

—Bien, Fred —dijo.

—Bien, Jim —fue la respuesta.

Jim se tiró del bigote, pero sólo consiguió que la goma le estirara el labio. Esbozó una mueca de dolor.

—No te tires así del bigote, te harás daño —dijo Frederick—. Se necesita un golpe decidido y varonil.

Estiró el brazo y le arrancó el bigote de un tirón seco y brusco. Los juramentos que soltó Jim a continuación habrían hecho ruborizar a un caballo, según aseguró Frederick.

—Te diré lo que haremos —dijo cuando le pareció que la lluvia de maldiciones amainaba—: yo me meto aquí y tú bajas del carro y le das la vuelta al cartel. También nos quitaremos los uniformes, no sea que alguien se dé cuenta y salgan en nuestra busca…

Dos minutos más tarde, regresaban a Burton Street. En lugar de gorra, llevaban bombín, y en el cartel del carro ponía: HERMANOS WILSON, VENTA DE COMESTIBLES AL POR MAYOR.

—Oh, Fred, ¡no puedo creerlo!

Sally contempló la carga del carro de mudanzas, en el patio trasero de la tienda, y acarició la primera pila de carpetas. Luego se volvió hacia Frederick y le echó los brazos al cuello.

Él respondió al abrazo, y así estuvieron hasta que oyeron unos aplausos que venían de arriba. Frederick levantó la cabeza y se encontró con las anchas sonrisas de los cristaleros que estaban colocando las ventanas del nuevo estudio.

—¿De qué demonios se ríen? —rugió. Casi al instante, se dio cuenta de lo cómico de la situación y sonrió a su vez. Cuando entraron en la cocina, Sally también sonreía.

—¿Quieres comprobar si están todos? —le preguntó Frederick.

—Ahora mismo. Oh, Frederick, gracias, muchas gracias. —Se sentó, con los ojos llenos de lágrimas, y mostró las palmas de las manos, en un gesto de impotencia.

Jim abrió una botella de cerveza y les sirvió un vaso a cada uno. Frederick se lo bebió en dos tragos.

—¿Pero cómo lo has conseguido? —dijo Sally—. Es increíble… Estaba segura de que lo había perdido todo.

—Escribí una carta con el sello de la empresa —no esta sino Turner & Luckett— autorizando el traslado de algunos archivos a Hyde Park Gate 47. Eso es todo.

La empresa Turner & Luckett no existía. Frederick se había hecho imprimir algunos artículos de papelería con ese nombre, una operación que le había resultado altamente rentable. Sally asintió, ya casi sonriente.

—Me imaginé que habrían llevado los archivos a Baltic House —explicó Frederick—. Desde luego, no iban a estar en comisaría. Puede que los hombres de Bellmann se pusieran el uniforme para impresionar al administrador de Sally, o puede que fueran policías —Bellmann tiene suficientes influencias para eso—, pero el caso es que esos papeles no le interesan a nadie más que a él. Aguardamos a que Bellmann saliera y nos llegamos hasta la casa. Como les dijimos que nos llevábamos los archivos a casa de Bellmann, no nos hicieron preguntas.

—Lo hemos hecho otras veces —dijo Jim—. ¿Verdad que es gracioso, Fred? Es sorprendente lo que puedes conseguir con un papelito en la mano. Puedes entrar en todas partes… Casi podrías salir airoso de un asesinato.

—Oh, si hubiera perdido todos estos… —La sola idea le daba escalofríos. Sin los papeles, le era imposible velar por los intereses de sus clientes, y si la bolsa de valores iba en la dirección contraria, el resultado podía ser desastroso. Más de una vez había conseguido sustanciosos beneficios para sus clientes, pero también había escapado por los pelos en alguna ocasión. Había que tener la información a mano y moverse con rapidez. Cuando pensaba en todo lo que podía haber perdido…— ¿Me haces el favor de llevarlos al despacho de Mr. Temple? —pidió—. Aquí no caben, y ahora que saben dónde vivo, tampoco están a salvo en casa.

—Voy a darme un baño —dijo Frederick— y luego comeré algo, y después te llevaré adonde quieras. Durante la comida os explicaré lo que he averiguado allá arriba, en Escocia. Pero no diré nada hasta que haya ingerido algo…, excepto una cosa, Jim: es necesario que encontremos a Mackinnon.

«Sally está cambiada», pensó Frederick mientras se afeitaba. La muerte de Chaka no solamente la había entristecido, la había afectado en un plano muy profundo. ¿Lo veía en sus ojos? ¿En su boca?

Era difícil decir dónde, pero se sentía conmovido. Y cuando llegó, con esos ojos sombríos, blanca como el papel… Era la primera vez que la veía así, impotente y asustada, necesitada de su ayuda. La manera en que le abrazó… Las cosas estaban cambiando.

Mientras comía, les habló de Henry Waterman y del cañón a vapor, y Sally le contó lo que había descubierto en la oficina de patentes. Webster salió del estudio y, cuando oyó de qué estaban hablando, se sentó con ellos.

—Entonces, ¿qué ha ocurrido, en vuestra opinión? —preguntó—. Resumidme la historia.

—Bellmann y Nordenfels fueron a Rusia —dijo Sally—. Nordenfels diseñó esta nueva arma a vapor y la patentó allí, pero en Rusia no podían fabricarla porque no disponen de las fábricas o de los medios técnicos necesarios. Necesitaban un país donde tuvieran experiencia con las máquinas a vapor.

—Entonces se pelearon —siguió contando Frederick—. Tuvieron una discusión, ignoro por qué motivo, en realidad no importa. Bellmann mató a Nordenfels, le robó los planos del artefacto y se vino a este país, donde se inventó a un diseñador llamado Hopkinson.

—Y patentó el arma con su propio nombre. Y debía de tener dinero ruso —añadió Sally.

—¿Por qué lo dices? —preguntó Webster.

—Porque cuando su fábrica de cerillas cerró, se quedó sin nada. Sin embargo, en el año 1873 llegó a este país cargado de dinero. Es sólo una suposición, pero creo que estaba subvencionado por el gobierno ruso, que quería el cañón a vapor y le pagó para fabricarlo. El resto de sus actividades, los barcos, comprar empresas para liquidarlas, sólo son una tapadera. El asunto importante es el cañón a vapor… Aunque, en realidad, no sé quién compraría un artefacto así.

—Estoy seguro de que cualquier general daría lo que fuera por él —dijo Webster.

Sally negó con la cabeza, y Frederick sonrió, porque conocía su afición por las tácticas militares.

—En primer lugar, sólo puede utilizarse donde hay una línea férrea —explicó Sally—. Y ningún enemigo se queda esperando pacientemente a que coloques las vías. Además, sólo dispara andanadas a los lados, ¿no?

—Eso es lo que me explicó Mr. Waterman —dijo Frederick.

—En ese caso, las vías tendrían que discurrir por en medio de las tropas enemigas. O si no, paralelas a las líneas enemigas…, pero entonces, una parte de la munición iría contra tus propias tropas.

—Ya entiendo —dijo Webster—, pero eso es absurdo.

—Es absurdo si lo utilizas como arma en el campo de batalla, pero a lo mejor no está pensado para eso.

—Pero si no es un arma para el campo de batalla, ¿para qué demonios sirve? —preguntó Frederick.

—Bueno… —dijo Sally—. Imagínate que fueras el dirigente de un país y no te fiaras de tu pueblo; imagínate que pensaras que puede haber una revolución. Mientras tuvieras líneas férreas entre las principales ciudades y puertos y unos cuantos cañones de repetición a vapor, estarías a salvo. Es un arma ideal para eso. No está pensada para usarla contra el enemigo, sino contra tu propio pueblo. Es un invento realmente diabólico.

Durante unos momentos, nadie dijo nada.

—Creo que has dado en el clavo, Sal —dijo Jim—. Pero aparte de eso, ¿vas a instalarte aquí o no? Sobre todo, porque saben que estás viva. Y en cuanto se huelan que hemos conseguido recuperar tus archivos, se pondrán furiosos. Y Miss Meredith también debería trasladarse. Después de todo, no nos falta espacio…

—Sí —dijo Sally, sin mirar a Frederick—. Sería mejor que me trasladara aquí.

—¿Y qué ocurre con Mackinnon, Fred? —preguntó Jim—. ¿Has averiguado por qué lo persigue Bellmann, entonces? Cuéntanos la historia.

Frederick se la explicó.

Sally observó que, a medida que Frederick hablaba, Jim se iba poniendo cada vez más colorado, hasta que en un momento dado les dio la espalda y empezó a dedicarse afanosamente a dibujar con la uña sobre la gastada madera de la mesa de la cocina.

—Aquí lo tenéis —dijo Frederick para terminar—. Son las leyes escocesas. Allí puedes casarte a los dieciséis años sin pedir permiso a nadie. Tenía que haberlo imaginado antes de ir a Netherbrigg: el primer pueblo al otro lado de la frontera es Gretna Green. Supongo que Nellie Budd le echó una mano por una suerte de sentimentalismo. No puede haber estado enamorada de él. Eso lo dijo Jessie porque estaba celosa. ¿Pero qué pinta Wytham en todo eso? ¿Y qué pinta la chica, por el amor de Dios? Hemos de suponer que Bellmann lo sabe, ya que Windlesham le sonsacó la información a Mrs. Geary un tiempo atrás. Es evidente que Mackinnon está en peligro, pero...

—Estará en peligro mientras nadie sepa que está casado con ella —señaló Webster—. En cuanto este hecho sea del dominio público, estará a salvo. Ni siquiera Bellmann se atrevería a cargárselo, porque todo el mundo sabría sus motivos. Y hablando de esto, ¿creéis que su padre lo sabe?

—Según Mrs. Geary, así es —dijo Frederick—. Al parecer, fue a visitarla e intentó comprar su silencio. Y ella, en un arrebato de indignación calvinista, lo mandó a paseo. Me resultó muy simpática, ¿sabéis? Es seca como un palo de escoba, pero tiene sentido del humor, y es muy honrada. Me aseguró que no diría nada mientras no se lo preguntaran, pero que si le hacían una pregunta, diría la verdad, y nadie podría impedírselo.

—De manera que Wytham lo sabía, y a pesar de todo organizó la sesión fotográfica y anunció el compromiso en *The Times*. Pues se ha metido en un buen lío, ¿no? —dijo Webster.

Sally no dijo nada. Pensaba en Isabel Meredith.

Jim se levantó de repente.

—Voy a tomar el aire —dijo, y se marchó sin mirar a nadie.

—¿Qué le ocurre? —preguntó Webster.

Frederick soltó un gemido.

—El chico está enamorado —dijo—, y yo me había olvidado por completo. Escucha, Sally, llevaremos tus archivos a la oficina de Mr. Temple, y luego iremos a Islington y recogeremos a Miss Meredith y todas las cosas que quieras traerte. Luego iré con Jim a buscar a Mackinnon. Menudo caso… Menudo caso.

La tarde era seca y templada, el sol se filtraba de vez en cuando por entre unas finas nubes, y Jim se dirigía a Hyde Park, con las manos en los bolsillos y cara de pocos amigos. Fue una suerte para Mackinnon que no se topara con él en aquel momento.

Cuando llegó al parque, ya se había serenado un poco. Fue hasta Carriage Drive y se sentó sobre el césped, bajo un árbol, y se quedó mirando pasar los carruajes y peinando con los dedos las secas briznas de hierba.

No era la mejor estación para ir al parque. El momento bueno era el verano; entonces el paseo estaba tan abarrotado de carruajes que apenas se avanzaba, pero eso era lo de menos, porque se trataba de pasear por el parque y que te vieran montado en tu carruaje, con tu mozo y tu landó o tu cabriolé, con tus bayos o ruanos, recibir el saludo de lady tal o cual y darte el gusto de fingir que no veías a los conocidos de menos importancia. En los meses de invierno, toda esta batalla social se llevaba a cabo bajo techo, y al parque sólo acudían aquellos pocos que querían respirar aire puro y sacar a pasear a sus caballos.

Jim había ido hasta allí para encontrarse con lady Mary. Desde aquel maravilloso día en que la vio en el jardín de invierno, su mente había estado puesta en ella, como una aguja imantada que señala continuamente el norte. Había estado rondando por Cavendish Square para verla entrar y salir, para vislumbrarla a través de la ventana del salón…

Tenía que admitir que estaba loco por ella. Había conocido a muchas chicas, a docenas de ellas, camareras, doncellas y bailarinas, atrevidas, tímidas, gazmoñas o provocativas; había charlado y flirteado con ellas, las había llevado al teatro o al río. Nunca había tenido ningún problema para atraer a las mujeres. No era especialmente guapo, pero había adquirido una vitalidad y una seguridad en sí mismo que le conferían un cierto atractivo de hombre rudo. Además, tenía facilidad para tratar con las mujeres, porque le gustaba estar con ellas, además de besarlas; a veces eran besos apresurados en el umbral, otras veces besos más largos, en la oscuridad de los bastidores del teatro, o en el apartado cenador de los viejos jardines Cremorne, antes de que los cerraran.

Pero esto era otra cosa. A Jim no le importaba la diferencia social que había entre ellos dos: ella era la hija de un miembro de la nobleza, y él era hijo de una lavandera. Pero incluso si hubieran pertenecido a la misma clase social, Jim la habría tratado de una forma diferente, porque ella era totalmente distinta. Todo en ella le parecía especialmente bello: sus gestos de aquella tarde en el jardín de invierno, los bucles de su espesa cabellera, la tonalidad de sus mejillas, el recuerdo de su suave aliento cuando se acercó a él para susurrarle…, y no sabía qué paso debía dar.

Lo único que podía hacer era observarla. Y observándola había aprendido que tenía la costumbre de salir de casa por las tardes, y supuso que iba al parque. Fue una suposición acertada. Era el lugar idóneo para dar un paseo. Un carruaje pasó por delante del lugar donde Jim estaba sentado, ocupado en romper una hoja en pedacitos. Levantó la vista y allí estaba ella, mirándole a los ojos.

Lady Mary iba montada en su bonito carruaje con capota. Sentado en el pescante, un elegante cochero con chistera miraba altanero al frente mientras manejaba el látigo con gesto impecable. Ella iba recostada sobre el asiento, pero en cuanto vio a Jim se incorporó, abrió la boca y extendió la mano, como si fuera a decir algo. Sin embargo, el carruaje siguió adelante y la figura de lady Mary quedó oculta tras la capota.

Jim se puso en pie de un salto y corrió unos pasos tras el carruaje, sin esperanzas de alcanzarlo. Vio que el cochero ladeaba la cabeza y echaba el cuerpo hacia atrás, como para oír lo que le decían. Cuando se encontraba a unos treinta metros de distancia, el carruaje moderó la marcha. Jim cerró los ojos. Oyó que el ruido rítmico de los cascos se detenía, y la voz de la joven diciéndole algo al cochero. Luego el carruaje se marchó.

Lady Mary le esperaba bajo los árboles. Llevaba un abrigo y un manguito de astracán, y un sombrerito con una cinta verde oscuro. Estaba perfecta. Jim fue hacia ella sin pensar, como en un sueño. Le tendió las manos, y ella las tomó entre las suyas. De repente, la ensoñación se acabó y los dos recordaron quiénes eran y dónde se encontraban, y se quedaron sin saber qué decir.

Jim se quitó la gorra. «Imagino que esto es lo que se hace ante una dama», pensó.

—Le he dicho al cochero que quería caminar —dijo ella. Estaba tan nerviosa como Jim.

—Ibas en un carruaje muy bonito —dijo él.

Lady Mary asintió.

—Te has hecho daño en la boca. —Nada más decirlo, se ruborizó y apartó la mirada.

Empezaron a caminar al mismo tiempo bajo los árboles, como si se hubieran puesto de acuerdo.

—¿Siempre sales a pasear sola? —le preguntó Jim.

—¿Quieres decir sin una dama de compañía? Antes tenía una gobernanta, pero la despidieron. Mi padre no tiene demasiado dinero. O no lo tenía antes, por lo menos. Oh, no sé qué voy a hacer…

Hablaba con la timidez y la inseguridad de una niña. Incluso su extraordinaria belleza tenía algo de inacabada. Era como si no supiera qué hacer con ella; como si acabara de venir al mundo.

—¿Cuántos años tienes?

—Diecisiete.

—Escucha —le dijo Jim con dulzura—, hemos averiguado lo de Mackinnon.

La joven se detuvo y cerró los ojos.

—¿Y lo sabe él? —susurró.

—¿Te refieres a Bellmann? Sí. Por eso lo persigue. La otra noche casi lo atrapa; allí fue donde perdí un diente. Después de todo, no puedes pretender mantenerlo en secreto para siempre. Tu padre lo sabe, ¿no?

Ella asintió en silencio. Siguieron caminando muy lentamente.

—¿Y qué puedo hacer? —dijo ella—. Me siento prisionera, como si me hubieran condenado… a muerte. No tengo forma de escapar. Es una pesadilla.

—Háblame de Mackinnon —dijo Jim.

—Nos conocimos en un espectáculo benéfico que dio en nuestra casa de Netherbrigg. Nos citamos para volver a vernos y… supongo que me enamoré. Todo fue muy rápido. Íbamos a casarnos y a marcharnos a América. Una mu-

jer llamada Mrs. Budd lo arregló todo, habló con el abogado y eso. Sin embargo, cuando llegó el momento de partir
hacia América, Alistair no se decidía, y resultó que yo tampoco podía disponer de mi dinero, así que no teníamos
nada... Mi padre intentó que la boda fuera declarada nula,
pero resultó que era imposible porque... habíamos pasado
la noche juntos en la casa de huéspedes donde se alojaba
Alistair. Así que el matrimonio era totalmente legal, y supongo que lo sigue siendo. Y ahora...

No pudo seguir hablando y se echó a llorar muy bajito.
Incapaz de resistirlo, Jim la estrechó dulcemente entre sus
brazos y la joven hundió el rostro en el hueco de su hombro. Jim sentía su cuerpo menudo y ligero, la suavidad y el
olor a limpio de su pelo... Fue un momento muy extraño,
un sueño. Sin saber lo que hacía, la besó.

No ocurrió nada. El momento pasó, la joven se echó un
poco hacia atrás y sus cuerpos se separaron de nuevo.

—¿Cómo es posible que tu padre —titubeó Jim—, sa-
biendo...?

—Es por el dinero. Cuando nos casemos, Mr. Bellmann
le pagará mucho dinero. Se imagina que yo no lo sé, pero
es evidente. Y tiene tantas deudas que no se atreve a recha-
zar la oferta. Ahora él también busca a Alistair. Si no lo encuentran pronto...

De nuevo se le quebró la voz. Parecía desesperada, y Jim
hizo ademán de pasarle el brazo por los hombros, pero ella
meneó la cabeza y lo apartó suavemente.

—Si me caso con Mr. Bellmann, cometeré un delito
—dijo—. Seré bígama o algo así. No se lo puedo contar absolutamente a nadie. Y si encuentran a Alistair, le harán
algo terrible, estoy segura...

Continuaron caminando. Se oía el canto de un pájaro.
El pálido sol invernal iluminaba la perfecta suavidad de la

piel de la joven; aquella luz cruda destacaba la delicadeza de sus pómulos, el dibujo de sus sienes. Jim se sentía débil y un poco mareado, como si estuviera convaleciente de una enfermedad. Sabía que aquel momento no podía durar mucho; pronto, el cochero habría recorrido el parque y volvería a buscarla.

—Esto es como nuestro jardín de invierno —dijo lady Mary—. Aquí da la sensación de que el mundo exterior no existe. Estoy contigo, pero me siento sola. Me gustaría que existieran todavía aquellos viejos jardines de esparcimiento, como Vauxhall y Cremorne, donde se bailaba. Entonces podría ir a escondidas a mirar las luces que colgarían de los árboles, los fuegos artificiales, los bailes...

—Cremorne no te habría gustado. Era un lugar burdo y grosero, y en los últimos tiempos, antes de que lo cerraran, estaba lleno de suciedad. Pero por la noche, cuando la suciedad no se veía, no estaba mal. A ti no te gusta hacer cosas, ¿no? Sólo te gusta mirarlas. ¿Es así?

Ella asintió.

—Sí, tienes razón —dijo—. Me parece que nunca he hecho nada bueno. —No se estaba compadeciendo. Se limitaba a exponer un hecho.

—Sin embargo, hiciste que el cochero se detuviera.

—Y me alegro de haberlo hecho. No sé lo que dirá. Probablemente se lo contará a mi padre..., seguro. Le diré que me apetecía caminar. —Pasearon un momento en silencio—. Pero tú sí que haces cosas. Eres detective, y también fotógrafo.

—En realidad, no soy fotógrafo. Escribo... escribo obras de teatro.

—¿De verdad?

—He escrito muchas obras, pero todavía no me han estrenado ninguna.

—¿Vas a ser rico?

—Estoy seguro.

—¿Y serás famoso? ¿Igual que Shakespeare?

—Por supuesto.

—¿De qué tratan tus obras de teatro?

—De asesinatos, como las de Shakespeare. —Pero no eran asesinatos de verdad, pensó; nunca había escrito sobre personas reales, sobre un asesinato de verdad y la impresión terrible que te produce. Sería demasiado estremecedor, mucho peor que los vampiros.

Siguieron paseando un poco más. Jim no se había sentido nunca tan feliz, ni tan inquieto.

—Creo que… eres preciosa —dijo—. Muy hermosa. No encuentro las palabras adecuadas, pero nunca había visto a nadie como tú. Nunca, en ninguna parte. Eres la chica más… perfecta…

Se detuvo asombrado al ver que los ojos de la joven se llenaban de lágrimas.

—Preferiría… —dijo con voz neutra, y sorbió por la nariz— que se pudiera decir algo más de mí. Preferiría ir disfrazada, o llevar una careta. Siempre me dicen lo mismo, que soy guapa. —Pronunció esta última palabra como si fuera un insulto.

—Eres justo lo contrario de una persona que conocí el otro día —dijo Jim—. Bueno, no es fea, pero tiene una marca de nacimiento en la cara y le avergüenza que la miren. Y está enamorada… —«de tu marido», pensó— de un hombre, pero sabe que él nunca podrá amarla. Y esto es lo único que le importa en la vida.

—Oh, pobrecilla —dijo ella—. ¿Cómo se llama?

—Isabel. Pero, escucha, tenemos que detener a Bellmann. ¿Sabes a qué se dedica? ¿Tienes idea de lo que está tramando en Barrow, en el norte? No puedes casarte con un monstruo semejante. Cualquier abogado medianamente bueno sería capaz de probar que te están forzando contra tu voluntad. No te acusarán de bigamia, no te preocupes. Lo mejor que podrías hacer es revelar la verdad, hacerla pública. Al diablo las deudas de tu padre; él mismo se ha metido en este lío, y ahora pretende hacerte pasar por un infierno para salir del apuro. Hasta que no se conozca la verdad, nadie estará a salvo..., en especial Mackinnon.

—No voy a delatarlo —dijo ella.

—¿Cómo?

—No voy a decirles dónde se encuentra. Oh...

Miró por encima del hombro, y de repente su hermoso semblante se ensombreció y sus ojos se llenaron de desespero. Fue como ver pasar una oscura nube sobre un jardín lleno de sol. Jim se volvió y vio que el carruaje estaba regresando, aunque el cochero todavía no los había visto.

Rápidamente, se volvió hacia ella.

—¿Quieres decir que sabes dónde está Mackinnon?

—Sí, pero...

—¡Dímelo! Rápido, antes de que llegue el cochero. Tenemos que saberlo, ¿no lo entiendes?

Lady Mary se mordió el labio inferior y asintió con la cabeza.

—En Hampstead —dijo—. Kenton Gardens, número quince, bajo el nombre de Stone, Mr. Stone.

Jim tomó su mano y se la llevó a los labios. Se había acabado demasiado pronto.

—¿Volverás otro día? —preguntó.

La joven sacudió la cabeza con aire de impotencia; tenía los ojos puestos en el carruaje.

—Entonces, escríbeme —dijo Jim, y rebuscó en el bolsillo una tarjeta de Frederick—. Soy Jim Taylor. Esta es la dirección. Prométeme que me escribirás.

—Te lo prometo —dijo ella, y le agarró de la mano con mirada angustiada.

Se separaron, pero sus manos siguieron unidas un instante. Finalmente se soltaron y ella desapareció tras los árboles. Jim se quedó quieto mientras el cochero detenía el carruaje. Lo último que vio fue la tímida mirada que le lanzaba ella antes de subirse al coche. Y ya no vio más. Algo extraño le pasaba en los ojos. Se los secó furioso con el dorso de la mano. El carruaje se puso en marcha y se perdió de vista entre el tráfico de Hyde Park Corner.

Isabel escuchó sin decir palabra la explicación de Sally sobre el matrimonio de Mackinnon; se limitó a asentir con la cabeza y a seguirla en silencio hasta el carruaje. Tomó asiento junto a Sally y se cubrió el rostro con el velo. El coche se puso en marcha.

—¿Cómo tienes la herida? —preguntó Sally, cuando abandonaban la plaza—. ¿Te duele mucho?

—Apenas la noto —dijo Isabel—. No es nada.

Sally entendió que hubiera querido añadir: «en comparación con lo que me acabas de contar». Isabel agarraba la cajita de latón como si no pudiera desprenderse de ella. Habían metido algunos vestidos en una maleta grande y se habían marchado rápidamente a Burton Street; ahora había que reorganizar las habitaciones, y Sally estaba deseando poder encomendarle trabajos a Isabel para apartar su pensamiento de Mackinnon.

Cuando llegaron, el patio trasero estaba en plena confusión. Los cristaleros abandonaban el estudio, y la empresa de decoración estaba entrando el material porque querían dejarlo todo preparado para el lunes a primera hora. Los dos grupos de hombres iban arriba y abajo, y se estorbaban mutuamente; Webster estaba a punto de perder la paciencia.

Sally le mostró a Isabel el que iba a ser su dormitorio, un cuartito en el último piso, con una ventana abuhardillada que daba a la calle. Isabel se sentó en la cama, con su cajita entre las manos.

—¿Sally? —dijo.

Sally se sentó junto a ella.

—¿Qué ocurre? —preguntó.

—No puedo quedarme. No, escucha…, tienes que dejarme marchar. Traigo mala suerte a la gente…

Sally se rió, pero Isabel meneó la cabeza muy seria y le agarró de la mano con fuerza.

—¡No! No te rías. Mira lo que ha ocurrido por mi culpa, lo que le ha pasado a mi casera, lo que os ha pasado a ti y a tu perro… Soy yo, Sally. ¡Te lo juro! Llevo la mala suerte conmigo. Nací con esa maldición. Tienes que dejarme marchar, dejarme sola. Encontraré algún sitio donde quedarme, en un pueblecito, trabajaré en el campo…, pero no debo permanecer contigo y tus amigos. No os traeré más que problemas.

—No me creo una sola palabra de lo que dices. Escucha, por lo menos en esta tienda eres un regalo llovido del cielo. Están buscando desesperadamente a alguien que pueda hacerse cargo del trabajo administrativo. Ya sé que no es lo tuyo, pero si de momento pudieras echarnos una mano, nos iría de perlas. No me lo invento, Isabel, no se trata de caridad; te aseguro que necesitamos que alguien nos ayude. Ya sé que la noticia sobre Mackinnon ha sido un duro golpe para ti, pero lo superarás con el tiempo, y mientras tanto te necesitamos aquí.

Isabel acabó por ceder. De todas formas, tampoco tenía fuerzas para discutir. Pidió que le mostraran el trabajo que debía hacer y se puso manos a la obra, pálida y silenciosa como una reclusa. Sally se sintió conmovida.

Sin embargo, no tuvo ocasión de comentarlo con Frederick. En cuanto él regresó de ver a Mr. Temple, Jim llegó con noticias.

—He encontrado a Mackinnon —dijo—. Está en Hampstead. Hemos de ir en su busca, Fred. Y será mejor que te traigas el bastón.

El número quince de Kenton Gardens era una casita bien cuidada en una calle arbolada de las afueras. Les abrió la puerta una mujer de mediana edad, probablemente la casera, que pareció sorprendida de verlos.

—Pues no sé… —dijo—. Mr. Stone se encuentra en casa, pero los otros caballeros me han dicho que no querían interrupciones.

—¿Otros caballeros? —preguntó Frederick.

—Otros dos señores. Llegaron hace quince minutos. Será mejor que suba a preguntar…

—Es muy urgente —dijo Frederick—. Es necesario que hablemos cuanto antes con Mr. Stone…

—Bueno…

La mujer les dejó entrar y los condujo a una sala del primer piso. Esperaron a que bajara por las escaleras y luego se acercaron sigilosamente a la puerta y escucharon.

La voz que oyeron sonaba ronca, como si su dueño tuviera dificultades para respirar.

—Ah, pero eres un gusano tan tramposo que no podemos fiarnos de ti. Creo que lo que haremos será romperte un dedo… —dijo la voz.

Frederick se pegó más a la puerta.

Oyeron que Mackinnon respondía al instante:

—Si me hacen daño, gritaré, se lo advierto. Y vendrá la policía.

—Vaya, así que nos adviertes —dijo la primera voz—. Qué interesante. Pensaba que éramos nosotros los que te hacíamos una advertencia. Pero ya veo lo que quieres decir; eres capaz de chillar. Mejor será que te metamos este trapo en la boca. Así no podrás gritar. ¿Te parece un buen plan? Adelante, Sackville. Introdúcele esto en el gaznate…

Jim y Frederick se miraron con ojos brillantes. Al otro lado de la puerta se oían sonidos de ahogo y de lucha.

—¡Sackville y Harris! —exclamó Frederick—. Es nuestro día de suerte, Jim. ¿Has traído tu puño de bronce?

Jim asintió jubiloso.

—Vamos a ello —dijo.

Frederick movió el picaporte sin hacer ruido y entraron en la habitación. Mackinnon estaba sentado en una silla con asiento de junco, con las manos atadas a la espalda y los ojos a punto de salírsele de las órbitas. En la boca le habían introducido un trapo que asomaba como los tentáculos de un animal extraño. De pie junto a él estaba Sackville, con una mueca de incredulidad pintada en su apergaminado rostro. Harris tenía la cara destrozada, parecía que le hubiera pisoteado un caballo; abrió la boca, tragó saliva y dio un paso hacia atrás.

Frederick cerró la puerta.

—Oh, qué codiciosos sois —dijo—. No sabéis parar a tiempo, ¿verdad? Mira cómo tienes la nariz, Harris. Pensé que esto te habría enseñado algo. En cuanto a ti, Mackinnon —dijo—, quédate donde estás. Quiero hablar contigo sobre el paradero de mi reloj.

De repente, Harris avanzó e intentó golpear a Frederick con la cachiporra de caucho que tenía en la mano, pero Frederick se apartó a un lado y le atizó en la muñeca con el bastón. Jim se lanzó como un perro de presa sobre Harris y empezó a darle codazos, patadas, puñetazos y cabezazos.

Sackville empujó a un lado la silla de Mackinnon. El pobre mago se golpeó contra el lavamanos, lanzó un grito ahogado y cayó al suelo, con el cuerpo de lado y la cara contra la pared. Todavía estaba amordazado y atado a la silla rota. Sackville agarró otra silla y la arrojó contra Frederick en el mismo instante en que éste le golpeaba con el bastón en las costillas y le hacía perder el equilibrio. Entonces empezaron a luchar en serio, cuerpo a cuerpo.

Sackville era fornido, pero Frederick era rápido y fuerte, y tenía la ventaja de que no sabía boxear. No tenía problemas en utilizar los pies, y no le importaba golpear por debajo de la cintura. En cuanto a Jim, para él todo era válido en una pelea, porque si no lo hacías tú, lo haría tu contrincante, y era mejor adelantarse. Tenía claro que el punto débil de Harris era la nariz, así que lo primero que hizo fue asestarle un cabezazo en plena napia. Harris le hizo caer arrastrándole las piernas y le empezó a dar patadas en las costillas.

La habitación no era amplia: contenía una cama, una mesa, un lavamanos, una cómoda, un par de sillas y un armario, lo que dejaba poco espacio libre para moverse. Harris y Sackville luchaban encarnizadamente porque tenían miedo; Jim lo hacía porque estaba furioso; a Frederick le movía el recuerdo de Nellie Budd después de la paliza, cuando yacía inconsciente y con el rostro amoratado en la cama del hospital. A ninguno de ellos le importaba el mobiliario, y en cuestión de unos minutos, prácticamente todos los muebles estaban destrozados: los habían tirado contra la pared, se habían hecho añicos contra el suelo o se habían astillado al golpear cabezas, espaldas y hombros.

Mackinnon, que seguía atado a la silla, había conseguido quitarse la mordaza y se debatía en el suelo, chillando aterrorizado. Gritó cuando Sackville cayó sobre él y le dio una patada en la pierna; pero cuando Harris tumbó a Jim de un puñetazo sobre él, se quedó sin respiración y se apartó rápidamente antes de que le cayera alguien más encima.

Frederick, todavía atontado por un puñetazo de Sackville, agarró una pata de silla que tenía a mano y le atizó con ella en la cabeza. Sackville se derrumbó sin sentido. Se hizo el silencio.

Frederick miró a su alrededor. Jim estaba de pie, aunque un tanto vacilante. Se apretaba la mano contra la mejilla, y entre los dedos le caían gruesas gotas de sangre. Harris estaba frente a él, con un cuchillo en la mano.

—Cuidado, Fred —dijo Jim en voz baja.

De una patada, Harris apartó los restos del armario a sus pies para tener espacio. Luego se abalanzó contra Frederick con el cuchillo en ristre, apuntando a su estómago. Frederick intentó apartarse; como Sackville le agarraba una pierna, lanzó la otra pierna hacia delante y cayó al suelo, desde donde intentó darle un puñetazo a Sackville, y rodó sobre sí mismo. Fue entonces cuando se llevó la sorpresa de ver que Mackinnon había conseguido desatarse y se levantaba de un salto para quitarle el cuchillo a Harris.

Con un gruñido, Harris retiró la mano y Mackinnon gritó de dolor. Este momento de distracción dio a Jim la oportunidad que esperaba. Cuando Harris se volvió, Jim le plantó un puñetazo en medio de la cara. Fue el puñetazo más potente que había dado en su vida, y Harris se derrumbó cuan largo era.

—Bien hecho, compañero —le dijo Jim a Mackinnon con una mueca de dolor. La sangre le manaba abundantemente de la mejilla. Harris había estado a punto de acuchillarle en los ojos.

—Átalos antes de que vuelvan en sí —dijo Frederick—. ¿Tienes algo de dinero, Mackinnon? Págale a tu casera los desperfectos y ayúdanos a bajar a estos dos gorilas. Ah, y dile al cochero que tiene un par de pasajeros.

Mientras Mackinnon salía a toda prisa en busca de la aterrorizada casera, Jim y Frederick les quitaron a los dos matones los cinturones, los cordones de los zapatos y los tirantes y los ataron como si fueran paquetes. No resultó fácil, porque aunque Harris y Sackville estaban inconscientes y no oponían resistencia, Frederick se sentía mareado por los golpes que había recibido en la cabeza y Jim tenía las manos hinchadas y doloridas.

Finalmente consiguieron bajarlos y meterlos en el carruaje. Frederick le pidió prestada una cuerda al cochero y ató a los dos tipos con ella, por si acaso. El cochero contemplaba la escena con interés.

—¿A dónde vamos, jefe? —le preguntó a Frederick—. ¿A Smithfield?

Smithfield era el principal mercado de carne de Londres. Frederick rió, a pesar del dolor.

—A la comisaría de policía de Streatham —dijo—. A ver al inspector Conway.

Sacó una tarjeta, escribió en ella: «Mrs. Nellie Budd. Deuda pagada», la prendió en el abrigo de Sackville y cerró la puerta. El carruaje partió. Jim se lo quedó mirando con cara de satisfacción.

—Cuando ese bastardo quiera usar su nariz —dijo—, tendrá que extraerla de su cara con una cucharilla.

—¿Le has pagado a la casera por el desastre? —le preguntó Frederick a Mackinnon—. Haz la maleta. Este fin de semana te vienes con nosotros a Burton Street. No hay peros. Ah, y tráete mi reloj.

Eran las tres y media cuando llegaron a Burton Street. Sally llamó a un médico para que echara un vistazo a la mejilla de Jim, hizo que Frederick se sentara y se tomara un coñac, preparó una cama para Mackinnon en el dormitorio de Jim y fue a la tienda a decirle a Isabel que Mackinnon había llegado. Isabel palideció, asintió con la cabeza y, sin decir una sola palabra, se inclinó de nuevo sobre su trabajo.

La visita del médico no contribuyó a mejorar el humor de Jim. En cuanto le curaron la herida, salió disparado al nuevo estudio para intercambiar unos cuantos insultos con los pintores, a los que recordaba de anteriores visitas. Mackinnon se quedó sentado en la cocina y Frederick rebuscaba en el bote de las galletas.

—¿Te han hecho daño? —preguntó Frederick.

—No, sólo unos cuantos golpes. Gracias.

—Estuvo muy bien de tu parte, eso de agarrarle la muñeca. De otro modo, hubiera atacado a Jim...

Se abrió la puerta trasera y entró Jim, tan malhumorado como antes. Se sirvió una galleta y se arrellanó en el sofá.

—No son los mismos pintores —dijo—. A estos sólo les importa su trabajo. No tienen conversación. ¿Os acordáis de los que vinieron cuando montamos la tienda? Un día mandaron a Herbert a buscar un destornillador para zurdos, y cuando el pobre volvió sin haberlo encontrado, le dijeron que lo que en realidad necesitaban era una libra de agujeros. Le dieron dos peniques para que fuera a la tienda de Murphy a comprarlos... Pobre diablo. Bueno, ¿y nosotros qué hacemos ahora?

—Cerraremos la tienda —dijo Sally, que entraba en ese momento—. Les he dicho a Mr. Blaine y a los demás que pueden irse temprano a casa. Lo que haremos será cerrar y comer algo. Como pensaba que Jim se acabaría las galletas, he comprado bollitos. Espero que le gusten los bollitos, Mr. Mackinnon. ¿Se han marchado ya los pintores?

Aquel mismo día, mucho más tarde, Frederick y Sally se quedaron solos en la cocina. Isabel se había ido a la cama sin ver a Mackinnon, Jim se acostó cansado y dolorido, Webster y Mackinnon también se fueron temprano a dormir.

Sally estaba acurrucada en una esquina del viejo sofá; Frederick se había arellanado en la butaca junto al fuego, con los pies apoyados en el cubo del carbón. La lámpara de aceite arrojaba una cálida luz sobre el mantel a cuadros, sobre las cartas con las que Mackinnon les había estado entreteniendo, sobre el dorado whisky que había en la botella y sobre el rubio cabello de Sally. Frederick se inclinó hacia delante y depositó el vaso en el suelo junto a la butaca.

—¿Sabes que nos ayudó contra esos dos tipos? —dijo—. Me refiero a Mackinnon. Intentó agarrar el cuchillo que

Harris iba a clavarle a Jim. ¿Y ahora qué podemos hacer, Lockhart? Antes que nada, creo que hemos de anunciar esa boda en el periódico.

—Tienes razón —dijo Sally—. Mañana por la mañana iremos a la *Pall Mall Gazette.* Y después... le pediré consejo a Mr. Temple sobre las patentes. Me parece que casi hemos pillado a Bellmann, pero no estoy segura de que lo tengamos atrapado todavía. Faltan las patentes rusas, pero eso es circunstancial, no es una prueba incriminatoria, me parece. Creo que...

—Hemos de saber hasta dónde llegan sus influencias. Los policías que entraron en tu casa, ¿eran policías de verdad? Si lo eran, es que tiene mucho poder, y en tal caso tendremos que extremar las precauciones. Es importante saber a qué nos enfrentamos y actuar en el momento apropiado... ¿Quiénes eran esos tipos a los que lord Wytham visitó en el Foreign Office? Si supiéramos a qué departamento pertenecían, tendríamos más datos sobre qué pasos dar. Y no será difícil enterarse. Allí hay muchos rumores de pasillo. El lunes me pasaré por Whitehall para ver qué me cuentan.

—¿Sabes? —dijo Sally—. Todavía no tengo ni idea de qué hacer para recuperar el dinero de mi clienta. A menos que se ofrezca una recompensa... De hecho, ahora que lo pienso, creo que se ofrece una recompensa para el que tenga información sobre la desaparición del *Ingrid Linde.* Es lo único que no hemos investigado...

Se inclinó para avivar el fuego; el carbón chisporroteó, y del emparrillado cayeron cenizas.

—¿Fred?

—¿Mmmmm?

—Quisiera disculparme por lo de la otra noche. Me comporté como una estúpida, y no me lo puedo perdonar.

Me encanta trabajar contigo, de verdad. Creo que formamos un buen equipo. Si todavía estás dispuesto a...

Se detuvo, porque no sabía cómo continuar. Frederick se incorporó en el asiento y se inclinó hacia ella. Tomó entre las manos el rostro de Sally y lo volvió hacia él.

En ese momento se oyó el timbre de la puerta de la tienda.

Frederick soltó una maldición y se apoyó de nuevo en el respaldo.

—¿Quién demonios será, a estas horas? —dijo.

Los dos se miraron, y miraron la hora en el reloj. Eran las diez y media.

—Iré a ver —dijo Frederick, poniéndose en pie—. No tardaré.

—Ten cuidado, Fred —dijo Sally.

Frederick atravesó la tienda, que estaba a oscuras, y abrió la puerta. Fuera, un hombre menudo, con abrigo y bombín, esperaba parpadeando en medio de la llovizna.

—¿Es usted Mr. Garland? —preguntó.

Era el hombre del palco del teatro de variedades, el secretario de Bellmann. Frederick soltó una carcajada. Le parecía increíble que hubiera tenido el descaro de presentarse allí.

—Buenas noches —dijo—. Usted es Mr. Windlesham, si no me equivoco. Pase, por favor.

Se apartó para dejarle entrar, recogió su abrigo y su bombín y lo condujo hasta la cocina.

—Sally —dijo—, me parece que conoces a este caballero.

Sally se incorporó, con cara de asombro.

—Disculpen que me presente a estas horas —dijo el hombrecillo—. Ya nos conocemos, Miss Lockhart. Nos conocimos en tristes circunstancias. Me sentiría muy honrado si usted y Mr. Garland se dignaran escuchar la propuesta que quiero hacerles.

Sally miró a Frederick con los ojos como platos, y luego miró a Windlesham.

—Debo añadir que hablo únicamente en mi nombre —siguió el hombrecillo—. Mr. Bellmann no sabe que he venido.

Se hizo un momento de silencio. Ni Frederick ni el visitante se habían sentado todavía. Frederick se acercó a la mesa y le ofreció una silla a Windlesham. Los dos tomaron asiento. Sally se levantó del sofá para sentarse junto a ellos, encendió la luz y recogió las cartas que estaban desparramadas sobre la mesa.

—Comprendo su vacilación —dijo Windlesham—. Si quieren, puedo explicarles por qué he venido a verles.

—Sí, por favor —dijo Frederick—. Pero antes, acláreme una cosa. ¿Ya no trabaja para Bellmann?

—Técnicamente, todavía estoy a su servicio. Pero ahora estoy convencido de que, si cambio de señor, por así decirlo, muchas personas saldrán beneficiadas. No puedo dar mi aprobación a la operación que Mr. Bellmann lleva a cabo con la North Star. Por más que lo intento, no me gusta, Miss Lockhart. Considero que el autorregulador Hopkinson es un invento diabólico que debería ser borrado de la faz de la Tierra. He venido a verles porque he seguido sus actuaciones —la suya y la de Mr. Garland— con una admiración cada vez mayor, y quiero poner a su disposición todo lo que sé. —Se quitó las gafas, que se habían empañado debido al calor de la habitación—. Me imagino que han descubierto en qué consiste el autorregulador Hopkinson. No es que tenga la certeza, pero me extrañaría que...

—El cañón a vapor —dijo Frederick—. Sí, estamos enterados. Y también sabemos lo de Hopkinson.

—O Nordenfels, ¿no? —Mr. Windlesham volvió a ponerse las gafas y sonrió amablemente.

—¿Y qué quiere a cambio? —preguntó Sally. Todavía se encontraba bajo los efectos de la sorpresa que le había provocado la aparición de Windlesham, y desde luego no se fiaba de él.

—Sólo quiero... —¿cómo explicarlo?— una corroboración que me sirva de protección —respondió el hombre—. Cuando la empresa de Mr. Bellmann se hunda, lo que no tardará en suceder, quiero que alguien atestigüe que estaba con él para espiarle, simplemente. Confiaba en que ustedes pudieran garantizarme esa salida.

—¿Y por qué no acude a la policía?

—Todavía no es el momento. La influencia de Mr. Bellmann llega hasta escalafones muy altos en la policía, y también en la judicatura. En este momento, cualquier actuación sería un paso en falso, estoy convencido. Nos encontraríamos inmersos en una serie de demandas por libelo y calumnia, y perderíamos. Esto no serviría más que para poner sobre aviso a los culpables. No, ahora no es el momento de acudir a la policía. Hay que esperar hasta que la empresa esté a punto de hundirse.

—¿Y por qué va a hundirse? —preguntó Frederick.

—Porque está sobredimensionada —dijo Mr. Windlesham—. Puedo darles los datos sobre préstamos, dividendos y emisión de acciones, pero el asunto es que todo el dinero está invertido en el autorregulador, y no se está produciendo a una velocidad suficiente. Han surgido problemas imprevistos con el suministro de materiales, y dificultades con las pruebas. Se trata de una máquina muy compleja; si quieren, como ya les he dicho, les suministraré los detalles. Yo calculo que a Mr. Bellmann le quedan tres semanas antes de que se produzca la catástrofe. Podría retrasarse un poco, tal vez; si consigue un suministro de grafito, por ejemplo, pero el final no está lejos.

—¿Quién es el cliente? —preguntó Sally—. ¿Quién es el comprador del cañón a vapor o del autorregulador?

—Rusia. El zar está cada vez más preocupado por el crecimiento del movimiento anarquista entre la población. Y ahora que se extiende hacia Siberia —habrán oído hablar del tendido ferroviario previsto— ya pueden imaginarse lo útil que resultaría un arma así. Pero la North Star está buscando otros clientes. Los prusianos parecen interesados. Los mexicanos han enviado un observador al lugar de las pruebas. Estamos en un momento crítico, Mr. Garland, en el que la balanza puede inclinarse a uno u otro lado. Si logramos que se incline hacia el lado correcto...

—Cuéntenos lo que sucedió con el *Ingrid Linde*.

—Ah, el barco que desapareció. Esto..., bueno..., sucedió en una etapa anterior de la carrera de Bellmann; yo no estaba con él todavía. Pero creo que la lista de pasajeros incluía el nombre de un hombre que presenció la pelea entre Bellmann y Arne Nordenfels. Desde luego, el hecho de que la Anglo-Baltic se fuera a pique significó que las empresas navieras de Mr. Bellmann podrían desarrollarse sin obstáculo alguno.

—Quisiera tener una prueba escrita de la implicación de Bellmann en el caso —dijo Sally.

—Será difícil. Llevaré a cabo una investigación... Tendré que ir con pies de plomo, pero haré cuanto esté en mi mano.

—Ha hablado usted de influencias —dijo Frederick—. ¿Hasta dónde llegan sus tentáculos en el Gobierno? ¿Y entre los funcionarios?

—Oh, llegan bastante arriba. El dinero de Mr. Bellmann ya ha resultado muy útil a la hora de conseguir permisos y autorizaciones para la exportación de armamento. Si me permiten el comentario, han estado ustedes haciendo unas preguntas muy astutas, y en poco tiempo habrían puesto en un serio apuro a personas muy bien situadas.

—¿Quiénes son? —dijo Frederick—. Hasta ahora no nos ha dicho nada que no supiéramos. Queremos nombres, Mr. Windlesham, nombres.

—Sir James Nash, el inspector general de Artillería en el Ministerio de Guerra. Sir William Halloway-Clark, subsecretario del Foreign Office. El embajador en Rusia. Y hay otros, en altos puestos…

—¿Se ha hablado de esto en el consejo de ministros? —preguntó Sally—. ¿Ha aprobado el Gobierno la fabricación y venta de este armamento?

—Oh, no. Seguro que no. Los funcionarios que he mencionado están actuando de forma deshonesta. Si esto saliera a la luz, provocaría un escándalo terrible.

—Y lord Wytham, ¿qué pinta en todo esto? —preguntó Frederick.

—Ah, ¡el padre de la novia! —dijo burlón Mr. Windlesham—. La aventura de Escocia fue un asunto muy romántico, ¿no les parece? ¿Y han tenido más suerte que nuestros hombres en la búsqueda del escurridizo novio?

—Ya que lo pregunta, le diré que sí —dijo Frederick—. Lo hemos puesto a salvo. Está en Londres al cuidado de un buen amigo. Así no se escapa, y ustedes no lo pueden encontrar. ¿Qué piensa hacer lord Wytham?

—Es un asunto muy difícil para él —dijo Mr. Windlesham con tristeza—. Le han dado un cargo en la empresa debido a sus relaciones con altos cargos gubernamentales. En este sentido podía resultar útil, pero…, bueno, el asunto de Escocia no tardará en conocerse. Mr. Bellmann es consciente de que no podrá mantenerlo mucho más tiempo en secreto. Es uno de los problemas que le acosan. Y resulta todavía más problemático para lord Wytham, por supuesto. Puede que le resulte fatal.

—Me pregunto qué quiere decir con esto —dijo Frederick—. No, no se moleste en explicármelo. Por cierto, ¿fue usted quien contrató a Sackville y Harris? ¿Y al hombre que atacó a Miss Lockhart ayer noche?

—Debo reconocer mi parte de culpa —admitió Mr. Windlesham—. No me gustó hacerlo, créanme. Me avergüenzo de ello, y desde entonces me consume el remordimiento. Mi mayor alivio fue enterarme esta mañana de que estaba usted viva. En cuanto a Mrs. Budd, me he encargado de pagar la cuenta del hospital. La he pagado con mi propio dinero, naturalmente, porque no podría cargarlo en la factura de la empresa sin levantar sospechas.

—¿Y por qué la atacaron? —preguntó Frederick.

—Era una advertencia dirigida a Miss Lockhart —dijo simplemente Mr. Windlesham—. De haber conocido las cualidades de Miss Lockhart, hubiéramos actuado de diferente manera. Yo me opuse desde el primer momento; desapruebo cualquier forma de violencia. Pero Mr. Bellmann me desautorizó.

Frederick miró a Sally, que conservaba un semblante inexpresivo.

—Bien, Mr. Windlesham, ha sido muy interesante —dijo Frederick—. Gracias por venir. Encontrará una parada de coches de alquiler al final de la calle.

—Esto... ¿Y qué me dicen de mi propuesta? Entiéndanme, he corrido un riesgo viniendo a verles.

—Sí —dijo Sally—. Supongo que tiene usted razón. Tenemos que pensarlo. ¿Dónde podemos encontrarlo?

Se sacó una tarjeta del bolsillo.

—Me encontrarán en esta oficina. No estoy siempre,

pero si me envían una carta a esta dirección, la recibiré en cuestión de veinticuatro horas. Miss Lockhart, Mr. Garland..., ¿podrían adelantarme algo de lo que piensan hacer? ¿Aunque sea una leve indicación? Me estoy empezando a poner nervioso...

Frederick miró su rostro sonrosado y los cristales de sus gafas, que centelleaban a la luz de la cocina.

—Es comprensible —dijo—. Bien, llegado el momento, aléjese de este lugar, y por lo menos no le meterán una bala en el cuerpo. Mientras tanto, será mejor que siga donde está, ¿no le parece?

—Oh, muchas gracias, Mr. Garland. Muy agradecido, Miss Lockhart. Cualquier tipo de violencia me produce auténtico terror. Y Mr. Bellman tiene un temperamento colérico, se enfada con facilidad, se vuelve violento...

—Entiendo. Aquí tiene su abrigo y su sombrero —dijo Frederick, guiándole por la tienda en penumbra—. Le escribiremos, no se preocupe. Buenas noches, buenas noches.

Echó el cerrojo a la puerta y regresó a la cocina.

—¿Qué te ha parecido esto? —preguntó.

—No me creo una sola palabra —dijo Sally.

—Bien. Yo tampoco. ¿Que la violencia le produce auténtico terror? Pero si es el individuo más impasible que he visto en mi vida. Sería capaz de ordenar un asesinato con la misma tranquilidad con la que pide un plato de pescado en el restaurante.

—Exactamente, Fred. Ahora recuerdo que cuando vino a verme, Chaka le gruñó, y él ni siquiera parpadeó. Está mintiendo, seguro. ¿Qué pretende?

—Lo ignoro. ¿Quiere ganar tiempo? En todo caso, esto demuestra que estamos en el buen camino.

Tomó asiento frente a Sally y movió la lámpara de modo que la luz la iluminara. Sally le miraba muy seria.

—Sí —dijo—. Fred, lo que estábamos hablando cuando...

—Quiero aclararte una cosa a propósito de lo que dije el otro día de que no me gustabas y de que teníamos que dejar de trabajar juntos... No sé lo que dije, pero no hagas ningún caso. No puedo separarme de ti, Sally. Seguiremos juntos hasta el día en que nos muramos, y no quiero que sea de otra manera.

Entonces Sally sonrió. Fue una sonrisa tan alegre y espontánea, que a Frederick el corazón le dio un brinco.

—Sally... —dijo, pero ella le interrumpió.

—No digas una palabra más.

Se levantó con ojos brillantes y se inclinó para apagar la lámpara. Durante un instante, permanecieron los dos a oscuras, de pie a la débil luz del hogar. Sally hizo un movimiento involuntario hacia Fred, y de repente se abrazaron con torpeza y juntaron sus rostros en la oscuridad.

—Sally.

—Shhhh.... —susurró ella—. No digas nada. Tengo mis razones.

Entonces él la besó en los ojos, en las mejillas, en el cuello, en los orgullosos labios, y de nuevo intentó hablar, pero Sally le tapó la boca con la mano.

—¡No hables! —le musitó al oído—. Si dices una palabra más, yo... no podré..., oh, Fred, Fred...

Le agarró de la mano y tiró de él nerviosamente, con urgencia. Abrió la puerta que daba a la escalera, y al cabo de un momento se encontraban en su cuarto. Aunque el fuego del hogar se había consumido, los rescoldos mantenían la habitación todavía caliente. Frederick cerró la puerta con el codo y volvió a besarla. Temblando como niños, se abrazaron con fuerza y juntaron sus labios anhelantes, sedientos el uno del otro.

—Ahora —dijo Sally—, ni una palabra, ni una sola palabra…

Mr. Windlesham no se dirigió a la parada de coches de alquiler que había al final de la calle. Un carruaje le esperaba a la vuelta de la esquina. Subió en él, pero el carruaje no se movió enseguida. El cochero esperaba. Mr. Windlesham encendió una lámpara y llenó con sus notas un par de páginas de una libretita. El carruaje siguió sin moverse. Al cabo de un par de minutos, un hombre vestido de obrero salió de la callejuela que daba a Burton Street por la parte de atrás y golpeó la ventana con los nudillos. El caballo, percibiendo tal vez el extraño olor que desprendían las ropas del hombre (¿trementina? ¿pintura?), cabeceó.

Mr. Windlesham bajó el cristal de la ventanilla y sacó la cabeza.

—Todo listo, jefe —dijo el hombre en voz baja.

Mr. Windlesham se metió la mano en el bolsillo y le entregó una moneda.

—Bien —dijo—. Muchas gracias, y buenas noches.

El hombre se llevó la mano al sombrero a modo de saludo y se marchó. El cochero sacó el freno y levantó el látigo, y el carruaje partió en dirección oeste.

Un poco después, Frederick miraba a Sally, acostada junto a él. Estaba soñolienta, pero tenía los ojos brillantes y una expresión de placidez.

—Sally —dijo—, ¿te quieres casar conmigo?

—Desde luego.

—«Desde luego», dice. ¡Y ya está! Después de todo este tiempo…

—Oh, Fred, yo te quiero. Me ha llevado mucho tiempo saberlo. Lo siento muchísimo... Pensé que si me casaba, o si reconocía que te quería, no podría seguir con mi trabajo. Ahora me parece una tontería... Porque desde la noche pasada, desde que mataron a Chaka, he comprendido que el trabajo es una parte de mi vida, pero no toda mi vida. Y me he dado cuenta de lo mucho que te necesito. ¿Sabes en qué momento lo supe? Fue en el archivo de patentes...

Fred se rió, y Sally le mordió la nariz.

—No te rías —dijo—. Es cierto. No hay nadie como tú, nadie en el mundo entero... Oh, Fred, ahora soy otra persona. Todavía no estoy acostumbrada a pensar en estas cosas, y no sé hacerlas bien, pero lo intentaré. Y mejoraré, te lo prometo.

Las brasas se movieron y chisporrotearon sobre la rejilla de la chimenea.

—¿Te he dicho ya que te quiero? —dijo Fred—. Te quise desde el momento en que apareciste en aquella horrible carretera de la costa de Kent, con Mrs. Holland pisándote los talones. ¿Recuerdas la tienda de campaña en la que te escondiste?

—Me acuerdo muy bien. Oh, Fred, ha sido un camino tan largo...

Fred volvió a besarla, esta vez con más dulzura, y apagó la vela con los dedos.

—Hemos tenido suerte —dijo.

—Nos la hemos ganado —respondió Sally, y se acurrucó entre sus brazos.

El carruaje llevó a Mr. Windlesham hasta el número 47 de Hyde Park Gate, se detuvo para dejarle bajar y luego traqueteó hasta la cuadra que había en la parte de atrás.

Mr. Windlesham le entregó el abrigo y el sombrero al lacayo y entró un minuto más tarde en un amplio despacho.

—¿Y bien? —Axel Bellmann estaba sentado frente al escritorio.

—Está allí. Había una baraja de cartas sobre la mesa de la cocina. Es posible que hubieran estado jugando a algo, claro, pero tal como estaban dispuestas parecía como si alguien hubiese hecho unos trucos de magia. En cuanto entré, la chica las recogió, y cuando saqué a colación el tema de Escocia, el joven miró de reojo hacia las escaleras.

—¿Todo lo demás está preparado?

—Todo listo, Mr. Bellmann.

El empresario movió ligeramente su voluminosa cabeza, y en su rostro apareció la sombra de una sonrisa.

—Muy bien, Windlesham. ¿Quiere tomar un coñac conmigo?

—Muy amable de su parte, Mr. Bellmann.

Mr. Bellmann le sirvió una copa, y Mr. Windlesham se sentó pausadamente.

—¿Se tragaron su proposición? —preguntó Bellmann.

—Oh, no, en absoluto. Pero conseguí distraer su atención el tiempo necesario. —Saboreó su coñac—. ¿Sabe, Mr. Bellmann? La verdad es que esos dos me han impresionado favorablemente. Es una lástima que no podamos llegar a un acuerdo con ellos.

—Demasiado tarde para eso, Windlesham —dijo Axel Bellmann. Volvió a sentarse, sonriente—. Ya es demasiado tarde.

Jim no podía dormir. En el catre junto a la puerta, Mackinnon, plácidamente dormido, producía irritantes ronquidos. Jim tenía ganas de arrojarle una bota. ¡Qué frescura! De acuerdo, en la pelea había puesto su grano de arena, pero eso no le otorgaba el derecho a roncar. Jim maldecía en voz baja, incapaz de conciliar el sueño.

En parte era por lady Mary, desde luego. Aquel beso… Y saber que nunca se repetiría una ocasión así, tan extraña y fuera de lugar. Estaba loco por ella. Cómo podía haberse casado con… Mejor no pensar en eso. No servía de nada.

Su insomnio se debía también al dolor que le provocaba el corte en la mejilla. No entendía qué demonios le había hecho el médico para que le ardiera y le doliera tanto, hasta el punto de que se le saltaban las lágrimas. Lo único que le consolaba era pensar en el puñetazo que le había atizado a Harris.

Pero había algo más. Algo que no encajaba. Jim había estado dándole vueltas toda la tarde, y finalmente sabía de dónde le venía esa sensación de que algo iba mal. Eran los pintores. No era sólo que no los hubiera visto nunca antes, sino que por alguna razón, no parecían verdaderos pintores. Llevaban las ropas y los útiles adecuados, pero lo único que hacían era transportar cosas de un lado a otro y esperar a que él se marchara.

Aquello no olía bien.

Desde el principio, aquel maldito caso había sido una estupidez. ¿Quién iba a pagarles por los servicios prestados? ¿Acaso el Gobierno se sentiría tan agradecido que les pagaría los gastos? A la mierda los cabrones de Bellmann, Wytham y Mackinnon; que se pudrieran los tres en el infierno.

Ahora se sentía más despierto que nunca, alerta, con los nervios a flor de piel, como si hubiera una bomba a punto de estallar en la habitación y no pudiera encontrarla. Sus cinco sentidos estaban extraordinariamente agudizados: la pesada respiración de Mackinnon le alteraba los nervios; sentía las sábanas demasiado calientes, la almohada demasiado dura… No valía la pena seguir acostado, porque estaba claro que no conciliaría el sueño.

Con un golpe de cadera, sacó las piernas a un lado de la cama y buscó a tientas sus zapatillas. Bajaría a la cocina, se prepararía una taza de té y escribiría un rato. Cuando pasó por encima del catre de Mackinnon, éste se removió en sueños. Jim aprovechó para decirle en voz baja lo que pensaba de él, de los magos y de los escoceses en general. Descolgó su bata del gancho que había tras la puerta y salió al rellano.

Cerró la puerta con cuidado tras él y husmeó el aire. En efecto, había algo raro. Corrió hacia la ventana del rellano, que daba al patio, y abrió la cortina.

El patio estaba en llamas.

No daba crédito a lo que veía. Se frotó los ojos. El nuevo estudio ya no existía. En su lugar se levantaba una pared de

fuego que crepitaba sordamente; el montón de leña, los tablones, las escaleras y las carretillas de mano... todo estaba
envuelto en llamas. Horrorizado, miró hacia abajo y vio que
la puerta trasera caía al suelo ardiendo, y de dentro del edificio brotaban llamaradas...

Llegó en tres saltos a la puerta del cuarto de Fred y la
abrió de golpe gritando:

—¡Fuego! ¡Fuego!

La habitación estaba vacía. Se precipitó al piso de arriba:

—¡Fuego! ¡Despertad! ¡Fuego!

Luego fue corriendo a despertar a Webster y a Sally, que
dormían en el primer piso.

Frederick oyó el primer grito de Jim y se incorporó de inmediato. Sally, que dormía junto a él, se despertó sobresal-
tada.

—¿Qué ocurre? —preguntó.

—Jim —dijo él, al tiempo que cogía su camisa y sus pantalones—. Parece que hay un incendio. Levántate, amor
mío. Rápido.

Cuando abrió la puerta, se encontró con Jim que bajaba
como un rayo por la escalera. Jim se quedó estupefacto al
verle salir del cuarto de Sally, pero no se detuvo.

—Es un incendio tremendo —dijo, y aporreó la puerta
de Webster—. ¡Fuego, Mr. Webster! ¡Levántese ahora mismo! —gritó, metiendo la cabeza en el cuarto—. El nuevo
edificio está en llamas, y creo que la cocina también está ardiendo.

—Jim, sube corriendo arriba —dijo Frederick—. Cerció-
rate de que Ellie y la cocinera bajan lo más rápidamente posible... Oh, y Miss Meredith. ¿Se ha despertado Mackinnon? Que bajen todos al rellano.

Sólo había una escalera que conducía a la puerta de salida, atravesando la cocina. Frederick echó un vistazo y luego se volvió hacia Sally, que estaba en la puerta del dormitorio, medio dormida, despeinada y preciosa... La tomó en sus brazos y la apretó contra su cuerpo. Ella no opuso resistencia. Se besaron con más pasión que antes, pero no pudieron demorarse más de un par de segundos.

—Lleva las sábanas al otro cuarto —dijo él—. Voy a bajar para ver si podemos salir por la tienda.

Cuando llegó al pie de la escalera y buscó la puerta en la oscuridad, supo, sin embargo, que sería imposible. De la cocina llegaba el crepitar de las llamas. Incluso con la puerta cerrada, el calor era insoportable. Abrió unos centímetros la puerta, para asegurarse. Al momento comprendió que había cometido un error. Las llamas saltaron furiosamente sobre él, lo lanzaron hacia atrás y lo envolvieron. Resbaló, cayó al suelo y rodó hasta la cocina por la puerta abierta. Algo pesado le cayó sobre el cuello y se hizo añicos. Avanzó a tientas hacia la puerta, se levantó, salió a trompicones de la habitación y cerró de un portazo. Estaba envuelto en llamas.

Empezó a darse manotazos; se había quedado sin camisa, el pelo le chisporroteaba; se arrancó las mangas, que estaban ardiendo y se golpeó la cabeza para apagar el fuego que le había prendido en el cabello. Luego regresó como pudo al rellano.

—¡Fred! ¿Estás bien?

Era Jim, acompañado de Ellie, la criada, y de Mrs. Griffiths, la vieja cocinera. Las dos le miraban con cara de susto, temblorosas. Frederick no supo decir si estaba bien o no. Intentó hablar, pero no consiguió emitir ningún sonido, ahogado como estaba por el humo. Sally salió del cuarto de Webster y corrió hacia él con un grito de terror. Fred la apartó suavemente y le indicó con gestos que había que ponerse a atar sábanas.

—Sí, ya lo hemos hecho —dijo Sally.

Fred empujó a Ellie hacia ella, y luego a Mrs. Griffith. Sally, bendita sea, entendió de inmediato y se puso manos a la obra.

La habitación de Webster se encontraba sobre el viejo estudio, y daba a la calle. Frederick ignoraba si el fuego había llegado hasta allí. La habitación de Sally, sin embargo, estaba sobre la cocina, y allí el peligro era mayor. Llegó Mackinnon, temblando de miedo, y Frederick, que aún no podía respirar con normalidad, lo mandó de un empujón con los demás.

—Ayuda a las mujeres a salir… Hay que bajar por la ventana… La escalera no sirve.

—¡No me descolgaré por la ventana! No soporto las alturas.

—Entonces quémate —dijo Jim, y se volvió hacia Webster—. Tire su colchón por la ventana —le dijo— y luego arroje a este tipo encima. Oye, Fred —lo llevó a un lado—. Tenemos problemas aquí arriba —le dijo en voz baja—. Esa señorita como se llame se ha encerrado en su habitación y dice que no quiere salir, de ninguna manera. Oye, ¿estás bien?

Frederick asintió con la cabeza.

—Estaba un poco mareado —dijo con voz ronca.

—¿Dónde has estado?

—Abajo. Hay mucho humo. No se puede pasar. Vamos. Supongo que Bellmann es el responsable.

—Han sido los pintores —dijo Jim, mientras subían a toda prisa el primer tramo de escaleras—. Desde el primer momento me parecieron extraños. Tenía que haberme levantado antes de la cama; sabía que algo no iba bien. Oye, tienes un corte tremendo en el cuello, chico, ¿te has dado cuenta?

—Algo me cayó encima —murmuró Fred.

De repente oyeron un grito que venía de abajo, seguido de un estrépito. El suelo de la habitación de Sally se había derrumbado sobre la cocina.

—Espérame aquí —dijo Jim, y salió disparado.

Mackinnon ya estaba fuera, y Mrs. Griffiths se había descolgado valientemente por las delgadas cortinas, pero con Ellie tenían problemas. Colgaba a medio camino del suelo y era incapaz de seguir.

—¡Vamos! ¡No seas tonta! —le gritaba Sally, pero la aterrorizada chica se limitaba a parpadear y a boquear, agarrada a las sábanas.

—Tendrás que bajar con ella, Jim —dijo Sally.

—De acuerdo. Baja primero tú. Enséñale cómo se hace.

Cogió a Ellie por los hombros, la subió de nuevo a la habitación y la dejó caer en el suelo, lloriqueando. Luego ayudó a Sally a descolgarse.

—Llame a Fred. Dígale que se dé prisa —le dijo Jim a Webster.

Webster lo llamó y recibió una respuesta.

—Espero que lo consiga —dijo—. El edificio no resistirá mucho más. Subiré y le echaré una mano.

—Quédese aquí —dijo Jim—. Bajaré a Ellie y luego subiré e iré en su busca. Usted asegúrese de que los nudos no se desatan.

Webster hizo un gesto de asentimiento. Jim saltó al alféizar de la ventana con la agilidad de un mono.

—¿Todo bien, Sal? —preguntó mirando hacia abajo.

Las casas de enfrente estaban iluminadas como un teatro, y la gente empezaba a agolparse para contemplar el incendio. Sally se acercó a la casa y gritó que estaban bien. Jim se volvió hacia el interior.

—Venga, Ellie. Vamos a bajarte.

Ellie se subió rápidamente al alféizar, junto a él.

—Bien, ahora agárrate a las sábanas, así. Yo bajaré un poco, y luego dejo que te adelantes… Es una buena tela, no se romperá. La birlé en un hotel de lujo. Muy bien, buena chica.

Fue subiendo a medida que hablaba. Webster le esperaba arriba.

Frederick se vio obligado a detenerse al pie del último tramo de la escalera, porque el suelo se estaba hundiendo, o por lo menos eso parecía. El edificio crujía como un barco en mar abierto. Del estudio llegó el fragor de una explosión. «Los productos químicos —pensó Frederick—. Espero que Sally se encuentre a salvo…»

La estrecha escalera estaba oscura y se balanceaba (¿o era él?; le parecía estar soñando). Frederick consiguió subir, a pesar del calor. Arriba, todo estaba silencioso, como si el fuego se encontrara a kilómetros de distancia.

Le costaba respirar. Se estaba quedando sin fuerzas por momentos, sentía cómo se le escapaban, como un chorro de sangre. A lo mejor era la sangre lo que notaba. Levantó la mano y aporreó la puerta de Isabel.

—¡No! —la respuesta llegó ahogada—. Déjeme, por favor.

—Abra la puerta, por lo menos —dijo Frederick—. Estoy herido. No puedo luchar con usted.

Oyó cómo Isabel giraba la llave en la cerradura y apartaba la silla. Se abrió la puerta y apareció Isabel en camisón, con el pelo suelto y una vela en la mano. La cálida luz de la vela le confería un aspecto irreal. Frederick se sintió perdido, como si estuviera soñando.

—¡Oh! Está usted… ¿Qué le ha pasado? —gritó Isabel, y se apartó para dejarle pasar.

—Isabel, debe acompañarme. No tenemos mucho tiempo.

—Ya lo sé. No queda mucho, pero no voy a acompañarle. Han sido todos muy buenos conmigo. ¿Por qué tendría que escaparme?

Se sentó en la cama. Frederick observó el montón de papeles que había esparcidos por encima, escritos en negras letras de molde. Parecían cartas personales.

—Sí —dijo Isabel—, son sus cartas. He estado leyéndolas… Es lo que más feliz me hace. Aunque viva cien años, nunca me ocurrirá nada mejor. Y si los vivo, ¿qué puedo esperar? Soledad, amargura, pesar… No, no. Váyase, por favor. Déjeme, se lo suplico. Tiene que marcharse… por Sally.

Lo miraba con ojos brillantes, radiante de felicidad. A Frederick le daba vueltas la cabeza, y tuvo que agarrarse a la cajonera para no desplomarse. Las palabras de Isabel le llegaban claras, pero muy distantes, como una especie de daguerrotipo sonoro.

—Isabel, no sea estúpida. Si no piensa salir, por lo menos baje conmigo y ayúdeme a escapar —le dijo—. Todos han salido ya, y el edificio está a punto de venirse abajo. Sabe perfectamente que no puedo marcharme sin usted.

—Oh, es usted muy tozudo… Qué barbaridad. ¿Ha escapado él?

—Sí, ya se lo he dicho. Todos están fuera. Vamos, por el amor de Dios.

La emoción prestaba color a las mejillas de Isabel y la hacía parecer joven y guapa, tan ilusionada como una jovencita que se prepara para su primer baile, como una novia…

Fred se preguntó si no estaría ya muerto, si no sería esta una ensoñación del alma. Isabel dijo algo más, pero él ya no la oía. Un estruendo le retumbó en los oídos, como el de un incendio —bueno, sería el incendio—, y el suelo de la habitación empezaba a crujir.

Frederick corrió la cortina y abrió la ventana de guillotina. La habitación daba a la calle, al igual que la ventana del rellano... Si saltaban, tal vez podrían...

Se volvió a mirar la cama. Isabel estaba tendida con los brazos abiertos, con el rostro vuelto hacia él. El cabello le tapaba la mejilla y la barbilla, y sólo se le veían los ojos y la frente, pero estaba sonriendo. Parecía totalmente feliz.

De golpe, se dio cuenta de lo absurdo de la situación y se puso furioso. Dando traspiés, atravesó la habitación con la intención de arrastrar a Isabel hasta la ventana. Como ella no quería soltarse, Frederick se puso a arrastrar la cama, hasta que el dolor y el cansancio lo vencieron y se derrumbó sobre el lecho. Qué fácil sería rendirse ahora. Dios mío, cuánto esfuerzo para nada.

Hacía un calor terrible. Las llamas asomaban ya tras la puerta, y el suelo crujía y se combaba como la cubierta de un barco en medio de la tempestad. El ruido era ensordecedor; hasta sus oídos llegaba el rugido y el crepitar de las llamas. También se oían otros ruidos: música, incluso... campanadas...

Notó que una mujer le tomaba de la mano y se la apretaba con fuerza.

—¿Sally? —preguntó.

Era posible que fuera Sally, porque sólo ella se tumbaría junto a él. Sally era fuerte y valiente, encantadora, mejor que ninguna... Lady Mary era hermosa, pero Sally brillaba más que el sol. ¿Dónde estaría ahora?

Era curioso, pero sentía como si se estuviera ahogando

en el agua. Sentía dolor a su alrededor, pero no llegaba a tocarle realmente. Se encontraba rodeado por el dolor, intentando respirar, y el aire parecía agua al entrar en sus doloridos pulmones.

Entonces era eso, estaba a punto de morir.

Volvió el rostro hacia Sally para besarla por última vez, pero ella se apartó. No, no podía ser. Sally no haría eso. No era ella la que se encontraba allí. Era otra chica. Tenía que apartarse de ella y…

Llegó hasta la ventana, y el suelo se derrumbó.

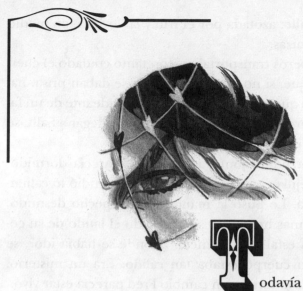

odavía era oscuro cuando sacaron su cadáver. Mientras los bomberos combatían el incendio, Sally esperó con los demás en la tienda que había al otro lado de la calle. Arrebujada en una capa que le habían prestado, agarraba la mano de Webster, sin decir palabra.

Habían seguido atentamente las operaciones de los bomberos. Al amanecer, empezó a llover, y esto fue de ayuda en las tareas de extinción; el fuego había ardido con tanta violencia que lo consumió todo, y entonces los bomberos pudieron entrar en los restos humeantes y empapados del edificio en busca de Fred y de Isabel.

Se oyó un grito procedente del edificio. Uno de los bomberos levantó la cabeza y miró por un instante hacia la tienda que había al otro lado de la calle. Sus compañeros corrieron a ayudarle.

Sally se incorporó y sacudió un poco la capa.

—¿Estás segura de que quieres ir? —le preguntó Webster.

—Sí —dijo. Le soltó la mano, se cubrió bien con la capa

y salió a la calle, azotada por el frío y la llovizna, en medio del olor a cenizas.

Los bomberos transportaban con tanto cuidado el cuerpo de Fred que, si no fuera porque no se daban prisa, habría pensado que estaba vivo. A la luz parpadeante de un farol, lo colocaron sobre una camilla y, al ver llegar a Sally, se apartaron. Uno de ellos se quitó el casco.

Sally se arrodilló junto a Frederick. Parecía dormido. Apretó la mejilla contra su rostro y le sorprendió lo caliente que estaba. Le puso la mano sobre el pecho desnudo, donde sólo unas horas antes había oído el latido de su corazón; ahora estaba en silencio. ¿Dónde se había ido?, se preguntó. Su cuerpo estaba tan cálido. Era un misterio. Sally se sentía muerta, y en cambio Fred parecía estar vivo.

Le dio un beso en la boca y se incorporó. El bombero que se había quitado el casco se inclinó sobre el cadáver y lo cubrió con una manta.

—Gracias —le dijo Sally, y se dio media vuelta.

Alguien le puso una mano en el hombro. Era Webster.

—He de irme —le dijo Sally.

Webster parecía haber envejecido de repente. Sally tenía deseos de abrazarlo, pero si se quedaba, se derrumbaría. Y tenía una misión que cumplir. Suavemente, apartó de su hombro la mano de Webster y, meneando la cabeza, se marchó.

Durante las cuarenta y ocho horas siguientes, por lo menos, Sally estuvo sumida en una suerte de trance. Una sola idea ocupaba su mente, no podía pensar en nada más…, salvo en un par de ocasiones en que el dolor penetró en su conciencia y estuvo a punto de arrollarla. Sin embargo, tenía una misión que cumplir, en nombre de Fred; por esta razón no podía permitirse sentir nada todavía.

No recordaría nada de aquel viaje al norte. Sin duda, debió de ir a casa para preparar el equipaje, porque llevaba una maleta consigo, y se había cambiado de ropa. Llegó a Barrow el domingo por la noche. Tenía una conciencia muy leve del entorno. Se dio cuenta de que el recepcionista del hotel enarcaba incrédulo las cejas al ver llegar a una señorita que viajaba sola, pero lo cierto es que no le importó lo más mínimo.

Se metió inmediatamente a la cama y durmió mal. Varias veces se despertó, a lo largo de la noche, y se sorprendió al notar que la almohada estaba mojada. ¿Era posible que experimentara emociones en sueños sin darse cuenta? Desayunó temprano, pagó la cuenta y puso rumbo a su destino. El sol se abría paso con dificultad a través de unas nubes cargadas de lluvia, tiñendo de dorado las sombrías calles. Como no sabía la dirección, se paraba a preguntar, pero era incapaz de retener las indicaciones en la memoria y tenía que preguntar de nuevo. Así, poco a poco, llegó a un extremo de la población, y allí, a la vuelta de una esquina, se encontró con el lugar donde había nacido el cañón de repetición a vapor, el imperio de Axel Bellman, las instalaciones de North Star.

La fábrica se encontraba en un estrecho valle repleto de acero y de humos, de vapores que se elevaban hacia el cielo y del estruendo de los martillazos; las vías del tren centelleaban al sol, que ya estaba más alto en el cielo. Una línea férrea que llegaba del sur atravesaba el complejo en dirección al norte. Entre la vía férrea y los edificios había una docena de vías muertas por donde una serie de locomotoras transportaban vagones de carbón, hierro o piezas de maquinaria. Los edificios, en su mayor parte de hierro y cristal, eran estructuras de aspecto ligero y delicado, y a pesar de las chimeneas y las locomotoras, todo se veía nuevo, limpio y reluciente.

A Sally, la fábrica le dio la impresión de ser una máquina inteligente y con una voluntad propia. Los hombres que veía —y el centenar que no podía ver— eran, más que individuos, piezas, ruedecillas o engranajes, movidos por una única mente que se albergaba —de eso estaba segura— en el edificio de tres plantas que se levantaba justo en el centro del valle, y que parecía un cruce entre una casa de campo moderna y confortable y una estación de ferrocarril. Desde la puerta principal, con su porche de estilo gótico que se abría directamente a una plataforma junto a una de las vías muertas, se podía contemplar perfectamente el corazón del valle. La plataforma estaba flanqueada por unos parterres limpios y cuidados, aunque en aquella época del año no tenían flores. Al otro lado del edificio se veía un camino bien aplanado para los carruajes que llevaba hasta una puerta más pequeña y daba la vuelta hasta un establo, donde en ese momento un chico estaba ocupado en rastrillar la gravilla. En lo alto del edificio había un asta de bandera desnuda.

Mientras contemplaba aquella escena tan activa, próspera y floreciente, Sally tuvo una sensación extraña; era como si de allí emanaran oleadas de maldad que enturbiaban el aire. Aquel era el lugar, pensó, donde fabricaban el arma más terrible que se había visto jamás. Y el oscuro poder que movía los hilos había entrado en su vida, había destruido lo que más quería en el mundo y lo había depositado a sus pies, sin vida. Y todo porque se había atrevido a preguntar qué estaba pasando. Quienquiera que fuera capaz de hacer algo así tenía que estar lleno de maldad, de una maldad que era casi palpable en los rayos de sol que reverberaban sobre el cristal, en las vías férreas, en el aire que temblaba encima de las chimeneas.

La sensación era tan intensa que por un momento desfalleció. Estaba aterrada, nunca en su vida había tenido tanto miedo. No era un miedo físico, iba más allá; le aterrorizaba la maldad a la que se enfrentaba. Pero había venido para enfrentarse a eso, así que cerró los ojos, inspiró profundamente y se tranquilizó. Lo peor ya había pasado.

Estaba de pie junto a un terraplén cubierto de hierba desde donde se dominaba el valle. Descendió unos pasos hasta un bosquecillo y se sentó sobre un tronco caído. Desde allí pudo contemplar más atentamente el valle.

A medida que transcurría la mañana, Sally fue viendo más detalles, y poco a poco empezó a entender el sistema de trabajo. Observó, por ejemplo, que ni las chimeneas de la fábrica ni las locomotoras de maniobra soltaban humo. Probablemente funcionaban con carbón de coque; eso explicaba que todo estuviera tan limpio. Sin embargo, las tres grúas que vio levantando tuberías de acero o chapas de hierro de los vagones de carga parecían funcionar con otro tipo de energía, tal vez hidráulica o eléctrica. Seguramente, todos los edificios del complejo, hasta el más alejado, disponían de electricidad. Cerca del complejo se veía un pequeño edificio de ladrillos del que salían un montón de cables, y cuando una locomotora de maniobra transportaba una carga hasta allí, no se acercaba mucho, sino que se detenía a un lado en una vía muerta, y allí la carga de los vagones era recogida por un tipo distinto de maquinaria que parecía alimentarse de una especie de cable en lo alto. Una de estas máquinas se quedó parada en una ocasión, y en lugar de dejar que la locomotora de vapor arrastrara los vagones, los engancharon a unos caballos.

Aquel edificio separado del resto tenía que ser el lugar donde almacenaban los explosivos, y por eso no permitían que las máquinas de vapor se acercaran, dedujo Sally. Se quedó observando, inmóvil, sin sentir nada, como si fuera sólo un ojo.

A media tarde, observó signos de un nuevo tipo de actividad en el edificio con el asta de bandera. Las ventanas del piso de arriba se abrieron, centelleando al sol, y en una de ellas apareció una criada, que al parecer estaba limpiando o quitando el polvo. Luego llegó un carretón de carga y descargaron algo. Dos de las chimeneas empezaron a sacar humo, y una criada —tal vez la misma de antes— salió a la plataforma y se puso a limpiar el llamador de la puerta. Finalmente, al anochecer, Sally vio lo que había estado esperando: una señal se movió en la línea férrea que venía del sur, se oyó el ulular de un tren que llegaba al valle y una locomotora que arrastraba un solo vagón entró en el laberinto de vías del complejo y se dirigió al edificio central.

La locomotora pertenecía a la Great Northern Company, pero el vagón era particular y estaba pintado de un bonito azul oscuro, con un emblema plateado en las puertas. La locomotora se detuvo junto a la plataforma y de la casa salió un hombre —una especie de criado o mayordomo— para abrir la puerta del vagón, de donde se bajó Axel Bellmann. Su figura corpulenta y su cabello de un rubio metálico bajo el sombrero de seda resultaban inconfundibles, incluso desde lejos. Bellmann entró en la casa, mientras dos criados se dedicaban a descargar el equipaje.

La locomotora se desenganchó del vagón y se alejó, dejando escapar una nube de vapor. A los dos minutos, de una puerta lateral de la casa salió una criada con utensilios de limpieza —una escoba, un recogedor, una bayeta— y subió al vagón. Poco después, en el asta del edificio ondeaba una bandera con el mismo emblema que lucían las puertas del vagón. Sally podía verlo ahora con toda claridad a la luz del sol poniente: era una estrella plateada.

Equipaje, criados, la casa... Estaba claro que había venido para quedarse. Sally no había imaginado que resultara tan sencillo.

Empezaba a sentir el cuerpo rígido y dolorido. También tenía hambre y sed, pero eso de momento no importaba. Sin embargo, la rigidez del cuerpo sí era importante. Se puso en pie y caminó bajo los árboles, sin dejar de contemplar la fábrica. A medida que las sombras se alargaban, la luz tras las ventanas parecía más brillante, y el ritmo de trabajo también se modificaba. Cuando el valle ya estaba en sombras, sonó una sirena; al cabo de unos minutos, un primer grupo de hombres atravesó las puertas del complejo para volver a su casa. Otro grupo, sin embargo, se quedó dentro, y ante cada edificio montaba guardia un vigilante nocturno. La zona de alrededor del almacén de explosivos estaba iluminada como el escenario de un teatro, seguramente con luces eléctricas. La luz que reverberaba en la blanca gravilla daba al lugar un aire irreal, como las escenas que se ven a través de la linterna mágica.

La noche era húmeda, y la hierba ya estaba impregnada de rocío. Sally recogió su bolso del suelo y se lo apretó sollozando contra el pecho, sin saber por qué.

Pensó en el rostro de Frederick, inmóvil bajo la lluvia, entre las cenizas…

La invadió una oleada de tristeza, de compasión y de dolor. El amor y la nostalgia que sentía por Frederick estuvieron a punto de derribar sus defensas. Abrumada por la pena que la ahogaba, pronunció su nombre en voz alta, pero en el último momento se agarró como a una tabla de salvación a la idea que la había llevado hasta allí. La oleada de dolor la atravesó y se alejó.

Tenía que moverse. Se abrió paso entre los árboles, concentrándose en los movimientos que hacía: levantar el pie izquierdo para sortear esas raíces, ahora subirse un poco la falda para que no se enganche en las zarzas… Se arrebujó en la capa, se alisó la falda y se encaminó hacia el valle en medio de la noche.

Tal como esperaba, había un vigilante en la entrada. Lo que no había imaginado era que el lugar fuera tan inmenso, que las puertas de hierro fueran tan macizas, que el cercado rematado de pinchos fuera tan sólido, que las luces fueran tan brillantes que iluminaran incluso el suelo de la garita del vigilante. El guarda llevaba un uniforme con el emblema de la North Star en el pecho y en la gorra. Al ver llegar a Sally, se acercó lentamente y con aire arrogante a la puerta, balanceando en la mano un pequeño bastón. La miró de arriba abajo con desconfianza, los ojos entrecerrados bajo la gorra. Pese a que sus sentimientos estaban muy lejos de allí, Sally no pudo evitar un escalofrío.

—Quiero ver a Mr. Bellmann —dijo a través de los barrotes.

—Tendrá que esperar hasta que yo reciba instrucciones de dejarla pasar —respondió el guarda.

—Por favor, ¿quiere avisarle de que Miss Lockhart está aquí y desea verle?

—No me está permitido abandonar mi puesto. No he recibido instrucciones para dejar entrar a nadie.

—Entonces, mándele un mensaje…

—No me diga cómo tengo que hacer mi trabajo…

—Ya va siendo hora de que alguien se lo diga. Si no le manda un mensaje a Mr. Bellmann ahora mismo, le aseguro que se arrepentirá.

—¿Y si no se encuentra aquí?

—Le he visto llegar. Dígale que Miss Lockhart está aquí. Avísele ahora mismo.

Sally le miró fijamente, y el hombre no tardó en volverse y meterse en la garita. Se oyó el sonido distante de un teléfono, pero el guarda no volvió a salir. Al poco tiempo, una luz se acercó desde la casa; era un criado con un farol. Cuando llegó a la puerta, echó una mirada de curiosidad a Sally y luego entró en la garita para decirle algo al guarda.

Al cabo de un minuto salieron los dos. El guarda abrió la puerta y Sally entró.

—He venido a ver a Mr. Bellmann —le dijo al criado—. ¿Puede conducirme hasta él, por favor?

—Sígame, señorita, y veré si Mr. Bellmann puede recibirla.

El guarda cerró la puerta y Sally siguió al criado, que la condujo hasta la casa por un sendero que pasaba entre las naves que guardaban la maquinaria y las vías muertas. Sus pasos hacían crujir la gravilla del sendero. Sally oyó un ruido que provenía de una de las naves a su izquierda; parecía que estuvieran haciendo rodar enormes rodillos de metal; un poco más lejos se oía una vibración continuada, como el pulso de un gigante, y de vez en cuando llegaban hasta ella ráfagas de martillazos y el rechinar de la piedra o el metal. Pasaron junto a un edificio que estaba algo apartado del sendero. Las puertas —inmensas hojas de metal que pendían de unos rodillos— estaban abiertas y dejaban ver una luz siniestra. Sally vio cómo caía un chorro de metal fundido y una lluvia de chispas que saltaba.

A Sally, aquellos sonidos le resultaban amenazadores y terribles. Le parecían ruidos inhumanos, monstruosos, procedentes de repugnantes instrumentos de tortura. Cuanto más se internaba en aquel universo de metal, fuego y muerte, más pequeña y frágil se sentía. Ahora ya notaba el hambre, la sed y el cansancio. La cabeza le dolía terriblemente, tenía los pies empapados, y debía de presentar un aspecto descuidado, de persona débil e insignificante.

Recordó que en una ocasión estuvo frente a las cataratas

de Schaffhausen, en Suiza, y se sintió sobrecogida ante el espectáculo. Percibió toda la fuerza de aquel salto de agua, y pensó que si cayera dentro, se vería arrastrada en un instante y desaparecería para siempre. Ahora sentía lo mismo. Esta inmensa empresa, capaz de mover millones de libras, de llegar a pactos secretos con poderosos gobiernos, de implicar a cientos o quizá miles de trabajadores…, funcionaba con una fuerza infinitamente más grande que cualquier cosa que ella pudiera hacer en su contra.

Pero eso no tenía importancia.

Por primera vez, se permitió pensar en Fred. ¿Qué haría si se enfrentara a algo mucho más poderoso que él? La respuesta le llegó de inmediato: mediría fríamente el alcance de sus fuerzas frente a las de su contrincante, y si el resultado le fuera desfavorable, bueno, pues así sería, pero eso no le haría desistir; soltaría una carcajada y atacaría igualmente. ¡Oh, cómo admiraba su animoso coraje! Y no se trataba de temeridad; él siempre era consciente del peligro, mucho más consciente, en realidad, que cualquier otra persona. Siempre sabía el peligro que corría, y por eso necesitó mucho más valor para hacer lo que hizo durante el incendio.

Entonces tropezó y cayó al suelo. Se puso a sollozar en medio del oscuro sendero, agarrando el bolso con fuerza. Incapaz de controlarse, se vio sacudida por espasmos y ahogada por las lágrimas mientras el criado permanecía de pie a unos pasos, sosteniendo el farol en alto. Al cabo de un minuto (¿o fueron más?) consiguió rehacerse, se secó los ojos con el arrugado pañuelo y le hizo un gesto al criado para indicarle que podían continuar.

Sí, pensó, eso es lo que haría Frederick: calcularía las posibilidades de triunfo y atacaría a pesar de todo, y lo haría alegremente, sin vacilar. Así que eso mismo haría ella, por el amor que le tenía a Fred, porque quería mostrarse digna de él. Se enfrentaría a Axel Bellmann aunque estuviera muerta de miedo; se comportaría como Fred y escondería la angustia que le agarrotaba las entrañas, ahora que el momento se acercaba. Estaba tan atemorizada que a duras penas podía poner un pie delante del otro.

Pero lo logró. Con la cabeza bien alta y las lágrimas rodándole por las mejillas, subió las escaleras tras el criado y entró en la casa de Axel Bellmann.

Bien entrada la mañana del domingo, Jim Taylor se despertó con un insoportable dolor de cabeza y unos pinchazos terribles en la pierna. Cuando se incorporó y consiguió sentarse en la cama, vio que tenía la pierna enyesada hasta la rodilla.

Al principio no sabía dónde se encontraba. Durante un minuto, no recordó absolutamente nada. Luego algo le vino a la memoria; se tumbó un instante sobre los mullidos almohadones y cerró los ojos. Recordó que Fred había vuelto en busca de esa zorra medio chalada, Isabel Meredith. Recordó que había forcejeado con Webster y Mackinnon y alguien más para ir tras él. Pero eso era todo.

Se volvió a incorporar de golpe. Estaba en una habitación cómoda, incluso lujosa, que no había visto nunca... Oía el tráfico de la calle y veía un árbol por la ventana... ¿Dónde demonios estaba?

—¡Eh! —gritó.

Vio que junto a la cama colgaba una cuerda para tocar la campana y tiró con fuerza de ella. Luego intentó sacar las piernas del lecho, pero el dolor le hizo desistir. Volvió a gritar.

—¡Eh! ¡Fred! ¡Mr. Webster!

Se abrió la puerta y entró un solemne personaje vestido

de negro. Jim lo reconoció: era el criado de Charles Bertram, Lucas.

—Buenos días, Mr. Taylor —saludó el hombre.

—¡Lucas! —dijo Jim—. ¿Es esta la casa de Mr. Bertram?

—Sí.

—¿Qué hora es? ¿Cuánto tiempo llevo aquí?

—Son casi las once de la mañana, Mr. Taylor. Lo trajeron a las cinco de la madrugada. Estaba usted inconsciente, según tengo entendido. Ya se habrá dado cuenta de que un médico le ha curado la pierna.

—¿Está Mr. Bertram? ¿O Mr. Garland? Y Mr. Mackinnon, ¿dónde está?

—Mr. Bertram está ayudando en Burton Street, señor. No podría decirle dónde se encuentra Mr. Mackinnon.

—¿Y Miss Lockhart? ¿Y Frederick? Me refiero al joven Mr. Garland. ¿Se encuentra bien?

El inexpresivo rostro del criado se contrajo en un espasmo de compasión, y Jim sintió como si se le clavara un puñal en el corazón.

—Lo siento muchísimo, Mr. Taylor, pero Mr. Frederick Garland falleció cuando intentaba sacar a una señorita del edificio en llamas…

De repente, los contornos de la habitación se disolvieron y todo se volvió borroso. Lucas se marchó, cerrando la puerta con cuidado, y Jim apoyó la cabeza en los almohadones y rompió a llorar con una desesperación que no sentía desde que era un chiquillo. Se vio sacudido por violentos accesos de llanto, interrumpidos de vez en cuando por gritos de furia y de incrédulo estupor. No podía creer que estuviera llorando, no podía creer que Fred hubiera muerto, ni que Bellmann siguiera por ahí tan campante después de lo que había hecho. Porque estaba claro lo que había ocurrido. Bellmann era tan responsable de la muerte de

Fred como si le hubiera clavado una daga en el corazón. Y pagaría por ello, por Dios que sí. ¿Cómo podía haberle pasado esto a Fred? Habían sobrevivido a tantas peleas, se habían tomado el pelo y se habían reído tanto juntos…

Le acometió otro acceso de llanto. En las novelas que Jim escribía y en las que leía, los hombres nunca lloraban, pero sí lo hacían en la vida real. Cuando Jim tenía diez años, su padre lloró cuando su esposa —la madre de Jim— murió de tisis; el vecino, Mr. Solomons, también lloró cuando el casero desalojó a su familia y los dejó a todos en la calle…, lloró y maldijo, y Dick Mayhew, el campeón de pesos ligeros, lloró cuando Bob Gorman el Batallador le arrebató el título. No había que avergonzarse de las lágrimas. Eran una muestra sincera de dolor.

Dejó que el llanto remitiera un poco y luego se incorporó y tiró otra vez de la cuerda para hacer sonar la campana. A pesar del dolor, se volvió de lado y apoyó los pies en el suelo. Lucas llegó enseguida con una bandeja.

—¿Y Miss Lockhart? —preguntó Jim—. ¿Sabes dónde se encuentra?

Lucas colocó la bandeja sobre la mesilla que había junto a la cama y la hizo girar hasta dejarla frente a Jim. Por primera vez, Jim se dio cuenta de que llevaba puesta una camisa de dormir de Charles, y observó que sobre la bandeja había una taza de té, tostadas y un huevo pasado por agua.

—Según le oí decir a Mr. Bertram, se fue de Burton Street poco después de que los bomberos sacaran el cadáver de Mr. Garland del edificio. Pero no sabría decirle adónde ha ido.

—¿Y Mackinnon? Perdona si ya te lo he preguntado antes, pero me siento bastante confuso. ¿Qué sabes de lo sucedido?

Mientras Jim se tomaba el té y untaba mantequilla en las tostadas, Lucas le explicó lo que sabía. A las cinco de la mañana, Webster envió un mensaje a Charles pidiéndole ayuda. Charles fue inmediatamente a Burton Street, y allí se encontró con que Jim necesitaba atención médica porque se había caído al trepar por las sábanas atadas para ayudar a Frederick. Lo envió inmediatamente a su casa, al cuidado de Lucas, y mandó llamar a un médico para que le mirara la pierna. Ahora seguía con Webster en Burton Street, y seguramente se quedaría allí un tiempo más. Sally había desaparecido, lo mismo que Mackinnon. Jim cerró los ojos.

—Tengo que encontrarlo —dijo—. ¿Mr. Bertram te ha contado algo de este asunto, Lucas?

—No, señor. Por supuesto, me daba cuenta de que sucedía algo raro. Mr. Taylor, debo advertirle que el médico que le enyesó la pierna insistió mucho en que no debía moverse. Mr. Bertram me pidió que le preparara una habitación y dispusiera lo necesario para una estancia larga, señor. Realmente, yo le aconsejo…

—Esto es muy amable de parte de Charles, y así se lo diré cuando lo vea, pero no puedo quedarme… Esto es urgente. ¿Me haces el favor de pedirme un coche de alquiler? Y necesito ropa, porque supongo que la mía estará quemada o algo así. Maldición, ahora recuerdo que iba en camisa de dormir. ¿Puedes buscarme algo que pueda ponerme?

Quince minutos más tarde, Jim, vestido con un traje de Charles que estaba lejos de ser de su talla, iba en un coche de alquiler de camino a Islington. Cuando el carruaje se detuvo frente a la casa de Sally, Jim le pidió al cochero que esperara. Ayudándose de un bastón que había tomado prestado de Lucas, subió los escalones y llamó a la puerta.

Al cabo de un momento, le abrió el casero de Sally. Era un viejo amigo; en los viejos tiempos, antes de la llegada de

Sally, había estado trabajando para Frederick y los conocía bien a todos. Parecía preocupado.

—¿Está Sally? —le preguntó Jim.

—No, se fue hace horas —dijo Mr. Molloy—. Llegó a eso de las cinco de la mañana, me parece, se cambió de ropa y se marchó. Tenía un aspecto terrible. ¿Qué ocurre, Jim? ¿Qué te ha pasado en la pierna?

—Escucha, amigo. Ha habido un incendio en Burton Street. Fred ha muerto. Siento decírtelo así, de golpe, pero es necesario que encuentre a Sally, porque se va a meter en un lío. ¿No dijo nada de a dónde iba?

El hombrecillo se había puesto pálido. Sacudió la cabeza, incrédulo.

—Mr. Fred... No puedo creerlo.

—Lo siento, amigo, pero así es. ¿Está tu mujer?

—Sí, pero...

—Dile que se quede aquí por si acaso vuelve Sally. Y si quieres echar una mano, lo mejor que puedes hacer es irte directo a Burton Street. Allí les irá bien un poco de ayuda. Ah, oye —se le acababa de ocurrir una idea, y echó un vistazo al vestíbulo—. ¿Tienes algún objeto que pertenezca a Sally?... Esto mismo servirá.

Descolgó del gancho que había junto a la entrada un gorro que Sally solía ponerse. Mr. Molloy contempló estupefacto la escena.

—¿Pero adónde vas? —preguntó—. ¿Qué ocurre, Jim?

—Tengo que encontrar a Sally —dijo Jim, y bajó cojeando como pudo las escaleras—. Échale una mano a Mr. Webster, es lo mejor que puedes hacer.

Se introdujo rápidamente en el coche de alquiler y apretó los dientes para no gritar de dolor.

—A Hampstead —le dijo al cochero—. Kentons Gardens, número quince.

• • •

Cuando le abrió la puerta, la casera de Mackinnon reconoció a Jim del día anterior y retrocedió asustada.

—No se preocupe, señora —dijo él—. Hoy no habrá jaleo. ¿Está Mr. Mackinnon?

La mujer asintió.

—Sí, pero…

—Muy bien, entonces entraré, si me lo permite. ¡Espéreme aquí! —le gritó al cochero, y entró cojeando en la casa. El dolor le provocaba sudores fríos. Se sentó en el escalón para ir subiendo sentado. La casera lo miraba con la boca abierta.

Cuando llegó a la puerta de la habitación de Mackinnon, se puso otra vez en pie y golpeó fuertemente con el bastón.

—¡Mackinnon! —gritó—. ¡Déjeme entrar!

Nadie respondió. Jim golpeó la puerta de nuevo.

—¡Vamos, ábrame! Por el amor de Dios, Mackinnon, soy Jim Taylor. No le haré daño… Necesito su ayuda.

Se oyó un arrastrar de pies y el sonido de una llave que giraba en la cerradura. La puerta se abrió y Mackinnon sacó la cabeza. Estaba pálido y soñoliento, y miraba con desconfianza. Jim estuvo a punto de perder los estribos. ¡Había tanto que hacer, y ese miserable gusano se había puesto a dormir! Hizo un esfuerzo por controlarse.

—Déjeme pasar, ¿quiere? Necesito sentarme…

Fue cojeando hasta una silla. Estaba claro que la casera se había dado prisa en reponer los muebles. En la habitación todavía se veían las señales de la pelea del día anterior, pero en cambio la cama y el armario eran nuevos.

—¿A dónde ha ido Sally? —preguntó Jim—. ¿Tiene usted idea?

—No —dijo Mackinnon.

—Bueno, pues tenemos que encontrarla. Y hay un truco, no sé cómo se llama… Bueno, no es un truco, sino una especie de cosa paranormal… Lo he leído en alguna parte. Me han dicho que tiene usted poderes, por lo menos en ocasiones. Tenga esto.

Le entregó a Mackinnon el gorro de Sally. Este lo tomó, se sentó en la cama y colocó el gorro junto a él.

—Lo que he leído es que cogen un objeto que pertenece a otra persona, se concentran en él y entonces saben dónde se encuentra esa persona. ¿Es cierto eso? ¿Usted puede hacerlo?

Mackinnon asintió con la cabeza.

—Sí —dijo. Se pasó la lengua por los labios resecos—. A veces, pero…

—Entonces hágalo. Esto es de Sally. Lo lleva muy a menudo. Tiene que averiguar dónde está ella ahora, y tiene que hacerlo ya. Adelante, no le interrumpiré. Sin embargo, si tuviera por aquí un poco de coñac, no le diría que no…

Mackinnon dio una ojeada a la pierna de Jim y sacó un frasco de plata de la mesilla de noche. Jim echó un buen trago. Se quedó sin respiración cuando el líquido le quemó la garganta. Mackinnon tomó el gorro.

—De acuerdo —dijo—, pero no le garantizo nada. Si no veo nada, no puedo decir nada. Y este no me parece el mejor momento para… De acuerdo. Deje que me concentre.

Jim sentía unos pinchazos terribles en la pierna y un fuerte dolor de cabeza. Echó otro trago del frasco —dejando esta vez que el líquido bajara más lentamente— y cerró los ojos, igual que el mago. Un trago más. Enroscó el tapón del frasco y se lo metió en el bolsillo.

—Norte —dijo Mackinnon, al cabo de un minuto—. Va hacia el norte. Creo que está en un tren. Veo un emblema de plata. ¿Una estrella, tal vez? Sí, en efecto. Supongo que puede tratarse de su destino.

—North Star —dijo Jim—. Tiene sentido. ¿Y cree que va hacia el norte?

—Sin ninguna duda.

—¿A dónde?

—Todavía está de viaje. Esto no es una ciencia exacta, ¿sabe?

—Soy consciente de eso. ¿Pero puede decirme si es en dirección noreste o noroeste? ¿O si es muy al norte?

—La sensación se debilita. No tiene que hacer tantas preguntas —dijo Mackinnon en tono muy serio—. Ahora ya ha desaparecido. —Dejó caer el gorro sobre la cama y se puso en pie.

Jim se levantó, apoyándose en el bastón.

—Muy bien. Entonces vístase —dijo—. No sé en qué momento se marchó usted de Burton Street. Tal vez ignore que Frederick ha muerto. El mejor compañero que he tenido jamás; nunca encontraré otro igual. Y ahora Sally se ha ido y está en peligro, y nosotros dos, juntos, la vamos a encontrar. No sé lo que haría si ella también falleciera, porque la quiero. ¿Entiende, Mackinnon? ¿Sabe lo que es el amor? La quiero como quería a Fred, como a una amiga. Dondequiera que ella vaya, iré yo, y usted vendrá conmigo, porque por su culpa ellos se metieron en este lío. Así que vístase y páseme la guía Bradshaw.

Mackinnon se había quedado sin habla. Le entregó la guía de ferrocarriles y empezó a vestirse. Jim pasó las páginas con manos temblorosas y miró los horarios de los trenes que iban hacia el norte en domingo.

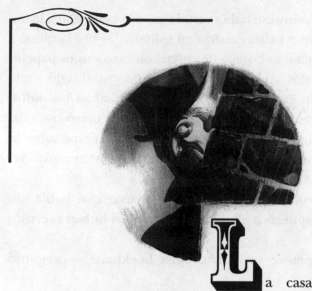

La casa de Bell-
mann estaba profusamente amueblada con muebles caros,
y hacía demasiado calor. El criado le pidió a Sally que aguar-
dara un momento en el vestíbulo y le ofreció una silla, pero
se encontraba demasiado cerca del radiador y Sally prefirió
esperar de pie junto a la ventana, ya que no quería mitigar
la frialdad interior que sentía.

Al cabo de un par de minutos, el hombre regresó y le
dijo:

—Mr. Bellmann la recibirá ahora, Miss Lockhart. Sígame, por favor.

En ese momento, el reloj dio nueve campanadas. Sally se
sorprendió de que fuera ya tan tarde. ¿Acaso estaba perdiendo la memoria? Se sentía cada vez más apartada del
mundo. Las manos le temblaban y notaba en las sienes el latido del pulso.

Siguió al criado por un pasillo alfombrado y se detuvo
tras él ante una puerta. El criado llamó con los nudillos.

—Miss Lockhart, señor —dijo, y se apartó para dejarla
pasar.

Axel Bellmann se había vestido para la cena. Daba la impresión de que había cenado en solitario. Sobre la mesa, a su lado, había una botella de coñac, un vaso y unos papeles desparramados. Al ver a Sally se levantó y se dirigió a ella con la mano extendida. A Sally le retumbaban los oídos. Oyó un golpe apagado cuando la puerta se cerró tras ella. El bolso se le escapó de las manos y cayó de golpe sobre la mullida alfombra. Bellmann se inclinó al instante para recogerlo y la condujo hasta una silla.

Sally enrojeció de vergüenza al pensar que había ido hasta allí dispuesta a abofetearle. ¡Como si hubiera servido de algo!

—¿Le apetece un coñac, Miss Lockhart? —preguntó Bellmann.

Sally negó con un movimiento de cabeza.

—¿Le apetece algo caliente? Habrá cogido frío ahí fuera. ¿Quiere que pida un poco de café?

—No quiero nada, gracias —consiguió decir.

Bellmann tomó asiento frente a Sally y cruzó las piernas. Ella echó un vistazo a su alrededor. En la habitación hacía todavía más calor que en el vestíbulo, porque además del enorme radiador de hierro que había bajo la ventana, en el hogar ardía un vivo fuego. Sally observó que el combustible era carbón de coque. Los muebles eran nuevos, los grabados de las paredes representaban escenas de cacería, la caza del zorro, y sobre la repisa de la chimenea y entre las ventanas colgaban diversos trofeos: cornamentas, la cabeza de un ciervo, la cabeza de un zorro. Una de las paredes estaba totalmente forrada de estanterías llenas de libros que no parecían haber sido abiertos nunca. En conjunto, la habitación tenía el aspecto de haber sido decorada por catálogo, con todos los accesorios habituales en el estudio de un caballero de buena posición, pero sin el trabajo de ir reuniéndolos uno por uno.

Sally dirigió la mirada a Bellmann y vio sus ojos. Estaban llenos de compasión.

De repente, se sintió como si la hubieran despojado de sus ropas para arrojarla en medio de una tormenta de nieve. Contuvo la respiración y apartó la mirada, pero al momento volvió a dirigir la vista a él y vio que no se había equivocado: o ella no sabía interpretar una expresión, o en aquellos ojos se leía compasión, ternura y comprensión. Y también pudo leer su fuerza, una fuerza que no veía desde que era pequeña, cuando despertaba de una pesadilla y se abrazaba a su padre y podía ver en sus ojos llenos de ternura que no debía temer nada, que estaba a salvo, y que no había nada amenazador en el mundo.

—Usted ha matado a Frederick Garland —susurró con voz temblorosa.

—¿Usted lo amaba? —preguntó Bellmann.

Sally asintió, incapaz de contestar.

—Entonces seguro que merecía su amor. La primera vez que vino usted a verme ya advertí que era una mujer extraordinaria. El hecho de que haya vuelto en este momento demuestra que estaba en lo cierto. Miss Lockhart, ahora podrá saber la verdad. Pregúnteme lo que quiera y le prometo que le diré la verdad. Toda la verdad, si usted lo desea.

—¿Mató usted a Nordenfels? —preguntó. Fue la primera pregunta que se le ocurrió.

—Sí.

—¿Por qué?

—No estábamos de acuerdo sobre el futuro del autorregulador. Para él era algo repugnante, y quería destruir todos los planos para que nunca llegara a fabricarse. Yo lo veía como un instrumento que podía contribuir al bien de la humanidad. Nos peleamos y nos batimos en duelo como caballeros, y él perdió.

Hablaba en un tono calmado que parecía sincero, pero que no guardaba relación con sus palabras. A Sally no le encajaba el tono con las cosas que decía.

—¿El bien de la humanidad?

—¿Quiere que se lo explique?

Ella asintió.

—Se trata sencillamente de que el autorregulador es demasiado terrible para usarlo. Una vez hayamos fabricado un número suficiente de artefactos, se acabarán las guerras y la civilización se desarrollará en paz y en armonía por primera vez en la historia.

Sally hizo un esfuerzo por entender cómo sería posible algo así.

—¿Fue usted quien hizo que desapareciera el *Ingrid Linde*? —preguntó.

—¿Se refiere al barco de vapor? Sí, fui yo. ¿Quiere saber cómo lo hice?

Sally asintió con un movimiento de cabeza. No tenía palabras.

—Como la mayoría de los barcos de vapor, tenía una planta de producción de gas en la sala de máquinas. Una planta de gas Capitaine, para ser más exactos. Quemaba carbón a fin de producir gas para la iluminación, y el gas se almacenaba en un gran tanque de metal capaz de expandirse. En aquella misma sala de máquinas, en el mando principal, había un contador automático, un mecanismo de alta seguridad que marcaba cada vuelta del motor y le indicaba al técnico cuándo tenía que engrasar los cojinetes. Bien, pues yo soldé una serie de pernos dentro de ese contador de forma que quedaran alineados cuando el motor hubiera dado un número de vueltas determinado, el número que indicaba que el barco se encontraba ya en alta mar. En ese momento, se completaría un circuito eléctrico que haría saltar una chispa de una bujía que yo había colocado previamente dentro del tanque de gas. Naturalmente, yo no estaba allí para comprobarlo, pero parece que el mecanismo funcionó perfectamente, ¿no le parece?

Sally tenía náuseas.

—¿Pero por qué lo hizo?

—En primer lugar, porque así precipitaba el hundimiento de la compañía Anglo-Baltic, algo que necesitaba por razones financieras. Usted lo sospechó cuando vino a Baltic House; fue usted muy astuta, pero no podía conocer la segunda razón. Y es que a bordo del barco viajaba un representante del gobierno mexicano, encargado de llevar a Moscú unos documentos que habrían provocado la retirada del apoyo de los rusos a mi proyecto. Esto habría resultado desastroso. En estos momentos, estoy a punto de firmar un contrato con el mismo gobierno mexicano, de forma que todos hemos salido beneficiados: los trabajadores, sus familias y sus hijos, un montón de personas, tanto aquí como en México. En Barrow hay niños de familias obreras que podrán comer y asistir a la escuela gracias a lo que hice. En México hay familias que podrán acceder a medicinas, agua potable y medios de transporte para la producción de sus granjas, seguridad, educación…, todo gracias a que yo hice que el *Ingrid Linde* se hundiera. Fue un acto totalmente humanitario, y si tuviera que volver a hacerlo, lo haría sin dudarlo un instante.

—¿Y qué hay de los inocentes que murieron?

—No puedo decir que me importe la muerte de personas que nunca llegué a conocer. A nadie le importa la muerte de desconocidos, y los que dicen lo contrario, mienten. Creo que ustedes los llaman farsantes. No, le prometí que le diría la verdad, y la verdad es esta: no me importó causar la muerte de esas personas. Si yo no hubiera hundido el barco, habrían muerto muchas más a causa del hambre, la pobreza, la ignorancia y la guerra. Fue un acto de caridad.

Aunque estaba sentada, Sally se sintió mareada. Cerró los ojos y se esforzó por controlar sus náuseas; intentó pensar de nuevo en Fred y recordar por qué estaba allí y con qué propósito.

—¿Y qué hay de sus relaciones con el Gobierno británico? —preguntó—. Mr. Windlesham vino a vernos a Burton Street el sábado por la noche y nos dio los nombres de algunos altos funcionarios que estaban comprados. ¿Es necesario que trabaje así? ¿Y por qué vino a vernos Mr. Windlesham? Dijo que la North Star estaba a punto de hundirse, pero no le creímos. Yo creo que usted lo envió.

—Por supuesto que lo envié. Fue para que les espiara. Pero me ha preguntado usted por el Gobierno. Es un asunto muy delicado, muy interesante... Usted ya sabe, sin duda, que los gobiernos siempre hacen las cosas importantes a escondidas, de espaldas a la opinión pública. Lo cierto es que hay muchos asuntos que ni los propios ministros conocen, ni siquiera los de los ministerios más directamente afectados. Esto ocurre en todos los países, desde luego, pero especialmente en Gran Bretaña. Gracias a los contactos que me proporcionó lord Wytham (él, por supuesto, desconocía mis intenciones), ahora manejo los hilos que mueven el verdadero poder en Gran Bretaña. Pero quiero que entienda una cosa, Miss Lockhart: en el noventa y nueve por ciento de los casos, este poder secreto, esta autoridad invisible por la que nadie ha votado, se ejerce para bien, funciona en provecho del ciudadano de a pie. El ciudadano corriente no lo entendería, pero su vida es mejor en muchos aspectos gracias a este control benevolente, a esta mano paternal que le guía y le protege desde la sombra. Entre los hombres que detentan el auténtico poder —y que, como le he dicho, no son siempre los que el mundo considera poderosos—, existe una suerte de camaradería, un ideal de servicio, casi una francmasonería. ¿Ha mejorado la vida de los empleados de la North Star? ¿Es mejor ahora que cuando fabricaban locomotoras? Por supuesto que sí. Vaya a verlos a sus hogares. Visite las escuelas. Inspeccione el hospital que acabamos de construir. Contemple un partido de fútbol en los nuevos campos de deporte que tenemos. Verá prosperidad, salud y bienestar. Ellos no saben la razón, pero usted y yo la conocemos. Y cuando las guerras hayan llegado a su fin, cuando la paz reine en el mundo entero, tampoco sabrán por qué; lo atribuirán todo a la evolución de la mente humana o a la mejora del sistema económico, o a una mayor asistencia a las iglesias, o a un mejor sistema de alcantarillado. Pero nosotros sí sabremos lo que ha ocurrido. Sabremos que la razón es esta arma demasiado terrible para ser utilizada. No importa que no lo sepan, sin embargo; lo único que importa es que disfruten de los beneficios.

Sally permanecía en silencio, con la cabeza gacha. Todo aquello se le escapaba.

—¿Y qué es lo que usted busca?

—Oh, el poder —dijo él—. El poder es muy interesante. ¿Quiere que le diga por qué? Pues porque puede utilizarse para infinidad de propósitos. El dinero, por ejemplo. Con el dinero, que es poder económico, contratamos hombres —poder muscular— para construir una fábrica, y en la fábrica quemamos carbón, poder de combustión, y convertimos el agua en vapor, introducimos el poder del vapor en los cilindros de una máquina y lo convertimos en poder mecánico, y con él fabricamos más máquinas y las vendemos para obtener de nuevo poder económico. O con esas máquinas de vapor construimos un dique para contener grandes cantidades de agua, fabricamos tuberías y válvulas para que el agua pase a través de ellas con ímpetu y haga girar una dinamo, de manera que el poder económico se transforme en poder eléctrico... Las transformaciones pueden ser infinitas. Otra palabra es energía, por supuesto. Hay un poeta inglés —por lo menos eso dice Windlesham, porque yo no tengo tiempo para leer poesía— que escribió que «la energía es eterno gozo». Yo no podría expresarlo mejor. Tal vez para eso sirven los poetas.

Sally no supo qué responder. En lo más íntimo, sabía que todo aquello era una terrible mentira, que había argumentos para refutar todo lo que Bellmann decía, pero en ese momento no se le ocurría ninguno. Él era muy fuerte, y ella estaba demasiado cansada. Cabeceó, y luego se repuso, irguió la cabeza y se obligó a mirarle a los ojos.

—Está usted equivocado —dijo con voz apenas audible—. Está equivocado respecto a la gente. Yo sé lo que dicen. Sus trabajadores detestan el cañón de repetición a vapor. Saben lo que significa y lo odian. Usted lo mantiene en secreto por una única razón, por miedo a lo que diría la gente si supiera lo que es. Usted sabe que el pueblo británico no lo toleraría si supiera claramente lo que es en realidad: el arma de un tirano, el arma de un cobarde. Se equivoca con nosotros, Mr. Bellmann. Se equivoca con sus trabajadores y se ha equivocado conmigo.

—Oh, no me he equivocado con usted —dijo Bellmann—. La encontré admirable desde el primer momento. Tiene usted valor, pero es demasiado inocente. ¿Quiere que le diga la verdad sobre estos británicos que ha mencionado? Si supieran la verdad, no les importaría. No tendrían ningún escrúpulo en fabricar el arma más terrible jamás inventada; no les importaría en absoluto, ni siquiera pensarían en ello. Sólo quieren cobrar su paga, pasarlo bien en el partido, sentirse orgullosos de sus hijos. De hecho, están orgullosos de esta arma, quieren ponerle la bandera británica y cantarle canciones en los cafés teatro. Oh, también hay algunos idealistas y pacifistas, pero son inofensivos. No hay lugar para ellos. La mayoría se comporta como yo le digo, y no como me dice usted. La realidad está de mi parte. Le he prometido la verdad, y es esta.

Sally comprendió que tenía razón.

Miró de nuevo a Bellmann, plácidamente sentado con las piernas cruzadas y las manos apoyadas en los brazos de la butaca. Se le veía relajado, convencido de su importancia. Su cabello tenía un brillo dorado a la luz de la lámpara; ahora veía que su rostro era liso, sin arrugas, y desprendía una extraña sabiduría que, sin embargo, contenía también un humor burlón, como si dijera: «El dolor, el sufrimiento y la tristeza existen, sí, pero no lo son todo, son pasajeros. El mundo es placentero como el juego de los rayos del sol sobre el agua. La energía es eterno gozo...».

Se quedaron un minuto sin decir nada.

—Mire —dijo Bellmann, rompiendo el silencio—, cometí un error al pedir la mano de lady Mary Wytham. Es muy hermosa, y las relaciones que puede aportarme serían de gran utilidad, pero ha sido un error de todas formas, porque me ha empujado a emprender la ridícula persecución de ese payaso escocés, Mackinnon..., bueno, usted ya conoce la historia. Ahora es demasiado tarde para hacer nada; el compromiso ha quedado roto. Wytham será quien sufra más, pero la culpa es suya. Me pregunto... Se me ocurre una idea, Miss Lockhart. Puede que le parezca una broma, pero es algo más que eso. Y se trata de lo siguiente: usted es el tipo de mujer con la que yo debería casarme. Es fuerte, valiente, inteligente, ingeniosa. La belleza de lady Mary se marchitará. Usted no es tan llamativamente guapa, pero su belleza proviene de la inteligencia y el carácter, y aumentará con los años. Usted es mi igual y yo soy su igual. Hemos estado luchando el uno contra el otro, y ahora nos conocemos mejor. ¿Puedo hacerle una pregunta? ¿No ha surgido algo de respeto de aquella enemistad que sentía hacia mí?

—Sí —dijo Sally. Bellmann la miraba fijamente y ella no se atrevía a moverse.

—Disentimos en muchas cosas, y eso es bueno —siguió Bellmann—. Tiene usted un espíritu independiente. Es posible que consiga hacerme cambiar de opinión en algunas cosas; en otras, tal vez yo consiga convencerla para que comparta mi punto de vista. De una cosa estoy seguro: no será usted un objeto decorativo, que sería lo máximo que podría pedírsele a lady Mary. Aunque hubiera podido casarse conmigo, no creo que hubiese sido feliz. En cambio, creo que para usted, Miss Lockhart, la felicidad es en todo caso algo secundario. Lo que le interesa sobre todo es tener una actividad y un propósito. Y puedo asegurarle que en este sentido tendrá todo lo que desea. ¿Entiende lo que le digo? Le estoy pidiendo que sea mi esposa, le propongo que se case conmigo, y más que eso, que sea mi aliada, mi socia. Juntos, usted y yo, seremos capaces de todo... ¿Y quién sabe? En los escasos momentos en que esté libre de trabajo, cuando tenga ocasión de recuperar el aliento, puede que experimente una sensación difícil de explicar, una sensación que es el resultado del trabajo y que podría denominarse felicidad. Miss Lockhart —se inclinó hacia delante, estiró los brazos y tomó las manos de Sally entre las suyas—, ¿quiere usted casarse conmigo?

Sally se sintió aturdida.

Estaba preparada para enfrentarse con la cólera, el desprecio y la violencia, pero esto la dejaba sin aliento. La cabeza le zumbaba. Dejó las manos entre las de Bellmann. Ahora que se estaban tocando, percibía más que nunca la fuerza de aquel hombre. Tenía una personalidad magnética, desprendía tanta energía que el contacto con él resultaba electrizante, su mirada la mantenía paralizada, y sus palabras resultaban irresistibles. Tuvo que hacer un esfuerzo para deshacerse de aquel hechizo. Finalmente, pudo abrir la boca.

—Yo... —La interrumpió una insistente llamada a la puerta.

Bellmann soltó las manos de Sally y miró a su alrededor.

—¿Sí? ¿Qué ocurre?

El criado abrió la puerta y apareció Alistair Mackinnon. Sally se recostó en la butaca, a punto de desmayarse.

Era evidente que el hombre estaba aterrorizado. Tenía las ropas empapadas —afuera estaría lloviendo con fuerza— y se sujetaba el sombrero con una mano temblorosa. Su mirada fue de Sally a Bellmann, y otra vez a Sally. Luego fijó sus asustados ojos abiertos en el empresario.

—He venido a buscar... a Miss Lockhart —dijo con voz débil.

Bellmann no se movió.

—No entiendo —dijo.

—Miss Lockhart —Mackinnon apartó la mirada de Bellmann y miró a Sally directamente—, Jim Taylor y yo hemos venido para acompañarla a casa. Jim está herido. Se ha roto la pierna. No podía venir caminando hasta aquí y se ha quedado en la entrada. Hemos venido porque —de nuevo su mirada se posó en Bellmann, y luego en Sally— ahora ya puede marcharse —concluyó.

Sally comprendió el valor que Mackinnon había tenido que reunir para entrar en la casa del hombre que había querido matarle, y esto le dio fuerzas para hablar.

—Es demasiado tarde, Mr. Mackinnon —dijo.

Hizo lo posible por sentarse bien erguida, igual que Susan Walsh cuando fue a visitarla a su oficina. El esfuerzo estuvo a punto de provocarle un desmayo. Intentó controlar la voz y prosiguió:

—Mr. Bellmann acaba de pedirme que me case con él, y estoy a punto de decidir si acepto o no. —El rostro de Mackinnon expresaba incredulidad. Sally mantuvo la mirada apartada de Bellmann—. Todo depende de si se lo puede permitir o no. Casarse conmigo le costará tres mil doscientas setenta libras, la suma que hace un tiempo intenté que me entregara. Entonces no tenía nada que darle a cambio. Pero ahora que ha expresado su interés en casarse conmigo, puede que la situación haya cambiado, no lo sé.

Mackinnon se había quedado sin habla. Percibía la corriente eléctrica que fluía entre Bellmann y Sally, y esto lo desarmaba. Su mirada voló de nuevo hacia Bellmann, y se sobresaltó cuando el sueco soltó una carcajada.

—¡Ja, ja, ja! Yo estaba en lo cierto. ¡Es usted la pareja adecuada para mí! Por supuesto, tendrá el dinero. ¿Lo quiere en monedas de oro? ¿Ahora mismo?

Sally asintió con un movimiento de cabeza. Bellmann se puso en pie y tanteó la cadena del reloj en busca de una llave. Cuando dio con ella y abrió una caja fuerte que había detrás del escritorio, Sally y Mackinnon le vieron sacar de ahí tres bolsitas selladas y arrojarlas sobre la mesa. Luego abrió una bolsita tras otra y las puso boca abajo, dejando escapar un chorro de brillantes monedas sobre el secante. Contó rápidamente las monedas equivalentes a tres mil doscientas setenta libras, volvió a meterlas en las bolsitas y las empujó hacia Sally.

—Son suyas —dijo—. Hasta el último penique.

Sally se puso de pie. La suerte estaba echada; ahora no

podía retroceder. Recogió las bolsitas de oro y se las entregó a Mackinnon. Las manos le temblaban más que a él.

—Hágame este favor —le dijo—. Entréguele este dinero a Susan Walsh, en Benfleet Avenue, número tres, Croydon. ¿Se acordará?

Mackinnon repitió en voz alta el nombre y la dirección. Luego dijo con voz desconcertada:

—Pero Jim... me ha hecho venir hasta aquí... No puedo...

—Shhhh —dijo Sally—. Ahora todo ha terminado. Voy a casarme con Mr. Bellmann. Váyase, por favor. Dígale a Jim..., no, no le diga nada. Márchese.

Mackinnon parecía perdido. Echó una última mirada a Bellmann, hizo un débil gesto de saludo y se marchó.

Cuando desapareció tras la puerta, Sally se hundió de nuevo en la butaca. Bellmann se apresuró a arrodillarse a su lado y le tomó de las manos. Era como si se hubiera desatado una fuerza de la naturaleza, pensó Sally, como si aquel poder del que hablaba, con todos esos cambios y transformaciones, se hubiera concentrado en él; como si encarnara el poder del vapor, el poder de la electricidad, el poder mecánico y el poder económico. Bellmann le besó las manos una y otra vez, con unos besos que a Sally se le antojaban cargados de electricidad, como aquellos cables crepitantes que vio junto a las vías del tren cuando atravesaba el valle hacia la casa.

Pero ahora ya estaba hecho. Todo estaba a punto de acabar.

—Estoy cansada —dijo—. Quiero dormir. Pero antes de acostarme, me gustaría ver el cañón de repetición a vapor. ¿Quiere llevarme hasta allí y enseñarme en qué consiste? Lamentaría haber hecho todo este camino y quedarme sin verlo.

—Por supuesto —respondió él. Al instante, se levantó y tocó la campana—. Es un buen momento para verlo. Estamos haciendo grandes progresos con el sistema de iluminación eléctrica. ¿Qué sabe usted de armamento, querida?

Sally se puso en pie y recogió su pesado bolso del suelo. Ahora todo sería fácil, si conseguía que su voz y sus manos no temblaran.

—De hecho —dijo—, es un tema que conozco muy bien. Pero siempre estoy dispuesta a aprender algo más.

Bellmann soltó una alegre carcajada, y los dos se encaminaron hacia la puerta principal.

El guarda dejó salir a Mackinnon y cerró la puerta tras él. Medio corriendo, medio tropezando, con las bolsas de oro apretadas contra el pecho, Mackinnon se llegó, bajo una espesa cortina de lluvia, hasta el coche de alquiler donde Jim, al borde del delirio, daba unos tragos al frasco de coñac.

Al principio, Jim no entendió nada. Mackinnon tuvo que explicárselo dos veces y sacudir las bolsas para que se oyera el tintineo de las monedas.

—¿Se va a casar con él? —preguntó aturdido Jim—. ¿Eso ha dicho?

—Sí. Era como un trato. ¡Ella se ha vendido a cambio del dinero! Y he tenido que prometerle que se lo entregaré a una señora en Croydon...

—Su clienta —dijo Jim—. Es la que perdió el dinero a causa... de la empresa de Bellmann. Ya veo... Oh, qué estúpido eres. ¿Cómo le has dejado hacer eso?

—¿Yo? Yo no podía... Ha sido ella la que lo ha decidido. Jim, ya sabes lo tozuda que es...

—No me refería a ti, amigo. Hiciste lo que debías. Has tenido el valor de entrar en esa casa. Ahora estamos en paz.

Me refería a mí. Oh, Dios mío, mi pierna. No sé lo que digo. Estoy preocupado, Mackinnon. Me parece que sé lo que intentará… Si tuviera un bastón, a lo mejor podría…

Volvió a gemir de dolor y se balanceó hacia delante y hacia atrás. Agarró el frasco de coñac, ya casi vacío, y se lo llevó a los labios con mano temblorosa. Luego lo arrojó al suelo, y el ruido hizo que el paciente caballo sacudiera la cabeza. La lluvia caía ahora con más fuerza. Mackinnon utilizó la manga de su camisa para enjugar el sudor de la frente de Jim, pero este ni siquiera se dio cuenta.

—Ayúdame a salir de aquí —dijo entre dientes—. Está tramando algo… y no me gusta nada. Vamos, hombre, échame una mano.

Bellmann y Sally recorrían apresuradamente el sendero de grava que conducía al edificio iluminado donde se encontraba el cañón de repetición a vapor. Con una mano, Bellmann cubría tiernamente a Sally con una capa impermeable, y con la otra sostenía un paraguas para los dos. Había dado órdenes de que encendieran todas las luces del recinto, y ahora se iban encendiendo las bombillas, arrojando un halo de luz dorada en medio de la niebla y la lluvia.

El recinto se llamaba «cobertizo número uno». Tal como había observado Sally desde el extremo del valle, estaba aislado del resto de los edificios, de manera que tuvieron que atravesar un espacio abierto de grava mojada, bajo la intensa lluvia. El guarda, avisado de su llegada, empujó la puerta, que se abrió corriendo sobre los rodillos y dejó paso a una ola de luz y calor.

—Diga a los hombres que abandonen el recinto durante media hora —le dijo Bellmann al capataz que salió a saludarlos—. Que vayan a la cantina y tomen algo. Es un descanso extra. Yo mismo me ocuparé de la caldera. Quiero que el edificio quede vacío para mi invitada.

Los hombres, alrededor de una docena, abandonaron el trabajo y salieron. Sally permanecía de pie, esperando. Algunos le lanzaron una mirada de curiosidad, y otros apartaron la mirada. Mantenían hacia Bellmann una actitud silenciosa y contenida que Sally no supo definir, hasta que se dio cuenta de que era simplemente miedo.

Una vez todos los hombres hubieron abandonado el local y la puerta estuvo cerrada, Bellmann ayudó a Sally a subir a una plataforma desde donde se divisaba todo el recinto y, volviéndose hacia ella, le dijo:

—Mi reino, Sally.

Parecía un cobertizo para guardar locomotoras. Había tres vías paralelas separadas, y en cada una, una especie de furgón de carga en proceso de montaje. El que quedaba más alejado de Sally tenía solamente el chasis, una estructura de hierro macizo donde iría el fogón, la caldera y lo que parecía ser el sistema de encendido. El de la vía central estaba casi acabado, sólo le faltaba la cubierta exterior; era un complicado amasijo de tuberías, tan intrincado que no se veía el origen ni el final. Una grúa colgada de un travesaño sostenía parte de la caldera.

El tercer furgón se encontraba ya montado sobre la vía que había frente a ellos. Estaba bien iluminado. Sally vislumbró a través de la ventana un fuego encendido en la parte trasera, como el de una locomotora convencional. Tenía todo el aspecto de un furgón de carga: un vagón cerrado de madera con el techo de metal. En el centro del techo sobresalía una chimenea muy bajita con un sombrerete. El único detalle que llamaba la atención era la gran cantidad de agujeritos en el lateral. Tal como Henry Waterman le había explicado a Frederick, eran hileras de pequeños puntos negros que, desde la plataforma, semejaban remaches o cabezas de clavos.

—¿Quiere verlo de cerca? —le preguntó Bellmann—. Si le gustan las armas de fuego, le resultará fascinante. Hemos de tener cuidado con la presión, o el capataz se enfadará con nosotros. Esta noche están comprobando la parrilla automática.

Guió a Sally hacia la parte de atrás del furgón, subió y abrió la puerta. Luego se inclinó y la ayudó a meterse en el pequeño compartimento. Era como una versión en miniatura del interior de las locomotoras que Sally había visto, sólo que el fogón, de un rojo encendido, se encontraba a un lado. El cuadro de mandos también era un poco distinto: el vapor de la caldera no servía para introducir pistones en los cilindros, sino que iba a parar a diferentes secciones del furgón, que se denominaban «cámara» (del uno al veinte), «babor» y «estribor».

Donde en una locomotora normal estaría la caldera, aquí había un estrecho pasillo, iluminado por una lámpara eléctrica, que llevaba al centro de la máquina.

—¿Dónde está la caldera? —preguntó Sally.

—¡Ah! Ahí está el secreto —dijo Bellmann—. Tiene un diseño totalmente distinto del convencional. Es mucho más plana y compacta que las calderas normales. Tiene que hacerse así para dejar espacio al armamento. Sólo en Gran Bretaña se dispone de la tecnología necesaria para fabricar algo así.

—¿El artillero se sienta aquí? —preguntó Sally. Estaba sorprendida de lo firme que sonaba su voz.

—Oh, no. Se sienta justo en el centro. Venga por aquí…

A pesar de su tamaño, Bellmann se movía con agilidad. Se introdujo de lado en el estrecho pasillo y en cuatro o cinco pasos se encontraron en un compartimento para una persona, con una silla giratoria y un panel de caoba repleto de interruptores y palancas. En el compartimento, iluminado por una lámpara eléctrica en el techo, el calor era sofocante. A ambos lados de la silla giratoria, las paredes estaban cubiertas de estanterías de metal donde descansaban los relucientes cartuchos, una hilera encima de otra.

—¿Cómo puede el artillero ver lo que ocurre fuera? —preguntó Sally.

Bellmann se inclinó hacia delante para tirar de una manija que a Sally le había pasado desapercibida. Del techo descendió silenciosamente un tubo ancho con un visor cubierto por una tela.

—Gracias a un juego de espejos, puede ver el exterior a través de la falsa chimenea del techo. Moviendo el tubo, tiene un ángulo de visión perfecto, de trescientos sesenta grados. Este es un invento mío.

—¿Y está listo para disparar? —preguntó Sally.

—Oh, sí. Estamos preparados para hacerle una demostración mañana a un visitante que viene de Prusia. Puede acompañarme. Le aseguro que nunca habrá visto nada igual. También me gustaría enseñarle el sistema de tuberías. ¡Alrededor de este compartimento hay nada menos que seis kilómetros de tubería! El artillero se comunica con el técnico por medio de unas señales telegráficas, y controla la pauta de los disparos con estas palancas, ¿ve? Los cañones van conectados a un mecanismo Jacquard que permite al artillero disparar de treinta y seis maneras distintas simplemente seleccionando un dibujo de este diagrama, de acuerdo con las instrucciones que le dicta el telégrafo eléctrico. No existe nada parecido a esta máquina, Sally. Es el arma más hermosa que haya podido concebir la mente humana.

Sally se quedó un momento inmóvil. La cabeza le daba vueltas a causa del calor.

—¿Y la munición es de verdad? —preguntó.

—Sí. Está todo preparado, listo para disparar.

Bellmann se hallaba de pie en el único espacio libre que había en el compartimento, detrás de la silla giratoria, y apoyaba la mano en el respaldo con gesto triunfal. Sally bloqueaba la entrada al pasillo. De repente se sintió totalmente libre y convencida, en posesión de una gran frialdad y claridad de pensamiento. Había llegado el momento de hacer lo que había venido a hacer.

Metió la mano en el bolso, sacó la pequeña pistola belga de su funda de hule y, con el pulgar, la amartilló.

Bellmann oyó el clic y le miró la mano. Luego la miró a los ojos. Sally le sostuvo la mirada sin pestañear.

«El rostro de Fred bajo la lluvia; sus brazos desnudos a la luz de la vela; sus risueños ojos verdes…», pensó.

—Usted ha matado a Frederick Garland —dijo, por segunda vez aquella noche.

Bellmann abrió la boca, pero Sally alzó un poco más la pistola y continuó hablando:

—Yo lo quería. ¿Qué le hace pensar que puede usted reemplazarlo? Por más años que viva, nada me compensará de su muerte. Era valiente y bueno, y tenía fe en la bondad del ser humano, Mr. Bellmann. Creía en cosas que usted nunca entendería, como la honestidad, la democracia, la verdad y el honor. Lo que usted me ha contado en su estudio me ha dado náuseas y me ha producido terror, porque por unos segundos he pensado que tal vez tenía razón respecto al mundo, a las personas…, en todo lo que decía. Pero no es cierto, está usted equivocado. Puede que sea fuerte y astuto y tenga muchas influencias; puede que crea realmente todo lo que dice sobre la manera en que funciona el mundo, pero *no* tiene razón. Usted no sabe lo que es la lealtad, ni el amor, no puede entender a las personas como Frederick Garland...

Bellmann la miraba furioso, pero Sally hizo acopio de todas sus fuerzas y le sostuvo la mirada sin pestañear.

—Y no importa lo poderoso que pudiera usted llegar a ser —continuó—, aunque controlara el mundo entero y diera a las personas los hospitales, las escuelas y los campos de deportes que cree que desean, aunque todo el mundo estuviera sano y hubiera riqueza para todos, aunque hubiera estatuas suyas en todas las ciudades..., aun así estaría usted equivocado, porque el mundo que pretende crear está basado en el miedo y el engaño, en el crimen y la mentira...

Bellmann avanzó hacia ella con el puño levantado. Sally permaneció en su sitio y levantó el arma un poco más.

—¡Quieto! —le gritó. La voz le temblaba otra vez. Tuvo que agarrar la pistola con las dos manos—. He venido hasta aquí para recuperar el dinero de mi clienta. Ya le dije la primera vez que nos vimos que lo recuperaría, y así lo he hecho. ¡Casarme con usted... ja! ¿Cómo puede pensar que vale tanto? Sólo había un hombre con el que yo estuviera dispuesta a casarme, y usted lo ha matado. Y...

Un sollozo le subió a la garganta y le impidió continuar. Tenía los ojos anegados en lágrimas. La imagen de Bellmann se desvaneció, y Frederick apareció junto a ella.

—¿He hablado bien, Fred? —le susurró nerviosa—. ¿Lo he hecho bien? Ahora me encontraré contigo, cariño...

Apuntó a las hileras de cartuchos y apretó el gatillo.

Cuando sonó la primera explosión, Jim se agarraba con una mano a la verja y se apoyaba con la otra en el hombro de Mackinnon. Estaban dando la vuelta al recinto, porque el guarda no quería salir de su garita. Caía una lluvia fría y cortante, una cortina de agujas.

El primer estallido que oyeron sonó apagado y ronco como el de un trueno distante, seguido inmediatamente de otro estallido más potente. A través de la espesa lluvia, avistaron a su izquierda un repentino fulgor, y vieron que de la entrada de un edificio apartado brotaba una llamarada.

Al momento, las campanadas de alarma empezaron a sonar y del edificio iluminado más cercano salió corriendo un grupo de hombres, pero entonces hubo una serie de explosiones más pequeñas en cadena y todos volvieron rápidamente a refugiarse en el edificio.

—Ha sido ella —dijo Jim—. Lo ha hecho saltar por los aires. Estaba seguro de que tramaba alguna locura... Oh, Sally, Sally...

El cobertizo que contenía el cañón de repetición a vapor se ladeaba ahora peligrosamente. Por la puerta de entrada asomaban las llamas, y los hombres provistos de faroles se arremolinaban alrededor del edificio, gritando y chillando de pánico. Jim comprendió que todos tenían miedo de que se produjeran más explosiones. En el aire retumbaban las campanadas de alarma, y pronto se unió al estrépito el ulular de una sirena.

Jim sacudió el hombro de Mackinnon.

—Vamos, están abriendo las puertas, mira. Vamos a buscarla, Mackinnon, la sacaremos de allí.

Dicho esto, dio media vuelta y corrió hacia allá cojeando como un demonio tullido. Mackinnon se tambaleó, gimiendo de terror, pero enseguida se rehízo y siguió los pasos de Jim.

● ● ●

Fueron tres horas de frenesí, de levantar vigas caídas, de apartar a un lado piezas retorcidas de metal, ladrillos rotos, pedazos de madera; de quemarse las manos, romperse las uñas y desollarse los nudillos. Fueron tres horas de súbitos destellos de esperanza seguidos de decepciones que cada vez resultaban más penosas de sobrellevar.

Los bomberos habían sido avisados al instante y, con la ayuda del equipo de emergencia de la fábrica, no tardaron en tener el incendio controlado. Al parecer, la explosión de la primera máquina había hecho estallar no sólo la munición del furgón, sino también el resto de los cartuchos almacenados que estaban destinados a los otros furgones. La máquina había quedado irreconocible, y la de al lado estaba tan destrozada que no tenía arreglo, porque la pesada grúa se le había desplomado encima, justo en el centro. Las paredes del cobertizo se sostenían milagrosamente, y una parte del techo se había derrumbado. Allí era donde el equipo de rescate centraba sus esfuerzos. Habían formado una cadena humana y se iban pasando ladrillos y partes del techo, y apartaban las vigas con cuidado para no provocar el derrumbamiento de los escombros.

Mackinnon trabajaba junto a Jim, codo con codo, justo en el lugar más afectado. Era como si Jim le hubiera contagiado parte de su furiosa energía, y seguía trabajando pese al agotamiento, el dolor y el peligro. En un par de ocasiones, Jim levantó la cabeza y le hizo un gesto de asentimiento, como si Mackinnon acabara de superar una prueba y ahora fuera su igual.

La lluvia ya amainaba cuando encontraron a Sally, bajo el techo derrumbado. Uno de los trabajadores de la North Star dio un grito. Estaba encorvado y agitaba el brazo señalando una parte de los escombros que todavía no habían tocado. En un momento, varias manos se unieron para levantar la viga de madera que la había salvado de quedar aplastada por la pared. Poco a poco, fueron apartando los escombros y los hierros que pesaban sobre la viga.

Jim se agachó todo lo que pudo y tanteó hasta encontrar la mano de Sally. Estaba totalmente inmóvil, con el pelo desparramado a los pies de Jim, sucio de polvo. De repente, la vio parpadear, y en ese mismo momento encontró su muñeca y notó que le latía el pulso.

—¡Sally! —dijo, y con la otra mano le apartó el cabello del rostro. Se encorvó todavía más y acercó su cara a la de ella—. Sally —le susurró con dulzura—, vamos, chica, ya estás a salvo, te sacaremos de aquí… Venga, te llevamos a casa.

—¿Jim? —preguntó Sally en un susurro. Abrió los ojos un instante, y la luz la deslumbró. Pero ya había visto y oído a Jim. Le apretó la mano.

—Eres una maldita estúpida —murmuró Jim. Acto seguido, se desmayó.

Si Sally consiguió salir con vida fue únicamente porque estaba situada en la entrada del pasillo y porque Bellmann había dejado abierta la puerta trasera. La primera explosión la arrojó lejos, y cuando la munición estalló y destrozó la caldera, tal como ella había previsto, ya se encontraba fuera del alcance de la onda expansiva.

Bellmann murió en el acto; encontraron sus restos a la mañana siguiente.

Aunque profundamente conmocionada, Sally estaba ilesa; sólo tenía algunos moratones y una muñeca torcida. Alistair Mackinnon telegrafió a Charles Bertram, y este llegó al cabo de un par de días y se hizo cargo de todo. Envió a Jim de vuelta a Londres para que lo visitara su propio médico de cabecera y le curara la pierna, buscó un médico de la zona para Sally y respondió a las preguntas de la investigación sobre el accidente.

Todo el mundo lo tomó por un accidente. Lo que publicaron los periódicos fue que Mr. Bellman, el propietario, estaba enseñando la fábrica a un visitante cuando una avería en una válvula de seguridad provocó que la presión aumentara de forma peligrosa en una de las calderas. No se mencionaron los explosivos, y tampoco se mencionó lo que se producía en la fábrica. Todo quedó como un accidente industrial normal, que resultó especialmente trágico, desde luego, porque causó la muerte del dueño, un conocido benefactor cuyo funeral se celebraría en la iglesia parroquial.

Así que Sally regresó a Londres.

Y poco a poco, volvió a su vida normal.

El principal problema, el más importante, era su trabajo. Sus archivos estaban a salvo en casa de Mr. Temple, pero Garland & Lockhart, esa asociación tan llena de vida que tanto había querido, estaba destrozada. Pocos meses atrás había renovado la póliza de seguros, de forma que no sería difícil reponer el material. Pero Sally sabía mejor que nadie que una empresa era mucho más que la parte física. Encontró un estudio destartalado en Hammersmith y puso a su equipo a trabajar, pagando los sueldos de su propio bolsillo hasta que el negocio diera el dinero suficiente. Puso anuncios en todos los periódicos en los que prometía que todos los pedidos y encargos se llevarían a cabo en un plazo máximo de una semana. Amenazó, presionó, engatusó y sobornó, empujó a sus trabajadores al límite del agotamiento..., pero dio resultado. En cuestión de un mes, habían remontado el bache. Sally confiaba en que la buena racha siguiera, porque estaba agotando rápidamente sus propios ahorros.

Mucho peor que la pérdida del negocio, sin embargo, fue el mazazo que recibió Webster. Todo lo que había logrado, una vida entera dedicada a la fotografía, todas las imágenes que había captado en papel y en cristal, y que eran únicas, se habían desvanecido sin dejar rastro. Era como si en sesenta años de vida no hubiera hecho absolutamente nada.

Sally contemplaba impotente cómo seguía haciendo mecánicamente los gestos necesarios y buscaba luego por la noche el consuelo del whisky. Sabía que era de carácter resistente, pero también era consciente de que había querido a Frederick como al hijo que nunca tuvo, y podía imaginarse lo que suponía para él la pérdida de tantos años de trabajo.

El principal problema era encontrar un local. El estudio de Hammersmith era pequeño y sólo servía para los retratos convencionales. Además, no estaba bien situado. El local más cercano que pudo encontrar para instalar la tienda era un edificio sombrío que había tres calles más allá, pero dividir el negocio en edificios separados supondría un inconveniente para todos.

Por otro lado, si empleaba su tiempo en buscar algo mejor y se trasladaban, tendrían que contar con no ganar dinero durante unas cuantas semanas. Durante el día procuraba no pensar en el tema, pero por las noches la idea le obsesionaba. Se sentía muy distinta en la oscuridad: frágil y atormentada, lloraba y hablaba en susurros con un fantasma.

Una mañana, muy temprano, tomó un tren que se dirigía a Croydon y fue a visitar a Miss Susan Walsh.

Cuando llegó, la anciana estaba con una alumna particular. Sin embargo, la llegada de Sally la impresionó tanto que le dijo a la chica que se marchara y volviera más tarde. Luego invitó a Sally a sentarse junto al fuego y le dio una copa de jerez. Sally estaba aterida y cansada. Le entregó a Miss Susan Walsh un talón por la cantidad que le había conseguido sacar a Bellmann y estalló en sollozos, lo cual la enfureció profundamente.

—¡Mi querida niña! —dijo Miss Walsh—. ¿Qué ha estado usted haciendo?

Una hora más tarde, Sally le había contado la historia. Cuando la oyó entera, Miss Walsh sacudió la cabeza con asombro. Luego tomó el cheque y se lo puso a Sally en el regazo.

—Quiero que invierta este dinero en su empresa —dijo.

—Pero...

La anciana la cortó en seco con una severa mirada.

—El último consejo que me dio —dijo con brusquedad— no fue muy acertado. Creo que estará de acuerdo conmigo. Esta vez, Miss Lockhart, pienso hacer con mi dinero lo que crea conveniente. Y en mi opinión, Garland & Lockhart será mejor inversión que cualquier compañía naviera.

Y no hubo forma de convencerla de lo contrario. Si la emancipación femenina tenía algún sentido, dijo, era el de que una mujer tuviera el derecho de apoyar el trabajo de otra, y no había más que hablar. El tema acabó aquí. Compartieron la comida de Miss Walsh, a base de sopa y queso, y hablaron de Cambridge. Cuando se separaron, eran ya grandes amigas.

Jim estuvo tres semanas en cama. Durante el rescate de Sally se había lesionado gravemente la pierna, y el doctor sospechaba que quedaría cojo para el resto de su vida. Estaba en una habitación que le quedaba libre a Trembler Molloy, en Islington, y ocupaba su tiempo leyendo novelas de aventuras y enfureciéndose con la poca enjundia de las tramas; también escribió una novela y la rompió en pedazos en un arrebato, recortó y construyó un teatro de juguete que había mandado a Sally a comprar, ensayó una obra con las figuritas de cartón y perdió la paciencia, escribió seis cartas distintas a lady Mary y luego las arrojó al suelo, se revolvía y removía en la cama, apartaba las mantas de un manotazo, sudaba de dolor y utilizaba las peores palabrotas de su vocabulario para maldecir su suerte y todo lo que ocurría con una fiereza capaz de rajar las piedras.

Más pronto o más tarde, es posible que hubiera llegado a enviar una carta a lady Mary, pero a los quince días de su vuelta a Londres tuvo noticias de Mackinnon.

En la carta, Mackinnon le explicaba que había decidido marcharse a América con su esposa. Allí dispondría de locales más espaciosos y mejor equipados para desarrollar su arte que los que le ofrecían los teatros de variedades británicos. También tendría ocasión de atender a sus responsabilidades de hombre casado sin los impedimentos que había encontrado hasta el momento. Eso era por lo menos lo que decía.

Jim le mostró la carta a Sally.

—Me pregunto cuánto durará este matrimonio —dijo con amargura—. La verdad es que al final se portó bien, el viejo Mackinnon. Puso mucho de su parte para rescatarte, y no se largó con el oro, como hubiera hecho en otro momento. Supongo que debo desearle buena suerte. Pero si no se porta bien con ella…

Se preguntaba secretamente cómo era posible que Mackinnon hubiera convencido a aquella muchacha tan encantadora, triste y soñadora para que se casara con un mago que actuaba en teatros de variedades, y puestos a preguntar, cómo reaccionaría el padre de la chica cuando supiera que se marchaba tan lejos.

Lord Wytham, sin embargo, ya tenía suficientes problemas. No tardó en darse cuenta de que Bellmann había sabido desde el principio que lady Mary estaba casada y que había estado intentando provocarle para que confesara;

pero él no había dicho la verdad, y ahora empezaba a sospechar que no cobraría nunca el dinero que había pedido a cambio de la mano de su hija. Estaba atrapado en varios frentes. Si le hubiera confesado a Bellmann que sabía que su hija ya estaba casada, habría perdido el dinero, pero al no haberlo confesado, podía ser acusado de complicidad en un caso de bigamia, y no sabía qué era peor. Su única posibilidad de salvación había consistido en simular que no sabía nada del casamiento, confiando por una parte en que la verdad tardara un tiempo en conocerse, y por otra en que, mientras tanto, llegara a serle tan útil a Bellmann que pudiera mantener su puesto en la empresa.

Sin embargo, abrigaba la sospecha de que ya no le resultaba de utilidad a Bellmann. Había asistido a varias reuniones del comité de dirección y no había entendido nada, y le había presentado a Bellmann a tantas personalidades del cuerpo de funcionarios que su influencia ya no resultaba necesaria.

Entonces se produjo el accidente de Barrow. En el mundo financiero, la muerte de Bellmann causó un gran revuelo. Aunque la investigación calificaba la muerte de accidental, empezaron a circular rumores de que el desastre de la North Star, como se lo conocía, estaba relacionado con ciertas irregularidades en las empresas de Bellmann que ahora empezaban a salir a la luz. Se dijo que un tal Mr. Windlesham ayudaba a las autoridades en la investigación. Las acciones de la North Star cayeron en picado, y al mismo tiempo, aparentemente por pura coincidencia, una serie de altos funcionarios renunciaron a su cargo o fueron discretamente depuestos. Sólo una pequeña parte de estos datos aparecieron en la prensa, y poco después, la empresa quebró totalmente. Casi al mismo tiempo, lord Wytham se declaró en bancarrota.

En aquellas circunstancias, Jim no dudaba de que lo mejor para lady Mary era marcharse a América con Mackinnon. Y le deseó buena suerte.

Los diseñadores y técnicos de la North Star encontraron trabajo en otras empresas. Algunos fueron a parar a la Armstrong-Vickers, una famosa fábrica de armamento, pero no se llevaron consigo los planos del autorregulador Hopkinson; se rumoreaba que alguien había asaltado la empresa y había destruido todos los archivos. Los trabajadores la reabrieron más tarde como fábrica de bicicletas en régimen de cooperativa, pero les faltó el capital necesario para que la empresa funcionara. De nuevo cambió de manos, y esta vez se convirtió en una fábrica de construcción de locomotoras y prosperó.

En cuanto pudo levantarse del lecho, Jim se hizo con un bastón y, cojeando, tomó un ómnibus hacia Streatham para ir a visitar a Nellie Budd.

Bajo los cuidados de su hermana Jessie, la mujer se había recuperado del ataque, aunque ahora estaba más delgada y había perdido gran parte de su vivacidad. Al verla, Jim se sintió orgulloso de todos los golpes y puñetazos que había asestado a Sackville y a Harris. Nellie le contó que su hermana Jessie había regresado al norte, y ella pensaba vender todas sus pertenencias y reunirse con ella. Habían arreglado sus diferencias. De todas formas, Nellie ya se estaba empezando a cansar del espiritismo. En cuanto estuviera más repuesta, ella y su hermana pensaban ensayar un número de lectura de la mente y recorrer con él los escenarios. Jim le aseguró que las iría a ver algún día.

Y así pasó el tiempo.

Poco a poco, Sally se fue dando cuenta de la sutileza

con la que funcionaban las cosas; comprendió que nada era tan sencillo como parecía, y que todo estaba teñido de ironía.

Isabel Meredith, por ejemplo. Los dos seres que Sally más había amado en el mundo, Chaka y Frederick, habían dado su vida por ella. Sally habría podido abrigar resentimiento hacia ella, pero no podía. En realidad sólo sentía lástima.

O las fotografías. A lo largo de los años, Frederick había hecho algunas fotografías de Jim y bastantes más de Sally, pero de él no había ni una foto. Ni siquiera Webster recordaba haberle hecho una. Había vivido rodeado de cámaras, lentes, placas y emulsiones, pero nadie había tomado una fotografía de su rostro sonriente y lleno de vida. Ni siquiera había un dibujo.

Y por último, ella misma. Esta era la ironía más grande de todas. Sally no encontraba palabras para expresarla, pero sabía que pronto las encontraría.

Un día, a finales de abril, Charles Bertram les anunció que tenía una sorpresa para ellos. Era un domingo, un día suave, fresco y soleado. Los condujo en dirección a Twickenham en un carruaje de dos ruedas altas, pero no les dio ninguna pista acerca de su destino.

—Lo veréis cuando lleguemos —fue todo lo que se dignó a decirles.

El destino resultó ser una mansión con un jardín grande y descuidado, lleno de hierbajos. La casa era muy bonita, y aunque el estucado de las paredes se había ido cayendo a trozos, las ventanas estaban intactas. Charles les explicó que tenía setenta años de antigüedad, que estaba limpia, libre de humedades… y que estaba embrujada.

Abrió las puertas de doble hoja para mostrarles una soleada habitación que daba al jardín. Dentro, había una mesa puesta para comer, con ensalada, faisán frío, vino y frutas.

—¡Caray, Charlie! —exclamó Jim—. Menuda sorpresa, compañero. Bien hecho.

—Una casa estupenda, Charles —dijo Webster.

—Hice venir a mi criado primero —explicó Charles—. ¿Sally? —le acercó una silla para que se sentara.

Sally tomó asiento.

—¿Está embrujada de verdad? —preguntó.

—Eso dice el dueño. Se ha mostrado muy sincero… Me parece que ha perdido las esperanzas de alquilarla. ¡Mirad cuánto espacio! —dijo, mientras descorchaba la botella de vino.

Webster contemplaba el jardín por la ventana.

—¿Aquello es un huerto? —preguntó—. En este jardín hay suficiente espacio para… Me pregunto si…

—Raíles —dijo Charles—. Paralelos a aquella pared, ¿la ves?

Webster miró en la dirección que le señalaba.

—Es una buena ubicación —dijo—. Estarían totalmente horizontales… y el sol está en el sitio adecuado.

—Con un techo de cristal —dijo Charles—, podríamos utilizarlo hiciera el tiempo que hiciera. Y hay mucho espacio detrás del establo. Os lo enseñaré después de comer. Hay sitio suficiente para hacer un buen estudio, y un taller también. Claro que tendríamos que encargarle el trabajo a un carpintero.

—¿Y dices que el alquiler es bajo? —preguntó Sally.

—Aquí tengo las cifras. La gente no quiere pagar por una casa con fantasma.

—Seguro que el pobre está aburrido —dijo Jim—. Podemos encargarle un trabajo o algunas tareas.

—Sally, tengo algo para ti —dijo Charles cuando acabaron de comer—. Probablemente no sea el momento adecuado, pero aquí estamos. Lo encontré el otro día y pensé que debías quedártelo tú.

Extrajo un sobre del bolsillo.

—La tomé hace tres meses —dijo—. Nos habían llegado unas nuevas lentes de Voigtländer y no había nadie más por ahí para probarlas, así que le pedí a Frederick...

Sally abrió el sobre, y allí estaba.

Era un retrato de cuerpo entero, de gran claridad y una maravillosa definición. Era un retrato tan vivo y lleno de calidez como sólo Charles, aparte de Webster, era capaz de hacer. Era realmente Frederick, sonriente y lleno de vida, como si fuera a moverse de un momento a otro; era una fotografía milagrosa.

Sally estalló en llanto. Era incapaz de pronunciar palabra, pero estrechó a Charles entre sus brazos y le besó en la mejilla.

—Gracias —dijo, en cuanto recuperó la voz—, es el mejor regalo que...

Bueno, no el mejor, pensó un poco más tarde, cuando estaba a solas en el huerto. El mejor regalo era imposible. Ni siquiera el espiritismo era capaz de devolver las personas a la vida. Todo aquello estaba envuelto en el misterio, era mitad fraude y mitad milagro; mejor era olvidarse de ello y atenerse a los milagros de verdad, como la fotografía. ¡Un rectángulo de papel en blanco y negro que podía contener tanta vida! Extasiada, volvió a contemplar el retrato. No era suficiente, porque no era él; y sin embargo era él, y tendría que bastarle, porque era lo único que tenía.

Y sin embargo, otra ironía de la vida, no era él.

—Vamos —le susurró al retrato—. Es hora de que se lo contemos.

Los encontró sentados a la mesa, hablando sobre la casa,

el número de habitaciones, el alquiler, la posibilidad de construir en el jardín... Al verla llegar le hicieron un sitio entre ellos, como a su camarada, su igual.

Sally tomó asiento y dijo:

—Creo que deberíamos quedárnosla. Es un sitio ideal, Charles, justo lo que necesitamos. Y no me importa en absoluto el fantasma. Hay tanto espacio... No sé por qué os digo esto, en realidad quiero hablaros de algo muy distinto. Os lo diré ahora. Voy a tener un hijo de Fred. ¿Estáis sorprendidos? Si él siguiera con vida, ya estaríamos casados. No, por supuesto no os sorprende. Bueno, ya lo sabéis. Voy a tener un bebé de Fred. Esto es lo que os quería decir.

Se sonrojó. Colocó la fotografía sobre la mesa, apoyada contra la botella de vino. Y luego los miró a todos. Primero a Webster, luego a Jim, luego a Charles, y vio que todos estaban sonrientes, casi como si hubieran llevado a cabo una hazaña, los muy tontos.

—Así están las cosas —dijo.

FIN